AF188586

Books on Demand

*Über die Autorin:*

Ara Kaparin wurde 1984 in Oberfranken geboren und wuchs dort mit ihren Eltern und zwei Brüdern auf. Sie studierte Biotechnologie in Köln, Oulu (Finnland) und Mannheim. Nachdem sie in Heidelberg in der Krebsforschung tätig war, arbeitet sie gegenwärtig in einem Diagnostikunternehmen in Wiesbaden. Zusammen mit ihrer Tochter und ihren Hunden lebt sie in Taunusstein.

Schon als Kind schrieb Ara kurze Geschichten und träumte immer davon, Autorin zu werden. Doch erst nach der Geburt ihrer Tochter brachte sie ihren ersten Roman zu Papier.

Aras Roman "Das Libellenmädchen" kann man in ihrem Blog lesen: arakaparin.jimdofree.com

# Ara Kaparin

# Zwei Leben

Roman

Bibliografische Information der Deutschen Nationalbibliothek: Die Deutsche Nationalbibliothek verzeichnet
diese Publikation in der Deutschen Nationalbibliografie;
detaillierte bibliografische Daten sind im Internet über
http://dnb.dnb.de abrufbar.

© 2018 Ara Kaparin, Taunusstein
www.arakaparin.jimdofree.com
Lektorat und Korrektorat: Tobias Gau-
din/www.textzaehmer.de
Grafik: LedyX/www.shutterstock.com
Herstellung und Verlag:
BoD – Books on Demand, Norderstedt

ISBN: 978-3-7481-0771-2

*Für meine Familie*

# 1. Leben

# 1.

## Sommer 2016, Ostsee, Deutschland

Habe ich die richtigen Entscheidungen getroffen? Was hätte ich in meinem Leben anders machen sollen? Hätte ich anders gehandelt, wenn ich gewusst hätte, dass das hier mein Schicksal sein würde?

Diese Fragen beherrschen seit Langem meine Gedanken, füllen meinen Kopf aus und lassen für nichts anderes mehr Platz. Ich sitze auf der Veranda des Ferienhauses, das mein Mann vor ein paar Jahren für unsere Familie gekauft hat. Ein Rückzugsort, an dem wir die wenigen glücklichen Momente gemeinsam genießen können, die uns noch bleiben.

Ich höre meine Kinder mit unserem Hund Leo am Strand spielen, der von dem kleinen Haus nur durch ein paar flache Dünen getrennt ist. Dieses Geräusch ist wie eine weiche Feder auf meiner geschundenen Seele. Meine drei wundervollen Kinder. Sonst sind sie oft unglücklich, traurig und verschlossen. Sie so ausgelassen lachen und herumtoben zu hören, hilft mir dabei, die Realität zu vergessen.

Eine Möwe kreischt über mir, die Wellen rollen auf den Strand und ziehen sich wieder zurück, so als ob sie sich nicht sicher wären, ob sie kommen oder gehen wollen.

Es ist ein ruhiger Moment. Davon erlebe ich heute nicht mehr viele. Mein Leben ist durchzogen von Wirbelstürmen, immer wieder kehrend, unaufhaltsam, zerstörend.

Ich spüre eine warme Hand in meinem Nacken. Dann einen feuchten Kuss auf meinem Scheitel. Mein Mann reicht mir eine Tasse Kaffee, setzt sich mit seiner eigenen neben mich und lächelt mich an, bevor er aufs weite Meer schaut. Ihn zu heiraten, war eine richtige Entscheidung gewesen. Wenigstens das weiß ich. Denn das andere, was ich weiß, ist tödlich. Ich weiß, wie es weitergehen wird, wie es für mich und meine Familie weitergehen wird. Er wartet auf uns. Vor fünf Jahren hat er das erste Mal an unsere Tür geklopft, hat unser Leben komplett auf den Kopf gestellt, uns mit seinen Gemeinheiten gequält. Seitdem ist er immer in unserer Nähe gewesen, wir sind ihn einfach nicht mehr losgeworden. Und bald wird das geschehen, was er uns damals angedroht hat, als er uns seine hässliche Fratze zum ersten Mal gezeigt und uns in die Gesichter gespuckt hat. Bald schon wird er es wahr machen.

Ich nehme die Hand meines Mannes, die warme, beschützende, große Hand. Wenn ich ihn und die Kinder nicht hätte, wäre ich schon längst zugrunde gegangen. Doch ihre Existenz ist ebenso ein Fluch wie ein Segen für mich. Manchmal wünsche ich mir, ich wäre allein, hätte keinen Mann, der mich trotz allem abgöttisch liebt. Und manchmal wünsche ich mir auch, ich hätte keine Kinder, müsste ihnen das hier nicht antun. Aber sie sind da, und ich werde es ihnen antun müssen. Denn er kennt keine Gnade, weder für mich noch für meine Kinder.

Meine mittlere Tochter Olivia, ein hochgewachsenes, dünnes, dreizehnjähriges Mädchen mit wildem, dunkelblondem Haar, hält plötzlich beim Spielen inne und schaut zu mir herüber. Ein Schatten huscht über ihr Gesicht, und ich sehe Schuld in ihrem Blick. Um ihr das schlechte Gewissen zu nehmen, lächle ich und winke ihr zu. Doch die Art, wie ich winke, bringt Olivia nicht zum Lächeln, sondern dazu, ihr Spiel zu beenden und zu mir zu laufen. Auch die anderen beiden, Hanna, siebzehn Jahre alt, und der elfjährige Jacob, kommen mit Leo im Schlepptau zu mir und setzen sich zu uns an den Tisch auf der Veranda.

„Wir wollen lieber hier mit euch sitzen", sagt Olivia und lächelt mir so liebevoll zu, dass ich nur schwer die Tränen zurückhalten kann. Ich habe diese Kinder nicht verdient. Das, was ich ihnen antue, ist nicht zu verzeihen, und trotzdem lieben sie mich bedingungslos.

„Das müsst ihr nicht, Livi. Geht ruhig wieder spielen", sage ich.

Sofort wird Olivia wütend. „Nein, ich will lieber bei dir sein. Ich will jetzt nicht mehr spielen!" Trotzig verschränkt sie die Arme vor ihrer Brust.

„Wie wär's, wenn wir einen Abstecher in die Eisdiele machen?", fragt mein Mann und erntet dafür ein für die Verhältnisse unserer Familie freudiges „Jaaa!". Selbst Hanna, die seit Beginn der Pubertät sehr still und selten gut gelaunt ist, schenkt ihrem Vater und mir ein warmes Lächeln.

Ich lausche ihrem Getrampel zur Vordertür und lasse meinen Blick noch mal über das Meer gleiten. Dieser Ort lässt mich immer wieder Kraft tanken. Kraft für die Zukunft, Kraft für die große Aufgabe, die mein Schicksal für mich bereithält, Kraft dafür, nicht an meinem Wissen zu ersticken. Meinem Wissen darüber, dass nicht nur ich vernichtet werde, sondern möglicherweise auch meine Familie.

# 2.

## Sommer 1986, Oberursel, Deutschland

Motorräder fand ich schon immer klasse. Schon als kleines Mädchen wählte ich auf dem Jahrmarkt immer das Motorrad auf dem Kinderkarussell mit den verschiedenen Fahrzeugen.

In diesem Sommer lag seit mehreren Wochen eine schwere Schwüle über der Stadt, die fast jeden Abend von einem heftigen Gewitter unterbrochen wurde, um am nächsten Morgen wieder mit voller Wucht zuzuschlagen. So etwas kannte ich noch nicht. Die Sommer meiner Kindheit waren immer angenehm warm, aber nie zu heiß gewesen.

Mein fünfzehnter Geburtstag lag unmittelbar bevor. In der Hochphase meiner Pubertät gab ich es natürlich nicht gerne zu, aber ich freute mich immer noch wie ein Kind auf meinen Geburtstag. Meine Mutter verstand es, tosende Partys zu veranstalten. Als ich noch jünger war, gab es zu jedem Geburtstagsfest ein Thema, zu dem sich alle eingeladenen Kinder verkleiden mussten. Einmal war es Indianer, ein anderes Mal Geister und das nächste Mal Zirkus, jedes Kind musste eine kleine Vorführung einstudieren. Auch die Geburtstagseinladungen, die Deko und das Essen passten immer zu dem jeweiligen Motto. Ich liebte diese Partys, und zusätzlich hatten sie mich immer sehr beliebt in der Klasse gemacht, denn jeder wünschte sich, zu meinem Geburtstag eingeladen zu werden. Als ich dreizehn wurde, bestand ich jedoch darauf, für mein *Alter angemessene Partys* zu feiern. So machten wir dann Pyjamapartys mit Übernachten, Gruselgeschichten und Flüstereien über die süßesten Jungs der Schule.

An diesem heißen Nachmittag also, einen Tag vor meinem Geburtstag, saß ich mit Svenja und Meike, meinen beiden besten Freundinnen, auf einer kleinen Mauer am Rande einer unbefahrenen Straße in einem Industriegebiet etwas außerhalb der Kleinstadt, in der ich aufwuchs, und bestaunte die älteren Jungs, die mit ihren Motorrädern Rennen fuhren. Ich wusste, dass Svenja und Meike einzig und allein wegen der Jungs da waren. Sie hatten sich Röcke angezogen, die nur knapp ihre Hintern bedeckten. Natürlich waren sie vorher in braven Stoffhosen losgegangen und hatten die kurzen Röcke ganz tief in ihren Taschen vergraben. Ihre T-Shirts hatten sie mit einem Knoten hochgebunden, sodass ihre nackten, flachen Mädchenbäuche herauslugten. Mit großen Augen beobachteten sie die coolen Jungs. Auch ich tat so, als wäre ich mächtig beeindruckt von den Kerlen mit den zotteligen Haaren auf den Köpfen, die sie nicht einmal mit Helmen schützten. Aber in Wahrheit war ich ausschließlich an den kleinen Motorrädern interessiert, die laut knatternd an mir vorbei sausten und eine Wolke stinkender Abgase hinterließen. Wie gerne wäre ich auf eines gestiegen und damit los gedüst. Geschwindigkeit und Adrenalin reizten mich. Aber das Einzige, was mir als

14

Mädchen erlaubt war, waren die Achterbahnen in dem Freizeitpark, den ich einmal im Jahr mit meiner Mutter besuchte. Alles andere, wie schnelle Autos oder Motorräder, schickten sich nicht als Mädchen. Das sagte zumindest meine Oma, und weil meine Mutter ihr nie widersprechen würde und ich wiederum meine Mutter nicht enttäuschen wollte, träumte ich also nur davon, mir eines Tages ein solches Fahrzeug zu kaufen und damit über die Straßen zu heizen.

„Hey, Nelly. Schau dort, der mit dem schwarzen T-Shirt. Das ist Jens. Ist er nicht toll?", fragte Svenja, stupste mich von der Seite an und deutete mit dem Kinn auf einen der Mopedjungs, der der Anführer der Gruppe zu sein schien.

„Hm …", machte ich. „Mädels, ich glaube, ich muss mal langsam nach Hause. Meine Mutter braucht noch Hilfe bei den Vorbereitungen für meine Feier morgen", sagte ich, sprang von der Mauer und klopfte mir den Dreck vom Hintern. Weil Ferien waren, hatte ich keine Hausaufgaben zu erledigen, und deshalb hatte meine Mutter mich gebeten, ihr ein wenig beim Vorkochen der Speisen zu helfen.

„Oh, ja klar. Wir freuen uns schon darauf. Sag mal, hast du dieses Jahr eigentlich auch Jungs eingeladen?", fragte Meike.

„Nö, wen sollte ich denn einladen? Diese Kleinkinder aus unserer Klasse oder was?", fragte ich empört. An meinen letzten beiden Geburtstagsfeiern waren wir nur unter uns Mädels gewesen, und das fand ich auch gut so.

„Na, frag doch mal Jens und seine Kumpels", sagte Svenja.

„Ja, klar, Sveni ..." Ich verdrehte die Augen. „Als ob DIE zu meinem Kindergeburtstag kommen würden!" Ich musste fast lachen.

„Wenn du willst, frag ich sie!" Svenja war schon dabei, ihre Haare zurechtzuzupfen und ihr T-Shirt noch ein wenig weiter Richtung Brust zu schieben.

„Bloß nicht!", sagte ich schnell, um sie davon abzuhalten, wirklich zu den viel älteren Jungs zu gehen. „Meine Mutter würde das, glaube ich, nicht so toll finden. Und wir haben doch auch geplant, Saftcocktails im Garten zu trinken und *Wahrheit oder Pflicht* zu spielen, oder nicht?"

Svenja liebte dieses Spiel, sie konnte die witzigsten Aufgaben und die interessantesten Fragen stellen.

Damit war das Thema Jungs auf meiner Feier erledigt, und ich konnte mich auf den Heimweg machen.


Mit fünfzehn Jahren ist es nicht unüblich, an freien Tagen morgens bis mindestens zehn Uhr im Bett zu liegen und zu schlafen. Dennoch zählte ich in diesem Alter zu den Frühaufstehern. Nun ja, *Aufsteher* ist wohl der falsche Ausdruck. Zwar war ich meist schon gegen acht Uhr wach und konnte nicht mehr einschlafen, aber ich nutzte trotzdem den Luxus der Ferien, nicht in aller Früh aus dem Haus zu müssen, und blieb unter der kuscheligen Decke liegen, um noch etwas zu lesen. Ich liebte Romane, in denen es um junge Liebe ging, gerne mit ein wenig Drama, aber unbedingt mit einem Happy End.

Auch an diesem Morgen, meinem Geburtstagsmorgen, lag ich gegen zehn Uhr in meinem Bett, den Kopf am

Fußende, die Füße gegen die Dachschräge über mir gestemmt und war in einen Roman vertieft, als meine Mutter leise an die Tür klopfte und dann hereinkam, ohne eine Antwort abzuwarten. Sie hatte einen Teller in der Hand, auf dem ein kleiner, selbst gebackener Kuchen thronte, auf dem fünfzehn Kerzen brannten. Sie sah mich mit glänzenden Augen an und begann *Wie schön, dass du geboren bist* von Rolf Zuckowski zu singen, ein damals aktuelles Kindergeburtstagslied. Peinlich berührt vergrub ich meinen Kopf unter der Decke und lachte laut. Doch das spornte meine Mutter erst recht an: Ihr schräger Gesang wurde immer lauter und fröhlicher. Als sie endlich fertig war, traute ich mich wieder unter der Decke hervor, ließ mich von ihr in den Arm nehmen und mir ein paar Lippenstiftküsse auf die Wange geben.

„Alles Liebe zum Geburtstag, meine Große. Wow, jetzt bist du also tatsächlich schon fünfzehn Jahre alt. Wo ist nur die Zeit geblieben?"

Diesen Spruch, wortwörtlich bis auf die Zahl, brachte sie jedes Jahr wieder. Irgendwie gehörte er zu meinen Geburtstagen einfach dazu. Ohne den Spruch hätte definitiv etwas gefehlt.

Dann saßen wir zu zweit auf meinem Bett und krümelten mit dem Kuchen auf die Matratze, plauderten und ließen den Tag ganz gemütlich angehen.

Plötzlich klingelte das Telefon. Meine Mutter tätschelte mir den Rücken und sagte: „Na los, am besten nimmst gleich du den Anruf entgegen. Es ist bestimmt die Verwandtschaft, die dir gratulieren will."

Ich verdrehte die Augen beim Gedanken an die öde Tante Edda und wischte mir die Kuchenkrümel vom Mund, als ich die Treppe zum Büro meiner Mutter hinunterlief, absichtlich langsam, um den ausschweifenden Geschichten über die letzte Darm-OP aus dem Weg zu gehen. Aber das Telefon klingelte schrill weiter. Also nahm ich widerwillig den orangefarbenen Hörer von der Gabel.

„Cornelia Balewa!", sagte ich und machte mich schon auf die nervtötende Stimme von Tante Edda gefasst.

Zuerst hörte ich gar nichts. Nur Atmen. Dann räusperte sich jemand. Ein Mann.

„Cornelia, hier ist dein Vater."

Mein Puls beschleunigte sich, und mein Gesicht wurde heiß. In meinem gesamten Leben hatte ich nichts gehört von meinem Vater, der in Südafrika lebte. Und jetzt, hier und heute, an meinem fünfzehnten Geburtstag, hörte ich zum ersten Mal seine Stimme. Ich hatte das Gefühl, dass meine Beine unter mir nachgaben, also setzte ich mich rasch auf den Bürostuhl, der neben mir stand, und atmete tief durch. Ich versuchte, das Durcheinander, das auf einmal in meinem Kopf herrschte, binnen Sekunden zu ordnen. *Du kannst später darüber nachdenken,* befahl ich mir selbst. *Jetzt sag etwas zu ihm!*

„Cornelia? Bist du noch dran?"

Ich legte auf.

Mein Herz fühlte sich an, als würde es gleich zerspringen. Wie versteinert stand ich da. Dann spürte ich eine Hand auf meiner Schulter, nahm sie aber lediglich wie aus

18

einer anderen Realität wahr.

„Wer war das, Schatz?", fragte meine Mutter.

Endlich kam ich wieder zu mir und bemerkte erst jetzt, dass ich das Telefonat wortlos beendet hatte.

„Ähm, ach, nur Meike. Sie wollte mir schon gratulieren, damit sie die Erste ist." Ich schob mich an meiner Mutter vorbei und lief nach oben ins Badezimmer, wo ich mich einschloss und auf den Boden gleiten ließ.

Mir wurde klar, dass dies der Moment gewesen war, den ich, seitdem ich denken konnte, gleichzeitig herbeigesehnt und gefürchtet hatte.

Dann dachte ich, dass mein Vater sicher noch einmal versuchen würde, anzurufen, nachdem ich einfach ohne ein Wort aufgelegt hatte. Auf einmal überkam mich Panik vor diesem Anruf. Panik, weil ich nicht mit ihm sprechen wollte, Panik, weil ich verhindern wollte, dass meine Mutter ans Telefon ging. Sie hatte mir einmal erzählt, wie schlecht es ihr damals gegangen war, als er sie verlassen hatte. Ich wollte nicht, dass es ihr schlecht ging, und ich wusste, dass genau das passieren würde, sollte er wieder anrufen. Also zog ich mir, so schnell es ging, eine Shorts und ein T-Shirt über, band meine langen Haare zu einem Zopf zusammen und rannte die Treppe hinunter.

„Mama? Können wir in das Café fahren und dort eins von diesen leckeren Gebäckteilchen essen?"

Ich wusste, dass ich meine Mutter damit schnell aus dem Haus bekam, denn normalerweise gab sie kein Geld für süßes, ungesundes Gebäck aus, das in dem kleinen Café in der Innenstadt viel zu teuer war. Aber an besonderen

Tagen gönnte sie es uns und genoss einen großen, starken Kaffee dazu. Heute war mein Geburtstag, also schnappte sie sich nur eilig ihre Handtasche, zog sich ein paar schicke Schuhe an, und schon saßen wir im Auto. Ich war erleichtert. Ich kurbelte das Fenster herunter und atmete die warme Sommerluft tief ein. Erst jetzt wurde mir bewusst, was gerade geschehen war.

In dem kleinen, gemütlichen Café setzten wir uns an einen Tisch am Fenster, von dem wir die Passanten draußen herrlich beobachten konnten. Doch ich sah sie nicht. Es war, als hätte sich eine Leinwand vor meine Augen geschoben, und meine Gedanken wurden wie ein Film darauf abgespielt.

Ich kannte meinen Vater nur von den wenigen Fotos, die meine Mutter aufbewahrt hatte. Als ich drei Jahre alt war, fing ich an, nach ihm zu fragen. Daraufhin beschrieb meine Mutter mir eine schöne Version von ihm, die ich damals so hinnahm und erst einmal nicht weiter hinterfragte. Ich war ja auch erst drei. Wenn andere Kinder fragten, warum mein Vater mich nie abholte, antwortete ich: „Mein Papa ist in einem anderen Land, gaaaaanz weit weg, weil er da arbeiten muss."

Meine Mutter hatte mir nie zu verstehen gegeben, dass er irgendwann wieder zurückkommen würde, doch das war okay für mich. Schließlich wusste ich nicht, wie es war, einen Vater zu haben. Wir waren zu zweit, meine Mutter und ich. Und sie gab mir so viel Liebe, dass ich nichts vermisste.

Erst als ich in der vierten Klasse war, begann ich wieder, über meinen Vater nachzudenken. Ich fragte mich, warum er gegangen war, warum er uns im Stich gelassen hatte und warum er sich nicht für mich interessierte. Hatte er mich nicht gewollt? Gab es andere Gründe, die ihn dazu getrieben hatten, uns alleinzulassen? Ich brauchte Antworten. Also fragte ich wieder meine Mutter und bat sie, mir mehr von ihm zu erzählen. Sie nickte nur stumm, und wir setzten uns auf die zwei Schaukeln, die sie für mich und meine Freundinnen in unserem kleinen Garten aufgestellt hatte. Wir schaukelten ganz langsam im Gleichtakt hin und her, und sie erzählte mir von meinem Vater.

Er hieß Benno und kam aus Südafrika. Meine Mutter sagte mir, er sei *coloured*, was *farbig* bedeutet. „Das sind die Menschen, die eine Mischung aus weißen und schwarzen Menschen sind, die es beide in Südafrika seit Langem gibt", sagte sie. Von meinem Vater hatte ich auch meinen dunkleren Teint, der sich stark von der Blässe meiner Mutter unterschied. Auch meine braunen Haare hatte ich von ihm geerbt, weil meine Mutter strohblond war. Nur die grünen, katzenhaften Augen waren ein Geschenk meiner Mutter.

Weiter berichtete sie mir, dass in Südafrika die schwarzen und farbigen Menschen von den weißen schlecht behandelt wurden und dass mein Vater deshalb zusammen mit seinem Vater von dort nach Deutschland geflohen war. Sie hatten ihre Heimat verloren, weil die südafrikanische Regierung wollte, dass schwarze und farbige Menschen nur noch in bestimmten Gegenden wohnten, um so mehr Wohnplatz für die Weißen zu schaffen. Deshalb wurde die

Familie meines Vaters aus ihrem Zuhause vertrieben. Vieles von dem, was mir meine Mutter damals erzählte, verstand ich nicht. Was ich aber verstand, war, dass sich meine Eltern kennengelernt und ineinander verliebt hatten, kurz nachdem mein Vater nach Deutschland gekommen war. Sie zogen schnell in eine gemeinsame Wohnung. Meine Mutter war sich sicher, den Mann ihres Lebens getroffen zu haben. Nach nur zwei gemeinsamen Jahren wurde sie mit mir schwanger, und beide freuten sich sehr darüber. Als sie davon erfuhren, dass ich mich auf den Weg gemacht hatte, beschlossen sie, zu heiraten.

Der Vater von Benno war von Anfang an gegen die Liebe der beiden gewesen. Er konnte wohl nicht damit umgehen, dass sein Sohn mit einer Weißen liiert war. Diese Menschen hatten schließlich ihn und seine Familie in seiner Heimat Südafrika wie Aussätzige behandelt. Doch davon ließ sich mein Vater nicht beirren, seine Liebe zu meiner Mutter war zu stark.

Doch als ich auf der Welt war und gerade erst ein paar Wochen alt war, passierte etwas mit ihm. Vom einen Tag auf den anderen veränderte er sich, und zwar nicht nur ein bisschen, sondern drastisch. Er ging abends stundenlang weg und kam betrunken nach Hause. Er wurde mürrisch und depressiv. Meine Mutter war verzweifelt und versuchte monatelang, an ihn heranzukommen und herauszufinden, was mit ihm passiert war. Irgendwann beschloss sie, mit mir aus der gemeinsamen Wohnung auszuziehen und zurück zu ihren Eltern in einen kleinen Vorort von Frankfurt zu ziehen, um sich dort in Ruhe um mich kümmern zu können und ihre Freude über ihr Baby wiederzufinden. Sie hoffte, dass mein Vater eines Tages zur Vernunft kommen und uns beide zurückholen würde. Doch das passierte nicht. Stattdessen zog er aus der ehemaligen gemeinsamen Wohnung und verschwand. Nur einen kurzen Brief hinterließ er meiner Mutter und mir, in dem stand, dass es ihm leidtue und dass wir ohne ihn besser dran seien. Er wolle mit seinem Vater zurück nach Südafrika gehen. Meine Mutter verstand gar nichts mehr. Wie war Benno plötzlich auf die Idee gekommen, zurück in das Land zu gehen, in dem er keinerlei Freiheiten hatte, und dafür seine geliebte Frau und sein neugeborenes Kind im Stich zu lassen? Mein Vater ließ weder eine Adresse zurück noch eine Telefonnummer. Wir hatten nichts von ihm.

Als es draußen dunkel wurde, hatten wir unser Gespräch beendet. Ab diesem Tag, an dem ich gerade mal neun Jahre alt war, veränderte ich mich. Ich wurde stiller, grübelte viel und bekam Selbstzweifel. Ich war einfach noch nicht alt genug, um das alles zu verstehen. Nach einigen Monaten mit viel Kopfzerbrechen über meine Eltern fing ich an, meinen Vater wieder aus meinen Gedanken zu verdrängen. Meine Mutter hatte in meinem gesamten Leben keinen Mann mehr an ihrer Seite gehabt, und ich dachte, das wäre meine Schuld. Meine Schuld, dass mein Vater sie im Stich gelassen hatte, meine Schuld, dass meine Mutter allein war. Also versuchte ich, so gut es ging, sie glücklich zu machen, ihr alles recht zu machen. Ich war jahrelang die perfekte Tochter und zwang mich, nicht mehr an meinen Vater zu denken.

Doch jetzt saß ich hier in diesem Café, starrte auf die verschwitzten Menschen, die draußen vorbeiliefen, in ihre Mittagspausen gingen oder von dort wieder zurück ins Büro eilten, und konnte plötzlich an nichts anderes denken, als daran, dass ich meinen Vater haben wollte. Ich wollte ihn kennenlernen, wollte wissen, wer er war und woher ich kam. Wollte von seinen großen, starken Armen gehalten und beschützt werden. Wollte seine tiefe Stimme hören und seinen Rasierwasserduft einatmen.

Meine Mutter saß neben mir und plapperte irgendetwas von der Gulaschsuppe, die sie für meine Geburtstagsparty, die später am Tag stattfinden sollte, gekocht hatte. Mit einem Mal nervte sie mich. Sie sollte sich ihre blöde Gulaschsuppe sonst wohin stecken! Warum hatte sie damals nicht mehr dafür getan, um meinen Vater zu halten? Was hatte sie überhaupt getan, dass er sich gezwungen fühlte, mich zu verlassen? Damals, als sie mir von ihm erzählt hatte, hatte sie vorgegeben, es sei allein seine Entscheidung gewesen und sie hätte nichts falsch gemacht. Aber das war nur ihre Version. Womöglich hatte sie ihn raus geekelt? Ihn vertrieben?

Keine Minute länger wollte ich hier mit ihr sitzen und diese ekligen, überzuckerten Teilchen in mich hineinstopfen. Ich stand auf.

„Kann ich allein nach Hause laufen?", fragte ich.

Verblüfft sah mich meine Mutter an.

„Ähm, ja klar. Aber warum denn das jetzt? Alles okay,

Schatz? Du hast nichts gesagt, seit wir hier sind! Bedrückt dich etwas?"

„Alles gut", antwortete ich, „ich will einfach ein bisschen durch die Stadt laufen. Immerhin bin ich fünfzehn Jahre alt, da kann ich ja wohl mal allein nach Hause laufen", sagte ich und merkte, dass mein Ton ziemlich unangebracht war. Aber das war mir in diesem Moment egal. Ohne weiter auf ihre Reaktion zu achten, drehte ich mich um und marschierte hinaus.

Ich machte einen großen Umweg durch einen weitläufigen Park, einfach nur, um ein wenig Zeit für mich zu haben und einen klaren Kopf bekommen.

Nachdem ich in mein hübsches, gelbes Sommerkleid geschlüpft war und bevor die ersten Gäste am späteren Nachmittag eintrafen, ging ich in meinem Zimmer auf und ab und überlegte, wie ich meine Mutter am besten nach meinem Vater fragen konnte. Schließlich war ich in den letzten Jahren immer darauf bedacht gewesen, meinen Vater ihr gegenüber nicht zu erwähnen. Aber jetzt war es Zeit, an mich zu denken, und nicht nur an die Gefühle meiner Mutter. Mein Vater wollte mich offensichtlich kennenlernen. Aber hätte er sich dann nicht ein weiteres Mal gemeldet? Möglicherweise hatte er genau das getan, als wir gerade in dem Café saßen, und wir hatten seinen zweiten Anruf verpasst? So musste es gewesen sein.

Als meine Zimmertür aufging und meine Mutter den Kopf durch den Spalt steckte, wurde ich aus meinem Gedankentrubel gerissen.

„Kommst du dann nach unten, Schätzchen? Die Gäste werden bald da sein."

„Ja, klar, ich komme", gab ich wenig begeistert zurück. „Mama?" Ohne weiter darüber nachzudenken, platzte ich damit heraus. „Ich möchte die Telefonnummer von meinem Vater. Ich will ihn anrufen."

Der Schreck war ihr ins Gesicht geschrieben. Hektisch warf sie einen Blick die Treppe hinunter, als ob unten jemand wäre, der lauschen könnte. Dann kam sie ganz in mein Zimmer und schloss leise die Tür hinter sich.

„Komm, setzen wir uns kurz", sagte sie, während sie sich langsam auf meinem Bett niederließ und mit der Hand neben sich klopfte. Als ich neben ihr Platz genommen hatte, nahm sie meine Hand.

„Nelly, mein Mäuschen. Es tut mir wirklich leid, aber ich habe keine Telefonnummer von deinem Vater. Ich habe nichts von ihm, was ich dir geben könnte, außer die wenigen Fotos. Wenn ich seine Nummer oder seine Adresse hätte, würde ich sie dir geben. Vielleicht ist es aber auch besser so, Nelly. Wir sollten es dabei belassen."

Ich war enttäuscht. Ich wollte endlich meinen Vater kennenlernen, und jetzt sollte es nicht möglich sein? Mir kamen die Tränen, aber ich blinzelte sie weg. Meine Mutter machte Anstalten, mich in den Arm zu nehmen, aber ich sprang schnell vom Bett auf und ging zur Tür.

„Lass uns in den Garten gehen. Svenja und Meike sind bestimmt jede Minute da." Damit ließ ich sie sitzen. Irgendetwas tief in mir sagte mir, dass sie mich anlog.

# 3.

## Frühling 1989, Oberursel, Deutschland

Die zu dieser Jahreszeit noch gnädige Sonne schien mir ins Gesicht. Ich kniff die Augen ein wenig zusammen, um meine Freundinnen unter den vielen Schülern ausmachen zu können, die aus dem Gebäude stürmten. Heute hatten wir die Ergebnisse unserer Abiturprüfungen bekommen. Ich war schon beim Direktor gewesen, um meine Note abzuholen: eine 1,4. Jetzt war ich erleichtert, ja fast schon euphorisch. Das war für mich eher untypisch, weil ich normalerweise nicht unbedingt das Mädchen war, das die pure Lebensfreude versprühte.

Seit die Prüfungen vorbei waren, war ein großer Druck von mir abgefallen. Und jetzt, da ich die Note hatte, und dazu noch eine gute, hatte ich das Gefühl, dass mir plötzlich sämtliche Türen offen standen und ich mit meinem Leben machen konnte, was ich wollte. Ich konnte die Welt erobern. Konnte alles mögliche studieren, in ferne Länder reisen oder einfach nur tagelang zu Hause herumliegen und Bücher lesen. Aber mir war klar, dass ich nur eines wollte: Ich wollte so schnell wie möglich nach Südafrika reisen, um dort meinen Vater zu finden. Jahrelang hatte ich auf diesen Tag gewartet, um es endlich tun zu können. Ich war fast volljährig und hatte einen Schulabschluss. Jetzt würden meiner Mutter die Argumente ausgehen, die dagegen sprachen.

Seit dem schicksalhaften Anruf vor fast drei Jahren konnte ich kaum mehr an etwas anderes denken. Damals hatte ich beschlossen, trotz der Worte meiner Mutter nach meinem Vater zu suchen.

Während ich auf Meike und Svenja wartete, die offensichtlich noch immer nicht zu ihrer Notenbekanntgabe gerufen worden waren, dachte ich an einen Tag vor gut einem Jahr zurück.

Nach dem Anruf meines Vaters hatte ich angefangen, das Haus nach Erinnerungen an ihn oder Hinweisen auf seinen genauen Aufenthaltsort zu durchsuchen. Das Gefühl, dass meine Mutter doch etwas darüber wusste, ließ mich einfach nicht los. Diese Suchaktionen veranstaltete ich immer heimlich, während meine Mutter einkaufen war oder sich mit Freundinnen traf. Ich wollte einfach nicht mit ihr darüber reden, weil ich vermutete, dass sie mich nur wieder anlügen und behaupten würde, dass sie nicht wüsste, wo mein Vater mittlerweile lebte.

Natürlich fand ich nichts über ihn, außer den wenigen Fotos, die mir meine Mutter sowieso schon gezeigt hatte. Das frustrierte mich zunehmend, und es machte mich wütend, dass ich hier festsaß und nichts machen konnte, um ihn kennenlernen.

Der besagte Tag vor etwas mehr als einem Jahr war ein

dunkler Wintertag. Draußen lagen Schneeberge, doch ich hatte keine Lust, nach draußen zu gehen, und blieb lieber im warmen Haus, zog mir Kuschelsocken an und lümmelte auf dem Sofa, als meine Mutter am Nachmittag ankündigte, dass sie kurz in die Apotheke fahren wollte, um ein Mittel gegen ihre Erkältung zu holen. Das Durchstöbern der Schubladen, Schränke und Kisten im Haus war zu dieser Zeit schon eine Art Sucht geworden, ich war regelrecht besessen davon. Also witterte ich natürlich wieder meine Chance und fing an, mich auf den Weg durch das Haus zu machen, sobald meine Mutter aus dem Haus war. Unzählige Male schon hatte ich dieselben Nachttischschubladen, Küchenschrankfächer und Pappkartons mit Plunder durchsucht, und ich tat es auch an diesem Tag wieder. Dabei achtete ich stets akribisch darauf, keine Spuren zu hinterlassen, denn ich wollte meiner Mutter gegenüber nicht in Erklärungsnot geraten.

Als ich mich auf den Weg in das Schlafzimmer meiner Mutter machte, knarzte der Holzdielenboden, der dringend mal wieder geschliffen werden musste, wie immer unter meinen Füßen. Ich ärgerte mich darüber, dass meine Mutter manche Reparaturarbeiten am Haus monatelang vernachlässigte und oft erst dann einen Handwerker bestellte, wenn der Schaden schon richtig groß geworden war. Doch diesmal spürte ich noch etwas anderes: An einer Stelle, direkt vor der Tür zum Schlafzimmer meiner Mutter, wackelte eine der Dielen leicht unter meinen Wollsocken. Ich blieb abrupt stehen und fuhr mit dem Fuß über die lockere Diele. Seltsam. Erst wollte ich weiterlaufen, weil ich dachte, dass das viel zu klischeehaft wäre – versteckte Briefe und Fotos unter einer losen Fußbodendiele, wie in einem schlechten Film. Aber einer Intuition folgend, kniete ich mich trotzdem hin und versuchte, mit den Fingern die Diele anzuheben, was gar nicht so einfach war. Ich kam mit den Fingern nicht in die Lücke, um das Holz anzuheben. Entschlossen holte ich mir eine lange Nadel aus dem Strickkorb meiner Mutter und stocherte damit im Fußboden herum. Es dauerte einige Minuten, bis ich die Diele anheben konnte. Ich traute meinen Augen nicht: In dem schmalen Raum unter dem Holzfußboden lag ein Bündel Papier, zusammengehalten mit einem Gummiband. Ich verharrte eine Weile, hatte Angst, das Papier zu nehmen. Würde ich darin endlich das finden, was ich seit einer kleinen Ewigkeit suchte? Dann hörte ich den Schlüssel in der Haustür. Meine Mutter war zurück! So schnell und leise wie möglich schnappte ich das Bündel Papier und ließ die Diele wieder zurück in die Lücke gleiten. Dann rannte ich auf meinen Socken den Flur entlang zu meinem Zimmer und verschloss die Tür hinter mir.

Eine ganze Weile saß ich auf dem Bett. Meine Mutter hatte nur kurz nach oben gerufen, dass sie wieder da sei und nun das Abendessen zubereiten werde. So hatte ich noch ein wenig meine Ruhe. Ich starrte auf das Bündel, das sich bei näherer Betrachtung als ein altes Büchlein entpuppte, das an der Bindung ausgefranst war und daher mit dem Gummiband zusammengehalten wurde. Sanft strich ich mit dem Finger über das vergilbte Papier, bis ich mich schließlich traute, vorsichtig das Band abzuziehen. Seite für Seite blätterte ich durch. Es waren hauptsächlich Adressen, Telefonnummern und kleine Kommentare, die meine Mutter mit einem blauen Füller geschrieben hatte. Zum Beispiel stand neben dem Namen einer ihrer Freundinnen, die sie schon seit Ewigkeiten regelmäßig in Frankfurt besuchte: *Liebste Freundin seit der ersten Klasse*. Neben der Adresse von dem Café, in das wir an besonderen Tagen immer gingen, stand *Die besten süßen Teilchen und der stärkste Kaffee der Welt, nur etwas teuer*. Die Namen waren nicht alphabetisch sortiert, also las ich sorgfältig Seite für Seite durch. Und als ich fast schon am Ende angekommen war, fand ich ihn: Benno Balewa. Unter seinem Namen stand eine Adresse in Frankfurt. Die war allerdings mit Bleistift durchgestrichen, und darunter stand eine weitere Adresse. An der Frische der Tinte erkannte ich sofort, dass dieser Eintrag relativ neu war. Es war eine Adresse in Kapstadt, Südafrika! Ich schlug mir die Hand vor den Mund und spürte, dass mir die Tränen kamen. Das musste seine aktuelle Adresse sein! Es konnte gar nicht anders sein. Endlich hatte ich das gefunden, was ich gesucht hatte. Schnell und mit zitternden Händen notierte ich die Adresse auf einem Briefpapier, das ich in meiner Schreibtischschublade fand. Dann nahm ich wieder das kleine Büchlein in die Hand. Was hatte meine Mutter neben seinen Namen geschrieben? Ich las: *Benno Balewa. Liebe meines Lebens. Vater meines wunderbaren Kindes. Enttäuschung meines Lebens.* Jeder der drei Sätze war mit verschiedenen Stiften geschrieben, und auch die Schrift war leicht unterschiedlich. Das wies eindeutig darauf hin, dass die Sätze in zeitlichen

Abständen geschrieben worden waren.

Warum hatte meine Mutter mir diese Information über den Aufenthaltsort meines Vaters vorenthalten? Eineinhalb Jahre hatte ich bereits nach ihm gesucht! Und sie wusste die ganze Zeit, wo er war. Das Verhältnis zu ihr war seit meinem fünfzehnten Geburtstag ohnehin nicht mehr das Beste gewesen, oft kriegten wir uns in die Haare. Aber an diesem Wintertag wurde es noch schlimmer. Ich saß in meinem Zimmer, starrte auf ihre Schrift, auf diese verlogenen Worte und spürte, wie der Hass in mir wuchs. Ich wollte sie zur Rede stellen, und zwar sofort!

Endlich kamen Meike und Svenja aus dem Schulgebäude. Sie hatten sich die Arme gegenseitig über die Schultern gelegt und strahlten. Und auch ich musste sofort lächeln, trotz meiner dunklen Erinnerungen. Wir hatten unser Abitur geschafft! Jetzt konnte unser Leben losgehen, jetzt konnten wir selbst bestimmen, was wir mit unserer Zeit anfangen wollten! Ich rannte auf die beiden zu.

„Geschafft!", rief ich voller Freude und umarmte beide gleichzeitig. Wir kreischten wie bekloppte Teenager und hüpften auf dem Schulhof herum.

„Das muss gefeiert werden! Lass uns ins *Kopflos* gehen und einen Sekt trinken", sagte Svenja.

Das *Kopflos* war im letzten Schuljahr unsere Lieblingskneipe geworden. Es war modern und fast immer gut besucht. Die halbe Oberstufe der Schule kam nahezu täglich dorthin, um ein Bier oder einen Wein zu trinken.

Die Arme ineinander verkeilt, liefen wir die wenigen

Straßen zur Kneipe und malten uns aus, was wir nun alles machen konnten.

„Ihr wisst ja, dass ich so schnell wie möglich nach Südafrika will. Wie wäre es, wenn ihr beide mitkommt? Wäre das nicht genial? Wir könnten als Kellnerinnen arbeiten und nach Feierabend an den Strand in Camps Bay gehen."

Ich hatte in den letzten Jahren viele Reiseführer über Südafrika verschlungen und fühlte mich, als ob ich mich so gut in Kapstadt auskannte, als hätte ich selbst schon dort gelebt.

„Oh, das wäre wirklich toll!", sagte Meike. „Meine Eltern wollen aber, dass ich wie mein Vater Jura studiere und dann Anwältin werde." Sie verdrehte die Augen.

„Ach was. Die haben uns doch nichts mehr zu sagen. Wir können jetzt machen, was wir wollen!", erwiderte ich. „Ich habe mich auf jeden Fall schon mal nach Flügen erkundigt, und da ich ja schon lange genug darauf spare, sieht es ganz gut für mich aus. Nur noch ein paar Wochen Ferienarbeit. Ende des Sommers bin ich weg."

„Ehrlich gesagt, Nelly, weiß ich nicht, ob ich mir den Flug leisten kann. Ich hab zwar auch ein wenig gespart, aber weil meine Eltern nichts zu meiner Ausbildung dazusteuern können, wird wohl alles dafür draufgehen. Und den Führerschein hab ich auch noch nicht gemacht", sagte Svenja.

Ich war enttäuscht. Meine Freude über unser gemeinsam bestandenes Abitur war verflogen. Schon oft hatten wir davon geträumt, zusammen nach Südafrika zu gehen und meinen Vater zu suchen. Und plötzlich schienen meine

Freundinnen andere Pläne zu haben.

„Dann flieg ich eben allein. Mich wird keiner davon abhalten. Ihr werdet schon sehen, was ihr alles verpasst", sagte ich.

Wenig später saßen wir im *Kopflos* an der Theke, jede von uns ein Glas Sekt vor sich. Meike versuchte, mich aufzubauen.

„Komm schon, Nelly. Es ist doch noch gar nichts entschieden. Du musst ja auch noch den ganzen Sommer arbeiten, damit du genug Geld zusammen hast. Wir können das ja alles noch überdenken." Ich nickte nur und schüttete das halbe Glas Sekt auf einmal hinunter.

„Hey, Mädels! Da ist Jens. Lasst uns zu ihm gehen!"

Svenja war seit ein paar Monaten mit ihm zusammen. Nachdem sie ihm jahrelang hinterhergelaufen war, hatte er sich endlich auf sie eingelassen, und sie war nun noch mehr in ihn verknallt als zuvor. Vielleicht war auch er der Grund, warum sie mich nicht in Südafrika unterstützen wollte.

Die beiden nahmen ihre Gläser in die Hand und gingen zu den Jungs, die gerade zur Tür hereingekommen waren. Jens gab Svenja einen Kuss und fasste ihr dabei vor den Augen aller an den Hintern. Ich hörte, wie Svenja und Meike kicherten und sich mal wieder total albern benahmen. Ich hatte keine Lust, zu ihnen zu gehen, blieb allein an der Theke sitzen und hing wieder meinen Gedanken nach.

Nachdem ich die Adresse meines Vaters gefunden hatte, stürmte ich die Treppe hinunter und knallte das kleine Büchlein vor meine Mutter auf den Küchentresen. Es landete in einem Haufen Gurkenschalen.

„Wieso hast du mir nicht gesagt, dass du seine Adresse hast? Wie konntest du mir das antun?", schrie ich. Meine Mutter wurde augenblicklich kreidebleich.

„Oh, Nelly. Wie hast du das gefunden?"

„Das ist doch scheißegal, Mama! Du wusstest genau, dass ich meinen Vater kennenlernen wollte! Ich kann nicht fassen, dass du mich daran hindern wolltest!"

Sie versuchte, mich am Arm zu fassen, Tränen standen ihr in den Augen. Aber ich riss mich von ihr los.

„Ich hasse dich!"

„Nelly, mein Liebling. Lass es mich erklären."

„Was? Was gibt es da zu erklären?"

„Dein Vater hat mich vor etwa eineinhalb Jahren angerufen, an deinem fünfzehnten Geburtstag."

Also hatte er doch zurückgerufen. Und ich hatte tagelang gehofft, dass das Telefon klingeln würde, war traurig darüber, dass er es kein weiteres Mal versucht hatte. Aber ich hatte es einfach nur nicht mitbekommen.

Meine Mutter fuhr fort: „Er hat sich entschuldigt, wollte, dass ich ihm verzeihe, und bat mich, dir seine Adresse zu geben. Ich war völlig außer mir, wusste nicht, wie mir geschah. So viele Jahre hab ich nichts von ihm gehört. Und dann das! Ich hab lange gebraucht, um wieder klar denken zu können."

Nun liefen ihr endgültig die Tränen über die Wangen, aber ich empfand kein Mitleid. Ich funkelte sie nur voller Verachtung an.

„Ich hatte Angst, Nelly. Er war fünfzehn Jahre verschwunden, und dann rief er plötzlich an und wollte Kontakt zu dir. Ich hatte das Gefühl, dich schützen zu müssen."

Ich war kurz davor, ihr ins Gesicht zu spucken.

Mit ruhiger Stimme, die aber meine Wut nicht verbergen konnte, sagte ich: „Ich habe mir seit Langem nichts mehr gewünscht, als ihn kennenzulernen. Und du wusstest das, ich hatte dich nach seiner Telefonnummer gefragt."

Sie nickte. „Ich weiß, Liebling ... Ich ... Nelly, ich war so verwirrt. Ich konnte es dir einfach nicht sagen."

Sie sah mich mit blutunterlaufenen Augen an.

„Du musst mir glauben, wie furchtbar leid es mir tut."

„Also kann ich ihn jetzt treffen? Ich kann nach Südafrika?"

Doch meine Mutter sah weg.

„Mama! Sag, dass ich nach Südafrika zu meinem Vater kann!" Ich wurde wieder lauter, meine Stimme brüchiger.

Sie schüttelte kaum merklich den Kopf.

„Nein, mein Schatz. Das geht nicht."

„Warum?" Jetzt liefen auch mir die Tränen. Tränen der Wut.

„Ich kann das nicht zulassen, Nelly. Du musst mir glauben. Es gibt einen guten Grund dafür, dass ich das nicht erlauben kann."

Ich konnte nicht fassen, was ich da hörte. Was war bloß mit dieser Frau los? Meine Mutter, die ich einst so geliebt und vergöttert hatte, diese fürsorgliche, gutmütige Frau wurde binnen Sekunden zu meiner größten Feindin.

Mein Kopf war ganz heiß, und ich wusste nicht mehr, was ich sagen sollte. Die Wut ließ mich verstummen, breitete sich in mir aus und gab mir das Gefühl, zu platzen.

„Wenn du mich nicht gehen lässt, werde ich nie wieder ein Wort mit dir sprechen!"

„Nelly, bitte."

„Lass mich in Ruhe. Für immer! Ich hasse dich."

Ich konnte ihr nicht mehr in die Augen sehen, konnte nicht mehr in ihrer Gegenwart sein. Ich rannte hinaus, doch dann drehte ich mich noch einmal um. Sie stand da, wirkte plötzlich viel kleiner, zerbrechlicher und älter als zuvor.

„Du wirst mich nicht daran hindern, meinen Vater zu finden", sagte ich noch. Dann rannte ich.

.

# 4.

## Winter 1989, Kapstadt, Südafrika

Trotz der Jahreszeit war die Luft angenehm warm, gefühlt sicher 25 °C. Ich zog meine Strickjacke aus und stopfte sie in meinen Rucksack. Hier klang jetzt, Ende August, so langsam der Winter aus. *Der Winter macht dem Sommer schnell Platz,* hieß es in dem dicken Reiseführer, den ich in den letzten Monaten so oft gelesen hatte. So richtig konnte ich mir damals nicht vorstellen, dass es in Afrika jemals Winter sein sollte. Aber die Nächte waren jetzt, im August, noch sehr frisch, in Kapstadt jedoch nicht so eisig wie im Inland.

Ich zerrte meinen riesigen Koffer hinter mir her und suchte nach einem Taxi. Wohl war mir nicht bei dem Gedanken, ein Taxi zu bezahlen, schließlich war fast mein gesamtes Ersparnis für den Flug draufgegangen. Mit dem Rest würde ich maximal einen Monat durchkommen, und dann hätte ich nicht einmal mehr Geld für den Rückflug. Die öffentlichen Verkehrsmittel zu nehmen, kam allerdings nicht in Frage. Ich bin in einer Kleinstadt aufgewachsen, selbst in Deutschland kam ich nicht wirklich allein mit dem Straßenbahnnetz zurecht, wie sollte das dann am anderen Ende der Welt sein, wo ich mich nicht einmal annähernd auskannte? Ich wusste, wie riskant und unvernünftig diese Reise war. Aber ich musste sie machen.

Meine Mutter hatte mich angefleht, zu Hause zu bleiben; immer wieder hatte sie mit allen möglichen Argumenten versucht, mich davon zu überzeugen, wie verrückt und sinnlos es wäre, meinen Vater zu suchen. Doch ich ließ mich nicht davon abbringen. Ich hatte seine Adresse, und ich wusste, dass er mir damals, an meinem fünfzehnten Geburtstag, sagen wollte, dass er mich vermisste und mich treffen wollte. Wieso sonst sollte er seine Adresse für mich hinterlassen haben? Er wartete auf mich. Seit ich wusste, dass er ein weiteres Mal angerufen hatte und dieses Mal leider meine Mutter am Apparat gewesen war, war ich voller Zuversicht, voller Hoffnung. Ich malte mir meinen Vater als den gütigsten, liebevollsten, witzigsten und reichsten Mann aller Zeiten aus. Und jetzt war ich endlich hier und konnte ihn treffen. Die zwölf Stunden im Flieger waren wortwörtlich wie im Flug vergangen. Ich hatte mir Fragen in ein kleines Notizbuch geschrieben, die ich ihm stellen wollte. Alles wollte ich über ihn erfahren: wo er in den letzten achtzehn Jahren überall gewesen war, was er erlebt hatte. Ich stellte mir vor, dass ich Geschwister hatte. Vielleicht einen Jungen und ein Mädchen im Alter von etwa zehn Jahren, mit schokoladenbrauner Haut und krausem Haar. Sie wohnten mit meinem Vater und seiner neuen Frau in einem großen Haus mit Kiesauffahrt, riesigen Palmen im Garten und einem tiefblauen Swimmingpool. Möglicherweise konnte ich hier in Kapstadt studieren. Mein Englisch war gut, es würde reichen für die Aufnahme an der University of Cape Town. Und nach den Stunden in der Uni würde ich mit meiner neuen Familie an den Strand gehen oder an der Waterfront in ein schickes Restaurant zum Essen. An den Wochenenden würden wir Ausflüge unternehmen, am Boulders Beach in Simon`s Town mit den Pinguinen schwimmen, am Kap der Guten Hoffnung wandern oder in Muizenberg surfen gehen. Das Erste, was ich mit meinem Vater unternehmen wollte, war jedoch, auf dem Tafelberg die Aussicht über diese tolle Stadt zu genießen, ihm von mir zu erzählen und seine Geschichte zu hören.

Lange hatte ich darüber nachgedacht, warum er uns damals verlassen hatte. Vielleicht musste er aus einem bestimmten Grund zurück nach Kapstadt. Vielleicht musste er sich um seine Mutter kümmern, von ihr hatte mir meine Mutter nie erzählt. Vielleicht hatte er damals vor, zurückzukommen, hat sich dann aber in eine andere Frau verliebt und musste sich schließlich entscheiden. Mein Herz krampfte sich noch immer zusammen, wenn ich mich fragte, was ihm wichtiger gewesen sein konnte, als ich, sein eigenes, kleines Kind. Aber es musste einen Grund geben, den ich verstehen und nachvollziehen konnte, sonst hätte er mich nicht im Stich gelassen. Da war ich mir sicher.

Endlich hatte ich den Taxistand entdeckt und ging zögerlich darauf zu. Natürlich hatte ich keine Ahnung, wie man in einem fremden Land ein Taxi benutzte. Galten die gleichen Regeln wie in Deutschland? Einfach einsteigen, Adresse sagen und los ging es? Ich nahm all meinen Mut zusammen und probierte es einfach aus. Entschlossen marschierte ich auf eines der vielen Taxis zu, öffnete die Beifahrertür, die auf der anderen Seite als bei deutschen Autos war, und steckte meinen Kopf in das Fahrzeug. Der Mann, der darin saß, sah mich mit großen, erstaunten Augen an. Als mir klar wurde, dass dies nicht der korrekte Weg zu sein schien, hörte ich hinter mir auch schon empörte Rufe. *„Hey, lady, stand in line!"* Mit hochrotem Kopf drehte ich mich um und sah, dass mindestens dreißig Leute in einer Reihe vor einem kleinen Stand warteten, an dem ein Einweiser in einer Uniform stand. Schnell schlug ich die Autotür wieder zu und ging mit gesenktem Blick und einem gemurmelten *„Sorry"* so schnell wie möglich an den Leuten vorbei und stellte mich hinten an. Das Blut pulsierte hinter meinen Schläfen, und ich schwitzte. War das peinlich … Plötzlich kamen mir die Tränen, und ich hatte Schwierigkeiten, sie zurückzuhalten. Mit einem Schlag wurde mir bewusst, wie hilflos ich hier war. Was hatte ich mir nur bei dieser Reise gedacht? All meine Vorstellungen von meinem Vater, waren es nur Träumereien gewesen? Tatsache war, dass ich momentan komplett allein in einer fremden Stadt war, in einem fremden Land, viele tausend Kilometer weit weg von zu Hause, und keine Ahnung hatte, was ich hier genau machen wollte. Was, wenn mein Vater nicht mehr an dieser Adresse wohnte? Es waren mittlerweile drei Jahre vergangen, seit er mit meiner Mutter gesprochen hatte. Hatte meine Mutter die ganze Zeit recht gehabt, und es war verrückt und sinnlos, hierher zu kommen? Mit einem Mal sehnte ich mich nach ihr. So sehr ich auch versucht hatte, sie in den letzten Jahren zu verachten, sie war der einzige Halt in meinem Leben, meine einzige Konstante, der Fels in der Brandung. Sie war immer da gewesen. Und jetzt war sie nicht hier bei mir, und ich merkte, wie sehr ich sie brauchte.

Der Anblick, der sich mir auf der Taxifahrt nach Camps Bay bot, ließ mich mein Heimweh schnell wieder vergessen. Der Tafelberg, an dessen Fuß die Straße hinunter in die Stadt führte, ragte majestätisch in den Himmel. Johannisbrotbäume säumten den Straßenrand und hinter ihnen durchbrachen riesige Felsen die grüne Wiesenlandschaft, die sich steil nach oben streckte. Doch neben dieser wunderschönen Landschaft sah ich auch Slums, die aus einfachsten, aneinander gereihten Blechhütten bestanden. Wenige Kilometer weiter begann die Küstenstraße, die uns am Lion`s Head vorbei in den touristisch angehauchten Vorort Camps Bay führte. Dort erspähte ich immer wieder Klippschliefer, biberartige kleine Nager, die sich in den Klippen tummelten. Das Meer beeindruckte mich besonders. Ganz anders als am Mittelmeer oder an der Nordsee rollten enorme Wellen auf den weißen Sandstrand. Ob man darin baden konnte? Momentan war das Wasser wohl noch zu kalt, aber ich nahm mir vor, es sobald wie möglich mit den Füßen auszutesten. Ich verliebte mich augenblicklich in diese Stadt.

Nach etwa vierzig Minuten Fahrt setzte mich der Taxifahrer vor einer Holztür ab, deren blaue Farbe zum größten Teil schon abgeplatzt war. Er half mir noch, meinen schweren Koffer aus dem Kofferraum zu hieven, und kassierte das Geld. Dann stand ich allein vor dem Hostel, in dem ich mir vor meinem Aufbruch noch ein Zimmer gebucht hatte.

Mühsam zog ich meinen Koffer die wenigen Stufen zur Eingangstür hoch. Die Rezeption befand sich in einem großen Saal, in dem es viele, heruntergekommene Sofas gab, kleine Tischchen, einen Getränkeautomaten und unzählige junge Leute. Einige hatten Gepäck, andere saßen einfach nur auf den Sofas herum, tranken Limonade und unterhielten sich. Keiner beachtete mich. Einerseits war ich froh darüber, denn meine Unsicherheit wuchs wieder, seit ich aus dem Taxi gestiegen war. Auf der anderen Seite vergrößerte es meine Einsamkeit, und ich wünschte mir, ich wäre auch mit einer Gruppe hier, am liebsten mit Meike und Svenja.

An der Rezeption saß eine Frau mit blonden Haaren und hellblauen Augen. Ich war etwas überrascht, denn ich hatte erwartet, in Afrika vielen schwarzen Menschen zu begegnen. Auch sonst befand sich in diesem Saal kein einziger Schwarzer. Ich hatte in meinem Reiseführer etwas über die Apartheid gelesen, konnte mir deren Ausmaße zu diesem Zeitpunkt aber noch nicht wirklich vorstellen.

Während ich wartete, bis die Gruppe vor mir ihre Zimmer zugewiesen bekommen hatte, kramte ich die Unterlagen, die ich im Reisebüro, ausgehändigt bekommen hatte, aus meiner Tasche hervor.

Nach einer gefühlten Ewigkeit zog die Gruppe lachend ab, und die blonde Frau nickte mir freundlich zu.

*„How can I help you, Miss?"*

Mein Herz begann zu klopfen, hatte ich doch bisher nur ein einziges Mal mein Schulenglisch im wahren Leben angewendet, bei einem Schüleraustausch in der achten Klasse in England.

„*Eh, yes, eh*", stotterte ich unbeholfen. „*I want, eh, I mean, I …*" Oh weia, das ging ja gut los … Wo waren plötzlich all meine Vokabeln hin?

Zu allem Überfluss fielen mir dann auch noch meine ganzen Unterlagen auf den Boden, und die einzelnen Blätter verteilten sich überall um mich herum.

„*Sorry!*" Ich sah die Rezeptionistin verzweifelt an. Aber sie lächelte mir aufmunternd zu.

„*No worries, young lady. Take your time.*"

Ich bückte mich, um die Blätter wieder einzusammeln, und stieß mit meinem Schädel gegen etwas sehr Hartes.

„Autsch!", sagte jemand.

Ich hielt mir die Hand an die Stirn und blinzelte zwischen meine Finger durch. Vor mir stand ein junger Mann, höchstens zwei oder drei Jahre älter, aber mindestens einen Kopf größer als ich. Er hatte große, blaue Augen, und sein gelocktes Haar war blond, wie von der Sonne geküsst und vom Salzwasser zerzaust. Genauso hatte ich mir immer Jungs vorgestellt, die auf Hawaii surfen gingen. Seine Haut war leicht gebräunt, aber er war nicht so braun wie ich. Offensichtlich hatte er sich ebenfalls gebückt, um meine Unterlagen aufzuheben, und dabei waren unsere Köpfe zusammen gestoßen. Er grinste mich unverschämt an.

„*Are you a little nervous, girl?*", fragte er, und ich fand das ziemlich herablassend. Ich wusste zwar, dass ich hilflos wirken musste, und ich war es ja auch. Aber dass mir dieser Kerl das dann auch noch grinsend ins Gesicht sagen musste …

Wortlos bückte ich mich wieder. Doch er war schneller und sammelte mit flinken Händen meine Unterlagen zusammen.

„*You're welcome*", sagte er, immer noch blöd grinsend, und reichte mir den Stapel.

„*Thank you*", murmelte ich und wandte mich schnell ab.

Die Dame hinter dem Tresen schaute mich noch mit demselben freundlichen Blick an wie vor dem Missgeschick. Offenbar brauchte man bei diesem Job öfter Geduld.

Ich händigte ihr die Blätter aus, die jetzt natürlich keine Ordnung mehr hatten, und hoffte, dass sie trotzdem damit klarkam. Dem war wohl auch so, denn sie überflog die Blätter nur schnell, fand innerhalb von Sekunden den Abschnitt mit meinem Namen und meiner Heimatadresse und fragte dann nach meinem Reisepass. Den fand ich glücklicherweise sofort und legte ihn vor sie auf den Tresen, der aus demselben blau gestrichenem und veraltetem Holz bestand wie die Eingangstür und sowieso fast alles in diesem Raum. Nur die alten Sofas waren mit verschiedenfarbigen Stoffen überzogen, die in keiner Weise zusammenpassten.

„Ach, du bist Deutsche?", fragte jemand hinter mir. Verwundert drehte ich mich um und sah wieder in diese großen, blauen Augen. Ich war überrascht, dass der Typ deutsch sprach. Er zeigte auf meinen deutschen Reisepass.

„Äh, ja."

„Super, dann können wir uns ja auf Deutsch unterhalten. Darf ich mich vorstellen? Mein Name ist Timo und ich komme aus Stuttgart."

Er hielt mir die Hand entgegen, die ich zögerlich und

völlig perplex nahm. Damit hatte ich nun gar nicht gerechnet, hier, so weit weg von zu Hause, jemanden zu treffen, der auch aus meinem Heimatland kam.

„Du kannst doch Deutsch, oder?", fragte er mich lachend, weil ich nichts herausbrachte.

Ich räusperte mich, um mich aus der Verwunderung zu befreien.

„Ich heiße Cornelia, also eigentlich Nelly. Komme aus der Nähe von Frankfurt."

„Freut mich, Nelly aus der Nähe von Frankfurt. Wie schön, mal wieder Deutsch zu sprechen. Ich bin schon seit einigen Monaten hier, und es tut wirklich gut, ab und zu die eigene Sprache zu benutzen. Wie geht's deinem Kopf?"

Ich verzog fragend den Mund.„Was soll mit meinem Kopf sein?" Als ich es gesagt hatte, merkte ich, wie bockig ich klang. Dabei war dieser Timo doch eigentlich ganz nett. Nur der Start war etwas holprig gewesen.

„Na, der Zusammenstoß eben?"

Ich wurde ein bisschen rot und kicherte.

„Ach so, nein, ich merke schon nichts mehr."

„Na, da bin ich aber beruhigt, Nelly. Nicht dass du mit einer hübschen Beule hier herumlaufen musst."

Er lachte über seine eigenen Worte, und sein Lachen war so ansteckend, dass ich einstimmte.

„*Ok, Miss Balewa?*", sagte die Rezeptionistin.

Widerwillig wandte ich mich von Timo ab.

„*Here are your keys. You will share your room with five other girls. It is room number 11. This way, please.*" Sie zeigte mit der Hand in Richtung eines Ganges, der von dem Saal wegführte und in dem es beidseitig viele Türen gab.

„*Thank you*", sagte ich und griff nach meinem Koffer. Doch auch dieses Mal war Timo schneller.

„Darf ich dir den Koffer noch bis zur Zimmertür bringen?"

„Gerne." Ich fühlte mich geschmeichelt von seiner gentlemanhaften Art. Er ließ mich vor sich in den Gang gehen, und plötzlich freute ich mich auf die nächsten Wochen.

# 5.

Nervös kaute ich auf dem Bleistift herum, den ich aus einem Glas genommen hatte, das auf einem kleinen Tisch im Gemeinschaftsraum des Hostels stand. Mein Fuß wippte unentwegt auf und ab, und ich rutschte auf dem verschlissenen Sessel hin und her. Vor mir, auf dem hölzernen, blauen Sofatisch, lag das Stück Briefpapier, auf das ich vor vielen Monaten die Adresse meines Vaters geschrieben hatte.

Ganze vier Tage war ich nun schon in Kapstadt. Trotzdem hatte ich es bisher nicht gewagt, mich auf den Weg zu dieser Adresse zu machen. Es gab aber auch viel zu sehen und zu tun in dieser wunderschönen Stadt.

Timo war mein stetiger Begleiter geworden. Er war nach dem Abitur nach Kapstadt gekommen und wollte hier ein paar Semester studieren. Noch arbeitete er jedoch in verschiedenen Jobs, um sich das Studium zu finanzieren. Da er schon länger hier war, kannte er sich bereits gut aus. Er wusste beispielsweise, zu welchen Zeiten es keine großen Warteschlangen an der Gondel gab, die uns hoch hinauf auf das Plateau des Tafelbergs brachte. Der Temperaturunterschied zwischen der Gondelstation, die auch schon recht weit oben am Hang lag, und dem in tief hängenden, feuchten Wolken gelegenen Plateau überraschte mich. Zum Glück hatte Timo mich vorgewarnt und mir geraten, eine dicke Jacke einzupacken. Zuerst hatte ich ihn belächelt und

48

gesagt: „Es sind mindestens fünfundzwanzig Grad. Mein T-Shirt wird schon reichen."

Aber er schüttelte grinsend den Kopf. „Vertrau mir, Grünschnabel."

Obwohl es mich ärgerte, wenn er mich so nannte, kicherte ich jedes Mal wie ein kleines Mädchen, wenn er „Grünschnabel" sagte.

Ich gehorchte ihm und stopfte eine Fleecejacke in meinen Rucksack. Als wir dann oben aus der Gondel ausstiegen, fröstelte mir sofort, und ich zog mir verschämt die Jacke über.

Der Blick von dort war einmalig. Wir wanderten über das gesamte Plateau, und wenn nicht gerade dichte Wolken die Sicht versperrten, bot sich uns ein paradiesisches Panorama in den buntesten Farben, die man sich nur vorstellen kann: Das weite, tiefblaue Meer mit den weißen Schaumkronen, die die Wellen zum Strand trugen. Der hellgelbe, fast weiße Sandstrand, der zu beiden Seiten von grauen, felsigen Klippen gesäumt war. Und die bunte Stadt mit den vielen, saftig grünen Flächen.

Am darauffolgenden Tag brachte Timo mich an den Strand von Camps Bay, wo wir picknickten, mit den Füßen im eiskalten Atlantischen Ozean wateten und andere Menschen beobachteten. Nur etwa 250 Kilometer südöstlich von diesem Strand flossen der Atlantik und der Indische Ozean zusammen, und das Wasser wurde dort merklich wärmer. Hier bei Camps Bay war es zu dieser Jahreszeit jedoch noch zu kalt zum Baden. Wir waren auch schon am Hafen von Kapstadt, dessen umgebendes Gebiet *Waterfront* genannt wurde, gewesen, hatten Fish and Chips gegessen und Bier getrunken.

Nun war also schon der vierte Tag. Am Morgen wurde ich wie immer von den anderen Mädchen in meinem Zimmer, die sich jeden Tag in aller Früh fertig machten, um die Stadt zu erkunden, geweckt. Ich blieb noch ein wenig unter der warmen Decke liegen und dachte an meinen Vater. Ich wollte jetzt nicht mehr länger warten. Die letzten Tage war ich abgelenkt gewesen und hatte es genossen, nach all dem Stress mit meiner Mutter und dem Abitur einfach mal ein wenig Zeit für mich zu haben, Neues zu erleben, ein fremdes Land zu entdecken. Aber an diesem Morgen nach dem Aufwachen fiel mir wieder ein, warum ich überhaupt hierher gekommen war. Mein Erspartes war knapp. Ich hoffte zwar, dass ich bald bei meinem Vater unterkommen könnte, aber ganz darauf verlassen wollte ich mich nicht.

„Ich kann mir beim besten Willen nicht vorstellen, dass dieser Stift schmeckt. Und vor allem will ich nicht wissen, wer den alles schon in seinen schmierigen Händen hatte."

Ich riss mir den Bleistift aus dem Mund und wischte mir hastig und angewidert über die Zunge. Timo lachte laut und ließ sich neben mir auf das Sofa fallen.

„Was ist das?", fragte er und nahm den Zettel mit der Adresse. Bevor ich etwas sagen konnte, beantwortete er seine Frage selbst.

„Eine Adresse in Kapstadt. Uh, das Viertel ist nicht gerade eines der schönsten in Kapstadt." Er verzog den Mund.

„Was? Wieso? Was ist das denn für ein Viertel?"

„Nun ja, es gehört nicht wirklich zu den Slums. Aber dort treiben sich schon einige zwielichtige Gestalten herum. Da willst du hin?" Er sah mich mit großen Augen an.

Bisher hatte ich ihm nicht den wahren Grund genannt, warum ich nach Südafrika gekommen war. „Auszeit nach dem Abistress" war bis jetzt meine Begründung gewesen, und mehr wollte ich dazu auch nicht sagen.

Ich wand mich um die Antwort, stotterte irgendwas Unverständliches.

„Warum auch immer du dahin willst, Nelly. Ich lass dich auf keinen Fall allein gehen. Das ist zu gefährlich. Wann wollen wir los?"

In diesem Moment empfand ich eine starke Zuneigung zu Timo. Ohne weiter nachzubohren, bestand er darauf, mich zu begleiten. Es war eine große Erleichterung für mich, denn obwohl ich bis dahin noch nicht gewusst hatte, dass mein Vater anscheinend in einer nicht besonders angenehmen Gegend lebte, war mir nicht wohl bei dem Gedanken gewesen, diesen Weg allein zu gehen.

Zwei Stunden später, nachdem wir in einem kleinen Café unweit des Hostels gefrühstückt hatten, machten wir uns auf den Weg zu einer Bushaltestelle. Schon von Weitem konnte ich eine kleine Menschenansammlung erkennen, bei der gerade ein Bus hielt. Die Leute schoben sich ungeduldig durch die schmale Tür. Ohne weiter darüber nachzudenken, fing ich an, zu joggen. Die Menschen drängelten sich zwar noch immer in den Bus, aber ich wollte sichergehen, dass wir auch noch hineinpassten. Doch Timo hielt mich am

Ärmel fest. Ich sah ihn fragend an.

„Komm schon, wenn wir uns beeilen, können wir uns bestimmt noch mit rein quetschen!"

Zu meinem Erstaunen schüttelte Timo aber den Kopf und lenkte meinen Blick mit einer Kopfbewegung auf das Bushaltestellenschild, das wenige Meter vor uns stand.

*Bus stop for non whites* – Bushaltestelle für Nicht-Weiße – stand mit weißen Buchstaben auf schwarzem Hintergrund geschrieben.

Erst dann fiel mir wieder ein, welche politische Situation in Südafrika herrschte. Die Apartheid war kaum zu übersehen, obwohl es in den vergangenen Jahren schon viele, kleinere Reformen gegeben hatte durch den Präsidenten Pieter Willem Botha, der gerade von seinem Amt zurückgetreten war. Trotzdem war sie allgegenwärtig. In den wenigen Tagen, die ich schon in Kapstadt verbracht hatte, war ich ausschließlich mit weißen Menschen in Kontakt gekommen. Ich war so überwältigt von den Eindrücken dieser Stadt gewesen, dass mir das bisher überhaupt nicht aufgefallen war. Und jetzt wurde ich damit konfrontiert und wusste nicht, wie ich damit umgehen sollte. Zum Glück war Timo an meiner Seite. Er schob mich sanft etwa hundert Meter weiter zu der Bushaltestelle für Weiße. Ich schämte mich. Schämte mich, zu den Weißen zu gehören, obwohl ein Teil meiner Familie farbig war, schämte mich dafür, wie diese Menschen behandelt wurden.

Später erzählte mir Timo von der Gefangenschaft Nelson Mandelas und wie Menschen aus der ganzen Welt seine Freilassung forderten.

„Die Apartheid geht ihrem Ende entgegen, in wenigen Wochen gibt es eine neue Parlamentswahl. Frederik Willem de Klerk hat bereits vor ein paar Wochen die Parteiführung der National Party übernommen, und wahrscheinlich wird er der nächste Präsident. Ich bin gespannt, wie es danach weitergehen wird", erklärte Timo mir flüsternd im Bus, der lange nicht so überfüllt war wie der Bus, in dem die schwarzen und farbigen Menschen fahren mussten. Dennoch hatten wir nur einen Stehplatz ergattern können.

„Aber leider sieht man die Trennung noch an jeder Straßenecke. Die sogenannten *non-whites*, also Nicht-Weiße, müssen niedere Arbeiten verrichten, werden in manchen Restaurants nicht bedient und müssen sogar andere Taxis nehmen, wenn sie denn überhaupt genug Geld für ein Taxi haben. Sie leben auch in abgetrennten Wohnvierteln der Stadt, die meist weiter draußen liegen, und sie dürfen nur zum Arbeiten in die Viertel der Weißen kommen. Zum Glück sind einige Gesetze aber mittlerweile aufgelockert worden. Das Viertel, in das wir gerade fahren, liegt am Rande von Pinelands. Pinelands selbst ist eine wunderschöne Gartenstadt mit vielen Bäumen und Grünflächen. Dort leben hauptsächlich Weiße, aber an den Grenzen zu den umgebenen Stadtteilen, in denen praktisch nur Nicht-Weiße leben, vermischen sich Menschen verschiedener Herkünfte heute ein wenig. Ich bin ja jetzt schon einige Zeit hier und hab viel gesehen. Wir können nur hoffen, dass bei der bevorstehenden Wahl ein Präsident an die Macht kommt, der der Apartheid endlich ein Ende bereitet."

Mich machte das alles traurig. Südafrika war wunderschön und doch mit so vielen Problemen behaftet. Ich musste wieder an meinen Vater denken und fragte mich mehr denn je, warum er unbedingt zurück wollte und uns in Deutschland zurückgelassen hatte. Was war damals nur geschehen? Ich hoffte, dass ich die Wahrheit in wenigen Stunden oder Minuten erfahren würde.

Plötzlich bremste der Bus stark, anscheinend hatte der Busfahrer eine rote Ampel zu spät bemerkt. Durch den Ruck wurde ich unsanft gegen Timos Brust geworfen. Timo hielt mich schützend an den Schultern. Erschrocken sah ich ihn an, und unsere Blicke trafen sich. Seine blauen Augen waren nur wenige Zentimeter von meinen entfernt. Erst musste ich lachen, aber er sah mich so intensiv an, dass ich sofort wieder ernst wurde. Mein Herz schlug schneller, und mit mir passierte etwas, das ich bisher nicht gekannt hatte. Meine Hände wurden feucht, und mir wurde schwindelig. War das die Hitze, die so langsam das afrikanische Frühling einläutete? Mir kam es vor, als würde ich Timo schon seit einer Ewigkeit in die Augen blicken. Doch so lange, wie mir dieser Moment erschienen war, so schnell war er vorbei, als der Bus wieder anfuhr und die Schwerkraft mich von Timo wegzog. Ich sah mich um und bemerkte, dass uns die Leute anstarrten. Sofort lief mein Gesicht rot an. Timo tat so, als wäre nichts gewesen. Er schaute aus dem Fenster.

„Wir dürften nicht mehr weit weg sein."

Mein Herz schlug wieder schneller, doch diesmal kannte ich den Grund: Ich würde in wenigen Minuten meinen Vater sehen, zum ersten Mal in meinem Leben. So viele Gedanken waberten durch meinen Kopf, dass es sich anfühlte wie ein riesiger, klebriger Gedankenkloß.

Ich sah, dass nun wirklich keine weißen Menschen mehr auf der Straße waren. Auch war seit einigen Haltestationen niemand mehr ausgestiegen. Ich fragte mich, ob es zu einer dieser Reformen gehörte, dass der Bus für Weiße trotzdem hier anhielt, obwohl ja sowieso niemand ausstieg.

An einer Haltestelle, die zwischen den Stadtteilen Langa und Pinelands lag, stiegen wir als Einzige aus. Die Augen, die die anderen Leute im Bus machten, als wir durch die sich zischend öffnenden Türen traten, werde ich wohl nie vergessen. Einige tuschelten auch.

Langa gehörte zu den sogenannten Townships, den Armenvierteln von Kapstadt, was für mich auch, kaum war ich auf die Straße getreten, nicht mehr zu übersehen war: Auf der einen Seite der Straße zog sich ein kilometerlanges Meer aus Wellblechhütten über den staubigen Asphalt. Dazwischen waren überall dunkelhäutige Menschen jeden Alters zu sehen, die billige, verschmutze Klamotten trugen. Männer saßen einfach nur auf dem Boden vor einer der Hütten und rauchten Zigaretten, Frauen wuschen Stofffetzen in einer rostigen, mit Wasser gefüllten Wanne, Kinder spielten mit Blechbüchsen Fußball und kreischten dabei ohrenbetäubend. Ich konnte keinen Schritt tun, so etwas hatte ich noch nie zuvor gesehen. Und hier sollte mein Vater leben? Doch Timo zog mich mit sich.

„Komm, Nelly. Zum Glück liegt die Adresse, zu der du willst, auf der anderen Straßenseite. Am Rande von Pinelands."

Ich war erleichtert.

Wir mussten noch ein ganzes Stück laufen, und so konnte ich mir ein Bild von der Gegend machen. Es war schön hier. Trotz der unmittelbaren Nähe zu den Townships machte Pinelands den Eindruck, als könnte man hier gut leben. Es gab Grün, sehr viel Grün, die Häuser waren praktisch von Parks umgeben. Außerdem gab es Einkaufsmöglichkeiten und kleinere Restaurants und Bars. Die Wohnhäuser waren einfach und lange nicht so pompös wie beispielsweise in Camps Bay. Aber nach dem Schock, den ich bei dem Anblick von Langa bekommen hatte, kam mir Pinelands wie das Paradies vor. Hier ließ es sich aushalten.

Die zwielichtigen Gestalten, von denen Timo gesprochen hatte, kamen uns zwar hin und wieder entgegen oder wir sahen sie in kleinen Grüppchen in dunklen Ecken stehen, aber so lange es taghell war und Timo mich begleitete, konnte ich sie ignorieren.

Um mich von meiner Aufregung abzulenken, beschloss ich, Timo zu erzählen, warum ich nach Südafrika gekommen war. Er staunte nicht schlecht.

„Wow, das ist echt mutig von dir. Ganz allein auf die Suche nach deinem Vater zu gehen. Na ja, jetzt bist du jedenfalls nicht mehr allein, ich helfe dir."

Er grinste mich an, und wieder spürte ich diese Hitze, die meinen ganzen Körper durchfuhr und mein Herz schneller schlagen ließ.

Ich atmete tief durch und überlegte mir, was ich meinem Vater zuerst sagen sollte. Das Notizbüchlein mit den Fragen, die ich ihm stellen wollte, hatte ich in meiner Tasche verstaut. Aber ich konnte mich wohl schlecht vor ihn stellen und die Aufzeichnungen einfach ablesen.

Wer würde wohl sonst noch mit meinem Vater zusammenleben? Vielleicht würde ich sogar meine Großeltern kennenlernen.

Timo bemerkte meine steigende Nervosität und nahm mich liebevoll an der Hand.

Als ob er meine Gedanken gelesen hätte, sagte er: „Mach dir keinen Kopf, was du ihm sagen sollst. Der Moment wird es zeigen. Selbst wenn du dir jetzt was überlegst, du wirst bestimmt alles vergessen, wenn er erst vor dir steht."

## 6.

Das war es also … Timo und ich standen vor einem kleinen Häuschen, nicht viel größer als ein mickriger Reihenhausgarten in Oberursel. Es war nicht schäbig, aber es entsprach überhaupt nicht meinen Erwartungen, die mir jetzt kindisch vorkamen. Das kleine Haus war aus Spanplatten aufgebaut, die an mehreren Ecken und unter dem Dach anfingen, sich aufzulösen. Vom Bürgersteig zur Haustür führte ein schmaler Steinweg, der vor Unkraut kaum noch zu erkennen war, und links und rechts davon war nur rote, matschige Erde. Die Wohngegend erinnerte an die Trailerparks, die ich aus amerikanischen Filmen kannte.

Ich hatte Mühe, meine Tränen hinunterzuschlucken. Timo drückte meine Hand.

„Sieht doch ganz okay aus“, sagte er, doch ich merkte an seiner Stimme, dass er das selbst nicht glaubte.

Mein Vater war ein Farbiger, und ich hätte wissen müssen, dass er hier in Südafrika sicherlich nicht in großem Wohlstand leben konnte. Aber das hatte ich erfolgreich verdrängt, hatte meinen Vater in den letzten Jahren gedanklich zu einem Helden gemacht. Und jetzt holte mich die harte Realität ein. Ich versuchte, mich damit zu trösten, dass es schließlich keine Slums waren, wie die, die ich kurz zuvor gesehen hatte. Mir wäre es zwar lieber gewesen, mein Vater hätte im angrenzenden Pinelands gewohnt, durch das wir hierher gelaufen waren, aber das Haus war wenigstens fest gebaut und nicht nur provisorisch aus gesammeltem Schrott zusammengebastelt. Trotzdem krampfte sich mein Magen zusammen, war das Zuhause meines Vaters doch so anders als das, was ich in Deutschland gewohnt war.

„Ich glaub, ich kann das nicht", sagte ich und wollte schon wieder gehen. Doch Timo blieb stehen und ließ meine Hand nicht los.

„Du bist von so weit her gekommen, um deinen Vater kennenzulernen. Gib ihm die Chance und vor allem, gib dir selbst die Chance. Mal ganz ehrlich, Nelly. Du bist so ein tolles Mädchen, welcher Vater würde dich nicht in seinem Leben haben wollen?"

Damit traf Timo mein Innerstes. Warum wollte mich mein Vater nicht in seinem Leben haben? Was hatte ihn dazu gebracht, aus seinem angenehmen Leben in Deutschland zu fliehen und hierher zurückzukehren, in dieses heruntergekommene Haus? Ich atmete ein paar Mal tief durch. Timo hatte recht. Ich hatte so lange auf diesen Moment gewartet, ich konnte jetzt keinen Rückzieher machen. Nervös wickelte ich mir eine dunkle Haarsträhne um den Finger.

„Kommst du mit?", fragte ich Timo.

„Na klar. Ich bin doch nicht den ganzen Weg quer durch Kapstadt hierher gekommen, um dich jetzt hängen zu lassen."

Freundschaftlich boxte er mir gegen den Arm.

„Okay, dann los."

Mit zitternden Knien ging ich schnell auf das Häuschen zu, damit ich es mir nicht doch noch anders überlegen konnte. Timo ließ meine Hand nicht los.

Eine Klingel gab es nicht, also klopfte ich zaghaft gegen die Tür. Kein Geräusch war aus dem Haus zu hören. Ich schaute Timo an, und er nickte mir zu. Also klopfte ich noch einmal, diesmal etwas lauter, eindringlicher. Wir warteten kurz.

„Scheint niemand zu Hause zu sein."

Ich war erleichtert und enttäuscht zugleich.

„Wir kommen morgen noch mal", sagte Timo. Ich nickte, und wir liefen wieder Richtung Straße. Dann hörte ich ein Klicken hinter uns. Ich drehte mich um und sah eine junge Frau in der Tür stehen.

„Hallo. Kann ich Ihnen helfen?", fragte die Frau auf Englisch. Sie hatte hellbraune Haut, schwarze Augen und langes, dunkelbraunes, glattes Haar.

„Oh, ähm, ja, tut uns leid für die Störung."

Mein Englisch war nach ein paar Tagen in Kapstadt schon um einiges besser und fließender geworden.

Zögerlich ging ich auf sie zu. Ihr Blick war keineswegs abweisend, sondern neugierig. Wahrscheinlich kam es nicht so oft vor, dass ein Mann mit hellblonden Haaren und eine Frau, zwar leicht gebräunt aber doch eher der europäische Typ, vor ihrer Haustür standen.

„Ich hatte mich gefragt, ob hier vielleicht ein Benno Balewa wohnt?" Die Frage kam leichter aus meinem Mund, als ich es mir vorgestellt hatte.

Ich versuchte, in ihrem Gesicht zu lesen, aber sie zog keine Miene.

„Darf ich fragen, wer Sie sind?", fragte sie mich höflich.

Was sollte ich sagen? Ich konnte dieser Wildfremden

doch nicht sagen, dass ich Bennos Tochter war. Schließlich hatte ich keine Ahnung, wer da vor mir stand. Vielleicht war es seine Frau, und sie wusste nichts von seiner Vergangenheit. Doch sie wirkte fast zu jung, als dass sie die neue Frau meines Vaters hätte sein können. Ich versuchte, mir möglichst schnell eine Erklärung einfallen zu lassen, doch die Sekunden des Schweigens verstrichen, und mir fiel nichts ein.

„Wir sind Bekannte aus Deutschland", sagte Timo.

Die Frau musterte erst ihn von Kopf bis Fuß und dann mich. Ihr musste bewusst sein, dass wir viel zu jung waren, um Benno von damals zu kennen, vorausgesetzt, sie wusste überhaupt von seiner Zeit in Deutschland. Wenn dem so war, ließ sie es sich jedenfalls nicht anmerken.

„Wollt ihr nicht hereinkommen?", fragte sie und wies mit der Hand in das dunkle Zimmer hinter sich.

Timo warf mir einen Blick zu, den ich nicht deuten konnte. Aber selbst, wenn er es für keine gute Idee gehalten hätte, für mich gab es jetzt kein Zurück mehr.

Ich ließ seine Hand los und folgte der Frau ins Haus. Hinter der Tür gab es keinen Flur, so wie ich es von zu Hause kannte, sondern wir standen sofort mitten im Wohnzimmer. Der Raum war dunkel, das Tageslicht drängte sich durch zwei kleine Fenster in das Innere des Hauses. Im Wohnzimmer stand ein altes Sofa, das fast den ganzen Raum einnahm. Sonst gab es nur noch einen klapprigen Esstisch, um den aber mindestens zehn Stühle standen. Rechts sah ich eine winzige Küche, doch die restlichen Türen, die in weitere Räume führten, waren verschlossen.

Sonst war niemand da, zumindest nicht in diesem Raum.

„Setzt euch doch bitte. Wollt ihr etwas trinken?", fragte die Frau, und ich wollte schon verneinen, weil ich mir schlecht vorkam, diesen armen Leuten noch das Wasser wegzutrinken. Aber dann dachte ich, dass es vielleicht unhöflich wäre, das Angebot abzulehnen. Also brachte sie uns zwei große Gläser mit frischem, stillem Wasser und setzte sich dann zu uns an den Tisch. Stumm sah sie mich an. Mir wurde ganz unwohl, und ich trank hastig ein paar Schlucke von dem kühlen Wasser, das nach der langen Busfahrt guttat.

„Ist Mr. Balewa denn zu Hause?", fragte Timo. Ich verschluckte mich und musste husten.

Anstatt zu antworten, schaute die Frau aus dem Fenster.

Als mein Hustenanfall vorbei war, sagte ich: „Vielleicht sollten wir uns erst einmal vorstellen. Das ist Timo und mein Name ist Nelly."

„Freut mich, euch kennenzulernen, Timo und Nelly. Ich bin Wanda." Sie reichte uns die Hand. „Also, was wollt ihr vom Onkel meines Mannes?"

Sie kannte meinen Vater also, gehörte sogar zu seiner Familie und damit auch zu meiner. Plötzlich verspürte ich Zugehörigkeit, so als ob ich schon immer zu dieser Familie gehört hätte. Ihr Blick war nett, aber noch immer skeptisch.

„Ich würde das gerne, wenn es geht, mit ihm persönlich besprechen", sagte ich vorsichtig, weil ich sie nicht kränken wollte. „Ist er denn zu Hause oder kommt er bald wieder?"

Mit einem Mal wurde ihr Blick leer, sie schien mit ihren Gedanken jetzt ganz weit weg zu sein. Eine Vorahnung überkam mich und ließ mein Herz schwerer werden.

„Es tut mir leid, Nelly. Aber Benno ist vor etwa einein-halb Jahren verstorben."

## 7.

Ein Telefon … Ich wollte sofort ein Telefon, um meine Mutter anzurufen. Nichts wollte ich mehr in diesem Moment. Ein Schleier aus Tränen machte meine Sicht verschwommen, aber ich sah so oder so nicht, wohin wir liefen. Timo hielt meine Hand und führte mich durch die Straßen Kapstadts zur Bushaltestelle. Am liebsten hätte ich mich in das nächste Flugzeug nach Frankfurt gesetzt, wollte nur noch weg hier. Ich erinnerte mich an das letzte Gespräch mit meiner Mutter, bevor sie mich zum Flughafen gebracht hatte. Sie hatte weinend versucht, mich davon zu überzeugen, diese Reise doch nicht anzutreten, zu Hause zu bleiben. In der Check-in-Halle musste ich ihr noch versprechen, mich bei ihr zu melden, so oft wie möglich. Es gab ein Telefon im Hostel, aber bisher hatte ich sie nicht angerufen. Jetzt wollte ich so sehr ihre Stimme hören, wenn sie mich schon nicht in den Arm nehmen konnte.

Irgendwann stiegen wir aus dem Bus, von der Fahrt hatte ich kaum etwas mitbekommen. Der Strand von Camps Bay lag vor uns, und plötzlich hatte ich das dringende Bedürfnis, mich in den Sand zu setzen und die frische Meerluft einzuatmen, wollte das Gefühl der Enge in meiner Brust loswerden.

„Können wir kurz an den Strand gehen?", fragte ich Timo.

Er nickte, und wir überquerten die Straße, die die vordersten Häuser von der Strandpromenade trennte. Nicht weit von den schäumenden Wellen, die den Sand unter sich glätteten, setzten wir uns hin. Ich starrte aufs Meer hinaus und ließ langsam die salzige Luft meine Lungen füllen. Das tat gut. Allmählich lichtete sich der Nebel, der meinen Geist verhüllt hatte. Timo hatte seinen Arm um meine Schultern gelegt und wartete, bis ich bereit war, darüber zu sprechen. Aber ich konnte nicht, ich wusste nicht, was ich sagen sollte. So lange Zeit hatte ich meinen Vater vermisst, und jetzt, da ich ihn endlich hätte kennenlernen können, war er nicht mehr da.

„Tot", sagte ich, das Wort schmeckte bitter auf meiner Zunge. „Mein Vater ist tot?", fragte ich Timo in der Hoffnung, dass er mir sagen würde, dass ich es falsch verstanden hätte. Doch in Timos gequältem, mitfühlendem Blick sah ich, dass es wahr war. Alles umsonst, das Warten, die weite Reise. Wäre ich nur früher gekommen. Hätte meine Mutter mir nur von seinem zweiten Anruf erzählt, mir seine Adresse gegeben. Hätte sie mich nur sofort zu ihm fliegen lassen. Die Sehnsucht nach meiner Mutter, die ich soeben noch verspürt hatte, machte wieder der Wut Platz. Ich konnte nicht nachvollziehen, was geschehen war. Hatte meine Mutter etwa von all dem gewusst? Hatte sie gewusst, dass mein Vater sterben würde? Wollte sie mich deshalb nicht zu ihm lassen? Was wusste sie, was sie mir nicht sagen wollte?

Als Wanda mir vor weniger als einer Stunde gesagt hatte, dass mein Vater gestorben war, war mein Herz gebrochen. Ich war so entsetzt gewesen, dass ich nicht einmal mehr daran gedacht hatte, nachzufragen, woran er gestorben war. Ich war einfach aufgestanden und hatte wortlos das Haus verlassen. Timo war hinter mir her gerannt und hatte Wanda noch eine Entschuldigung zugerufen.

„Ich muss mit meiner Mutter sprechen", sagte ich, stand auf und klopfte mir den Sand von der Hose.

Am Hostel angekommen, kramte ich alle Rand-Münzen, die ich finden konnte, aus meinem Geldbeutel und fing an, sie in das Münztelefon neben der Rezeption zu werfen. Besonders viel kam nicht zusammen. Timo stand hinter mir und drückte mir noch einige weitere Münzen in die Hand. Für mehrere Minuten Verbindung sollte das Geld reichen. Ich wollte einfach nur mit ihr sprechen, wollte von ihr hören, ob sie über all das Bescheid gewusst hatte.

Nach nur wenigen Freizeichen nahm meine Mutter ab.

„Hallo Mama, ich bin es."

Stille.

„Mama? Bist du da?"

Plötzlich schluchzte meine Mutter laut.

„Nelly, mein Kind, mein Liebling. Ich … ich bin so froh, dass du dich meldest! Ich hab mir solche Sorgen gemacht! Gott sei Dank ist dir nichts passiert!"

Das Weinen meiner Mutter ließ mein Herz weich werden, und ich fing auch an, zu weinen.

„Mama …" Mehr brachte ich nicht heraus.

„Wie geht es dir? Ist alles in Ordnung? Ziehst du dich warm genug an? Isst du auch ordentlich?"

Ich war überrascht, dass meine Mutter nicht sofort nach meinem Vater fragte.

„Ja, Mama. Mach dir keine Gedanken."

Sie war meine Mutter und hörte natürlich sofort, dass etwas nicht stimmte.

„Was ist passiert, mein Liebling? Hast du deinen Vater getroffen? Hat er nicht gut reagiert? Was hat er getan, Nelly?"

Sie klang besorgt, und ich wusste, dass sie mir nichts vorspielte. Also hatte sie nicht davon gewusst, dass mein Vater tot war.

„Mama, mein Vater, er …" Meine Stimme versagte. Ich spürte, wie Timo mir sanft über den Rücken streichelte.

„Was ist mit Benno? Was hat er gemacht? Was hat er dir erzählt? Ich bringe ihn um!"

Die Tränen liefen mir über die Wangen.

„Nelly? Sag doch was!"

„Er ist tot. Mama, er ist tot!" Jetzt konnte ich mich nicht mehr beherrschen und schluchzte laut los. Es war mir egal, dass sich die anderen Leute im Empfangsraum verwundert nach mir umsahen, egal, dass ich vor Timo heulte wie ein kleines Kind. Meine Mutter sagte gar nichts. Also heulte ich einfach weiter.

Nach einer gefühlten Ewigkeit krächzte meine Mutter etwas Unverständliches ins Telefon. Dann räusperte sie sich und fragte: „Warum?"

„Ich weiß nicht, warum, Mama. Timo und ich waren in seinem Haus, und die Frau seines Neffen hat es uns erzählt."

„Timo? Wer ist Timo?"

„Er ist ein Freund, ich hab ihn hier … Ach, ist doch

egal, Mama! Warum hast du mich nicht früher zu meinem Vater gelassen? Ich hätte ihn noch kennenlernen können."

„Oh Nelly. Ich, ich wusste nicht … Ich meine, oh mein Gott, er ist tot." Ich hörte einen gurgelnden Laut, und erst da wurde mir bewusst, was diese Nachricht für meine Mutter bedeutete. Er war die Liebe ihres Lebens gewesen, aber sie riss sich mir zuliebe zusammen. Ich stellte mir vor, wie sie später zusammenbrechen würde, nachdem sie aufgelegt hätte.

„Ich weiß nicht mal, woran er gestorben ist. Er war doch noch so jung."

Plötzlich ganz entschlossen, fügte ich hinzu: „Mama, ich werde noch einmal zurück zu seiner Familie gehen und es herausfinden."

„Willst du nicht lieber wieder heimkommen? Bleib nicht dort, Schatz. Ich sollte jetzt für dich da sein."

Ich wusste, dass sie recht hatte. Und ich wusste auch, dass sie sich wünschte, dass ich jetzt für sie da war. Aber meine Entscheidung stand fest: Ich musste mehr über meinen Vater herausfinden! Und wenn ich es von ihm persönlich nicht mehr erfahren konnte, dann würde mir vielleicht seine Familie von ihm erzählen, wie er so war, was er mochte und ob er von mir gesprochen hatte.

„Nein. Ich werde noch ein wenig hierbleiben. Mach dir um mich keine Sorgen, Mama. Ich komm klar."

„Bist du dir sicher, Nelly?"

Nachdem sie mir vor meiner Abreise monatelang in den Ohren gelegen hatte, dass ich nicht nach Kapstadt gehen sollte, verwunderte mich ihre Reaktion.

68

„Ja, ich bin mir sicher. Ich bin hier auch nicht allein. Es gibt da jemanden, der auf mich aufpasst." Ich warf Timo einen fragenden Blick zu, und er lächelte. Mein Herz machte einen kleinen, zaghaften Sprung.

„Okay, mein Kind. Aber versprich mir, dass du auf dich aufpasst und dich bald wieder meldest, ja?"

„Ich verspreche es."

„Und du kommst wieder nach Hause, sobald du alles dort geklärt hast?"

Irgendetwas in mir sagte mir, dass ich ihr das nicht versprechen konnte. Also sagte ich nur: „Ich möchte einfach die andere Seite meiner Familie kennenlernen."

Nachdem ich meiner Mutter noch versichern musste, dass ich genug Geld hatte, ordentlich essen, mich warm anziehen und nach Einbruch der Dunkelheit nicht mehr auf die Straße gehen würde, verabschiedeten wir uns und legten auf.

Trotz meiner Trauer, die sich wie ein Schatten über mein Gemüt gelegt hatte, war ich erleichtert, endlich Rückhalt von meiner Mutter zu haben.

# 8.

„Ich werde so lange ein wenig spazieren gehen. In einem der Parks kann ich mir sicher die Zeit vertreiben. Soll ich in etwa einer Stunde zurück sein? Oder lieber zwei?"

Timo und ich standen wieder vor dem Haus, in dem mein Vater gelebt hatte.

„Kannst du nicht mit reinkommen?", fragte ich.

Timo schüttelte den Kopf. „Nein, Nelly. Ich denke, es ist besser, wenn du deiner Familie allein gegenüber trittst und ihnen sagst, wer du bist. Du schaffst das. Ich hole dich dann in einer Stunde wieder hier ab, okay? Und wenn du länger brauchst, dann nimm dir die Zeit. Ich warte auf dich."

Er nahm mich kurz in den Arm und gab mir einen Kuss auf die Stirn. Durch diese körperliche Nähe fühlte ich mich sofort ein wenig stärker als vorher. Trotzdem pochte mir das Herz bis zum Hals, als ich allein auf die Haustür zuging.

Schon bevor ich anklopfte, hörte ich Kindergeschrei im Haus. Es gab Kinder in meiner Familie! Erwartungsvoll klopfte ich an.

Die Tür ging auf, und ein kleiner Junge von vielleicht acht Jahren schaute unter der Sicherheitskette hervor, die dafür sorgte, dass die Tür nur einen Spalt breit geöffnet werden konnte. Er sah mich mit großen, braunen Kulleraugen an.

„Hi, ich bin Nelly. Ist deine Mum oder dein Dad zu

Hause?"

Der Junge nickte eifrig, drehte sich um, rief „*Mom!*" und verschwand wieder. Kurz darauf fummelte jemand an der Sicherheitskette und öffnete die Tür. Es war Wanda.

„Hallo, Nelly!", sagte sie, und ich freute mich, dass sie sich an meinen Namen erinnerte. „Ich habe dich erwartet."

Ich schaute wohl etwas überrascht drein, denn sie lachte. „Du bist gestern so überstürzt verschwunden, ich hab mir gedacht, dass du wiederkommen würdest."

„Ja, das tut mir sehr leid, Wanda. Die Nachricht über Bennos Tod hat mich schockiert, und ich musste das erst einmal verdauen", sagte ich, aber Wandas offener Blick verriet mir schon, dass sie mir nicht böse war.

Wie auch am Tag zuvor bat sie mich herein und stellte ein Glas Wasser vor mich.

Das Kindergeschrei, das ich von draußen gehört hatte, war verstummt. Dafür öffnete sich eine der verschlossenen Türen, und der kleine Junge, der mir die Haustür aufgemacht hatte, sowie zwei noch kleinere Mädchen schauten neugierig heraus.

„Kinder, geht zurück in euer Zimmer. Wir haben Besuch", sagte Wanda.

„Für mich ist es okay, wenn sie dazukommen", sagte ich und hoffte, dass ich die Kinder kennenlernen konnte.

„Wir wollen erst einmal in Ruhe reden. Ich bin nämlich sehr neugierig, warum du Benno treffen wolltest."

Wanda sah mich an und ich wusste, dass ich nun mit der Wahrheit herausrücken musste.

Wanda war so liebenswürdig und herzlich, dass ich keine

Angst hatte, ihr zu sagen, wer ich war.

„Als Benno in Deutschland war, war er mit einer Frau zusammen."

Wanda wirkte, als würde sie es bereits wissen und sagte: „Du bist seine Tochter, nicht wahr? Ich habe gehofft, dass du eines Tages kommen würdest."

Ohne dass ich mir erklären konnte, warum, liefen mir plötzlich Tränen über die Wangen.

Wanda kam um den Tisch und nahm mich in den Arm. Sie wiegte mich wie ein Baby hin und her und machte immer wieder „Ssschhhh …".

Nach einigen Minuten konnte ich mich wieder etwas beruhigen.

„Es tut mir leid. Ich hatte nur so sehr gehofft, dass ich endlich meinen Vater kennenlernen könnte, und jetzt ist er nicht mehr hier."

Wanda schaute mich traurig an.

„Er war ein warmherziger Mann, Nelly. Und er sah dir sehr ähnlich."

„Wirklich?"

„Ja, deine Gesichtszüge und dein Blick sind von ihm. Auch wenn seine Augen nicht das schöne Grün hatten wie deine, man konnte in ihnen sehen, dass sein Herz ein gutes war. Die gleiche Sprache sprechen deine Augen."

Mich rührte das so sehr, dass ich Schwierigkeiten hatte, die wieder aufsteigenden Tränen aufzuhalten.

Wanda sprach so liebevoll über meinen Vater, dass ich mich wieder fragte, warum er mich und meine Mutter im Stich gelassen hatte.

„Wanda, darf ich dich fragen, warum Benno, also mein Vater, damals hierher zurückgekommen ist?"

Sie nahm meine Hand in die ihre und musterte meine Finger.

„Ich fürchte, die wahren Gründe dafür kann ich dir nicht nennen, meine liebe Nelly. Als dein Vater aus Deutschland zurückkam, war ich gerade erst fünfzehn Jahre alt. Ich bin nur wenige Häuser entfernt von Familie Balewa aufgewachsen und war mit deinem Cousin Edward und deiner Cousine Miriam schon von Kindheit an befreundet. Aber was genau damals vorgefallen ist, habe ich niemals erfahren. Benno hat nie viel über seine Zeit in Deutschland gesprochen. Wir wussten, jedoch, dass er eine Tochter dort gelassen hatte." Sie zögerte kurz, dann fuhr sie fort: „Du musst wissen, die Zeiten damals waren schlimm. Dein Vater und dein Großvater sind nach Deutschland gegangen, weil sie es hier nicht mehr ausgehalten haben. Wir lebten damals im District Six, ein recht zentraler Stadtteil von Kapstadt. Im Jahr 1968 mussten alle farbigen und schwarzen Menschen von einem Tag auf den nächsten ihr Zuhause verlassen. Der District Six wurde geräumt, um Wohnraum für die Weißen zu schaffen, und wir waren gezwungen, uns weit außerhalb von Kapstadt niederzulassen. Zur Arbeit zu gelangen war somit fast unmöglich, es wäre ein Fußmarsch von vielen Stunden gewesen. Wenig später erhielt Eddie glücklicherweise eine Genehmigung, als Gastarbeiter in der Innenstadt zu arbeiten, und die Familie konnte hierher an den Stadtrand umsiedeln. Durch diese Arbeit war es Eddie möglich, die Frauen – seine Schwester Miriam und seine

Mutter Helena, deine Tante,– zu versorgen. Doch Benno und dein Großvater blieben arbeitslos, und so wollten sie versuchen, in Europa ein neues Leben zu beginnen."

Wandas Erzählung über die Vergangenheit meiner Familie hatte mich so mitgerissen, dass ich fast vergessen hatte, wo ich war. Deshalb erschrak ich umso mehr, als eines der Kinder plötzlich hinter mir auftauchte.

„Zola, was hab ich euch gesagt?", fragte Wanda die Kleine. Das Mädchen, ich schätzte sie auf vier oder fünf Jahre, schaute mich mit großen, dunklen Augen neugierig an und ignorierte die Frage ihrer Mutter.

„Hallo Zola, ich bin Nelly", sagte ich und reichte ihr meine Hand, die sie schüchtern entgegennahm.

„Hi, Nelly", antwortete sie mit solch einer süßen Stimme, dass ich mich sofort in sie verliebte. Sie schmiegte sich an ihre Mutter, ließ mich aber nicht aus den Augen. Bevor Wanda die Kleine wieder zurück in das Kinderzimmer schicken konnte, kamen auch die anderen beiden auf Zehenspitzen in das Wohnzimmer geschlichen. Alle drei drängten sich an ihre Mutter und schauten mich an. Wanda brachte es wohl nicht übers Herz, sie wieder zurück in ihr Zimmer zu schicken.

„Ihr hört ja doch nicht auf mich, ihr neugierigen Mäuse", sagte sie und lächelte.

„Nelly, darf ich dir meine Kinder vorstellen? Das ist Zola, sie ist fünf Jahre alt, mein großes Mädchen Leya ist sieben Jahre, und dieser Lausbub hier ist Akos, er ist neun."

„Aber ich werde schon bald zehn!", korrigierte Akos seine Mutter schnell. Auch die anderen beiden gaben mir höflich die Hand.

„Warum kommst du uns besuchen, Nelly?", fragte Leya.

Ich schaute Wanda fragend an, weil ich mir nicht sicher war, ob ich ihnen die Wahrheit erzählen sollte. Doch Wanda schien damit kein Problem zu haben: „Nelly ist die Cousine von Daddy. Genau wie Malou und Nala eure Cousinen sind." Für mich als Erklärung fügte sie hinzu: „Das sind die Töchter meines Bruders." Ich nickte.

„Dürfen wir dich dann Tante Nelly nennen?", fragte Akos.

„Klar dürft ihr das!" Ich konnte mir ein Grinsen nicht verkneifen.

In diesem Moment hörte ich ein Husten aus einem der anderen Zimmer.

„Kinder, euer Urgroßvater ist aufgewacht. Wollt ihr ein bisschen draußen spielen gehen? Ich kümmere mich so lange um ihn."

Die Kinder gehorchten sofort und gingen in den Garten, der, soweit ich gesehen hatte, nur aus einem erdigen Stück Boden zwischen Haus und Straße bestand.

Mir wurde klar, dass der Urgroßvater der Kinder mein Großvater sein musste, Bennos Vater. Plötzlich wurde ich aufgeregt, war mir aber gleichzeitig nicht sicher, ob es überhaupt in Ordnung war, wenn ich noch länger hierbliebe. Diese Sorge nahm mir Wanda allerdings, indem sie sagte: „Warte kurz hier, Nelly. Ich helfe deinem Großvater Jacob kurz aus dem Bett, und dann kannst du auch ihn kennenlernen."

Mein Herz machte einen Satz. Den Vater meines Vaters

zu treffen, fühlte sich ein wenig so an, als wenn ich zumindest einen Teil meines Vaters wiederfinden würde. Mein Opa! Er war mit Benno zusammen in Deutschland gewesen, und ich war mir sicher, dass er auch ein wenig Deutsch sprach. Voll freudiger Erwartung trommelte ich mit den Fingerspitzen auf dem Holztisch. Und schon öffnete sich die Tür wieder, in der Wanda vor wenigen Minuten verschwunden war. Sie schob einen Rollstuhl, in dem ein alter, weißhaariger Mann saß. Das Gesicht des Mannes, dessen schlohweißes Haar einen starken Kontrast zu seiner dunklen Haut bildete, war auf eine seltsame Art verzerrt: Die eine Gesichtshälfte hing ein wenig nach unten, als wäre die Schwerkraft auf der einen Seite größer als auf der anderen.

„Schau Jacob, das ist deine Enkelin Nelly. Bennos Tochter."

Der alte Mann schaute mich kurz mürrisch an und wandte seinen Blick dann wieder ab. Die gerade noch verspürte Vorfreude wich einer tiefen Enttäuschung. Offensichtlich wollte mein Großvater nichts von mir wissen.

„Essen!", lallte Jacob.

„Ich mache dir gleich etwas, Jacob. Aber möchtest du nicht zuerst einmal deine Enkeltochter begrüßen?"

Der Alte machte einen schnaubenden Laut, was wohl „Nein" bedeuten sollte.

Wanda zuckte mit den Achseln, fuhr den Rollstuhl an den Tisch und stellte in der Küche einen Topf mit Kartoffeln und Gemüse auf den Herd. Dann kam sie zurück an den Tisch.

„Mach dir nichts draus, Nelly. Jacob hatte kurz nach

Bennos Tod einen Schlaganfall. Seitdem ist nicht nur eine Seite seines Gesichts gelähmt und er kann nicht mehr laufen, sein Gemüt ist auch nicht mehr so wie früher. Er ist sehr launisch und depressiv geworden. Auch meinen Kindern gegenüber ist er meistens mürrisch."

Mein Vater war gestorben und mein Großvater litt unter den Folgen eines Schlaganfalls. Ich fühlte mich entsetzlich, nicht nur weil meine Hoffnung auf die Familie, nach der ich mich gesehnt hatte, immer mehr sank, sondern auch, weil die Familie meines Vaters offensichtlich so viel durchmachen musste. Ich hatte schon immer mitgelitten, wenn ich Geschichten über das Leid anderer Menschen hörte. Aber das hier war noch viel schlimmer. Es war meine eigene Familie.

„Essen!", lallte Jacob wieder, und diesmal war der Ton noch fordernder als zuvor.

Wanda stand auf, um in die Küche zu gehen. Vorher wandte sie sich aber noch kurz an mich: „Was hältst du davon, wenn du morgen am späten Nachmittag wiederkommst? Dann kannst du deine Tante Helena, deine Cousine Miriam und Eddie kennenlernen!"

Das wollte ich unbedingt.

„Kommen sie alle morgen hierher?", fragte ich.

Wanda lächelte. „Sie wohnen alle hier, Nelly!" Ich sah mich kurz um und überlegte, wie eine so große Familie in diesem kleinen Haus wohnen konnte, das höchstens halb so groß war wie das, in dem ich mit meiner Mutter lebte.

Wanda durchschaute meine Gedanken.

„Es ist nicht groß, aber wir sind zufrieden hier. Wir sind

nicht mehr gewohnt. Die Zeiten bessern sich, wir bekommen immer mehr Rechte. Das hier ist mehr, als wir in unserer Vergangenheit jemals hatten."

Als ich mich von Wanda verabschiedete, drückte sie mich herzlich an sich.

„Willkommen in unserer Familie, liebe Nelly", sagte sie. „Wie schön, dich endlich kennenzulernen."

# 9.

Am nächsten Tag verbrachte ich den ganzen Nachmittag und Abend bei den Balewas. Die anderen Familienmitglieder waren genau so herzlich wie Wanda. Meine Cousins Miriam und Edward waren um einiges älter als ich, aber ich verstand mich auf Anhieb mit ihnen. Ihre Mutter Helena war die ältere Schwester meines Vaters. Vier Jahre trennten meinen Vater von ihr, doch sie hatte bereits mit achtzehn Jahren ihr erstes Kind, Edward, bekommen. Es hatte noch einen weiteren Bruder von Helena und Benno gegeben, doch dieser war ebenfalls vor einigen Jahren verstorben.

Der Tag bei ihnen war wundervoll. Ich fühlte mich sofort willkommen und geliebt. Sie stellten mir viele Fragen über mein Leben in Deutschland und konnten gar nicht glauben, dass dort alle Menschen gleichberechtigt waren. Zwischendurch hatte ich das Gefühl, ich würde ihnen vom Paradies erzählen, und das trotz der eigenen dunklen Vergangenheit Deutschlands.

Der Einzige, der mich zwar unentwegt beobachtete, aber kein einziges Wort mit mir sprach, war mein Großvater.

Als es Abend wurde, erzählte ich ihnen von Timo, dass wir uns angefreundet hatten und er mich vor Sonnenuntergang abholen würde, um mich zurück zum Hostel zu begleiten.

„Wanda bringt die Kinder ins Bett, aber Edward,

Miriam und ich werden dich noch nach draußen bringen", sagte meine Tante Helena, eine Frau, die trotz ihres Alters wunderschön und anmutig war.

Edward und Miriam riefen die Kinder herein, und Wanda ging schon ins Kinderzimmer, um die Betten vorzubereiten. Helena half mir gerade in meine Jacke, als Jacob sein langes Schweigen durchbrach.

„Verflucht, verflucht. Oh nein. Verflucht!", rief er auf Deutsch. Bei diesen Worten erschrak ich. Was meinte er damit? Verwirrt schaute ich Helena an. Doch da sie kein Deutsch verstand, hob sie nur fragend die Augenbrauen und schüttelte den Kopf.

„Vater, sei doch ein bisschen netter zu Nelly. Sie ist Bennos Tochter", sagte sie.

Ohne dass ich weiter darauf hätte eingehen können, umarmten mich alle und übergaben mich an Timo, der draußen wartete. Er stellte sich ihnen vor und versprach, mich bei meinem nächsten Besuch zu begleiten.

Auf dem Weg zurück zum Hostel wollte Timo alles über meinen Nachmittag bei der Familie wissen.

Ich erzählte ihm, wie nett alle waren und wie willkommen ich mich gefühlt hatte. Den kurzen Ausbruch meines Großvaters ließ ich jedoch aus.

„Und konntest du etwas über deinen Vater herausfinden? Woran er gestorben ist?", fragte Timo.

Ich schüttelte den Kopf. „Sie haben sich so gefreut, mich kennenzulernen. Und ich war so dankbar darüber, wie herzlich sie mich aufgenommen haben. Ich wollte ihnen den Tag nicht verderben und in schlimmen Erinnerungen herumstochern. Aber morgen werde ich danach fragen."

Ich dachte an meinen Großvater. Warum hatte er diese Worte zu mir gesagt? War ich ihm ein Dorn im Auge, weil ich die Tochter einer Weißen war und Liebesbeziehungen zwischen Farbigen und Weißen hier in Südafrika undenkbar und sogar von der Regierung verboten waren? Oder hatte der Schlaganfall ihn einfach verwirrt, und er fühlte sich durch die Anwesenheit einer Fremden in seinem Haus bedrängt? Seine Reaktion auf mich belastete mich schon ein wenig. Ich wollte nicht, dass sich jemand aus meiner Familie unwohl wegen mir fühlte.

Am nächsten Tag wurden Timo und ich wieder herzlich begrüßt. Mein Großvater ließ mich nach wie vor nicht aus den Augen, schaute mich an, als ob er versuchte, etwas zu finden. Ich konnte mir keinen Reim darauf machen, aber sein Verhalten machte mir Angst.

In der folgenden Stunde, während Jacob in seinem Zimmer ein Nickerchen hielt, erfuhren Timo und ich, was mit Bennos Mutter, also meiner Großmutter und Jacobs Frau, passiert war. Mir war bereits aufgefallen, dass keiner sie bis dahin erwähnt hatte. Ihr Name war Malia. Kurz bevor Jacob und Benno nach Deutschland gingen, verschwand sie. Helena erzählte, dass sie eine sehr fürsorgliche Mutter gewesen war. Sie war immer für ihre drei Kinder da gewesen, hatte sie voller Liebe großgezogen und nie die Hand gegen sie erhoben, wie es sonst in den ärmeren Familien üblich gewesen war. Doch als die Kinder erwachsen wurden, veränderte sie sich. Die Veränderung kam schleichend, anfangs kaum merklich. Sie vergaß Kleinigkeiten, verlegte Dinge und fand sie nicht mehr. Die Familie dachte zuerst, sie wäre einfach etwas zerstreut. Als sie anfing, Wörter zu vergessen, und sich ab und zu nicht mehr richtig ausdrücken konnte, begannen sie, sich Sorgen zu machen. Es wurde immer schlimmer mit ihr. Im Laufe der Jahre konnte sie nicht mehr richtig gehen, schwankte und verhielt sich seltsam. In der Nachbarschaft kursierte das Gerücht, Malia wäre Alkoholikerin. Helena erzählte, dass Jacob völlig daran verzweifelte. Nach etwa fünf Jahren, in denen Malia immer mehr dem Wahnsinn verfallen war, verschwand sie plötzlich. Die Familie war nicht zu Hause gewesen, und als sie zurückkamen, war Malia weg. Helena schluckte schwer, und ich sah ihr an, wie sehr sie diese Erinnerungen mitnahmen. Keiner von ihnen wusste, was mit ihrer Mutter passiert war. Lebte sie noch? War sie von den Weißen ermordet worden, weil sie verrückt war? Sie hatten es nie erfahren. Malia war nicht wiedergekommen.

Ich sah, dass Helena und Miriam sich einen Blick zuwarfen. Es kam mir vor, als gäbe es noch mehr zu erzählen, wovon ich aber nichts erfahren sollte.

Ich war mit dem Ziel nach Südafrika gekommen, meine Familie kennenzulernen und Antworten zu bekommen. So langsam bekam ich aber das Gefühl, dass stattdessen immer mehr Fragen auftauchten.

Nachdem Jacob aus seinem Mittagsschlaf aufgewacht war und Helena und Miriam ihm eine kleine Mahlzeit zubereiteten, ging Wanda mit Timo und mir nach draußen, wo wir den Kindern beim Spielen zusahen. Edward war zur

Arbeit gegangen. Er hatte eine Genehmigung, in Kapstadt auf dem Bau zu arbeiten, was zwar keinen Reichtum brachte, der Familie aber ermöglichte, nicht hungern zu müssen.

Wir saßen dicht beieinander auf der kleinen Treppe vor der Haustür, und ich konnte die Frage einfach nicht länger zurückhalten.

„Wanda, woran ist mein Vater gestorben?"

Ein erschreckter Ausdruck huschte über Wandas Gesicht, und wieder merkte ich, dass es etwas gab, was die Familie vor mir zu verheimlichen versuchte. Ich spürte, dass Timo ein Stückchen näher an mich heran rutschte. Auch er schien zu merken, dass hier etwas nicht stimmte. Wanda antwortete mir nicht, also drängte ich weiter: „Bitte Wanda, sag es mir. Ich brauche Antworten."

„Meine liebe Nelly. Ich bin zwar die Frau deines Cousins, aber ich glaube nicht, dass es mir zusteht, über solche Dinge zu sprechen. Am besten fragst du deine Tante Helena. Sie wird dir deine Fragen beantworten können."

Ich wurde ungeduldig, doch es war offensichtlich, dass es nichts brachte, wenn ich sie bedrängte. Sie hatte mir bereits sehr viel über die Vergangenheit der Familie erzählt, und ich musste wohl noch geduldiger sein.

Wir sahen also schweigend den Kindern weiter beim Spielen zu. Es faszinierte mich, wie ausgelassen sie tobten, obwohl die Verhältnisse, in denen sie aufwuchsen, nicht gerade die besten waren.

Später an diesem Tag, als Edward von der Arbeit zurückgekehrt war und Timo und ich noch zum Abendessen blieben, wandte sich meine Tante Helena plötzlich an mich:

„Nelly, mein Kind. Wir haben uns die letzten Stunden Gedanken gemacht und sind übereingekommen, dass wir uns sehr freuen würden, wenn du bei uns wohnen würdest. Wir wissen natürlich, dass du irgendwann zurück nach Deutschland zu deiner Mutter möchtest. Aber solange du noch in Südafrika bleiben willst, würden wir uns freuen, dich bei uns zu haben."

Ich war überrumpelt von diesem großzügigen Angebot. Aber konnte ich es annehmen? Die Familie schaffte es gerade so, für sich selbst zu sorgen. Ich konnte ihnen doch nicht auf der Tasche liegen. Wenn ich allerdings weiterhin das Hostel bezahlen musste, wären meine Tage hier in Kapstadt bald gezählt. Und ich konnte noch nicht zurückkehren. Endlich hatte ich meine Familie gefunden, und ich wollte mehr Zeit mit ihnen verbringen, mehr über ihre Vergangenheit erfahren, besonders über die meines Vaters. Ich öffnete den Mund, doch bevor ich etwas sagen konnte, hob meine Tante die Hand.

„Wir wissen, dass wir dir nichts Besonderes bieten können und du von zu Hause sicherlich einen viel höheren Lebensstandard gewohnt bist, aber du kannst mit den Kindern im Zimmer schlafen, wir rücken alle ein wenig zusammen, und dann bekommst du sogar dein eigenes Bett!"

Helena war so begeistert von der Idee, dass eine Absage ihr sicher das Herz gebrochen hätte. Also nickte ich und sagte: „Okay, einverstanden. Aber ich werde mir so schnell wie möglich Arbeit suchen und euch finanziell ein wenig unterstützen."

„Nein, nein, das brauchst du nicht!", sagte Helena, aber

Wanda legte ihre Hand auf die ihre und lächelte mir zu. „Wenn du das gerne möchtest, Nelly, kannst du das natürlich tun. Du wirst es leichter als wir haben, eine Arbeit in der Stadt zu bekommen."

Und so zog ich bei der Familie ein, von der ich meinen Nachnamen hatte.

Die folgenden Wochen lernte ich viel über das Leben einer farbigen Familie in Südafrika. Die Apartheidspolitik neigte sich dem Ende zu, und die Farbigen hatten bereits, im Gegensatz zu den Schwarzen, viele Rechte wiedergewonnen. Sie durften sich weitaus freier bewegen als in den vielen Jahren zuvor.

Der ehemalige Präsident von Südafrika, Pieter Willem Botha, war bereits einige Wochen zuvor von seinem Amt zurückgetreten, und Frederik Willem de Klerk hatte ihn abgelöst. Nur wenige Tage nach meinem Einzug bei den Balewas, am 06. September 1989, fanden die Parlamentswahlen statt. Zwar hatten nach wie vor nur die Weißen ein Stimmrecht, doch als neuer Präsident wurde de Klerk gewählt. Die Euphorie, die nicht nur in meiner Familie, sondern in der gesamten Wohngegend herrschte, war kaum zu übersehen. Dennoch herrschte noch immer, wie schon seit einigen Jahren, Bürgerkrieg in Südafrika. Besonders in den Townships gab es immer wieder Aufstände, und Edward verbot mir strikt, allein in die Nähe dieser Gebiete zu gehen. Daher blieb ich meist im Haus, spielte mit den Kindern, wenn sie nicht in der Schule waren, oder half den Frauen bei der Hausarbeit. Es dauerte nicht lange, bis ich eine Stelle als Kellnerin in einem kleinen Restaurant an der Waterfront bekam, und so konnte ich die Balewas auch finanziell ein wenig unterstützen. Jacob sprach weiterhin nicht mit mir, aber ich akzeptierte es. Regelmäßig holte Timo mich ab, und wir unternahmen etwas gemeinsam. Nachdem klar war, dass ich noch länger in Südafrika bleiben würde, bewarb er sich für einen Studienplatz an der Universität Kapstadt, zog in eine Wohngemeinschaft und begann sein Jurastudium. Die politischen und gesellschaftlichen Ereignisse dieser Tage hatten ihn in seiner Entscheidung bestärkt, das Recht zu studieren. Er erhoffte sich, durch diesen Beruf etwas bewegen zu können. Timo erklärte mir, dass viele Menschen glaubten, dass die Apartheid ihr baldiges Ende finden würde. De Klerk begnadigte kurz nach seiner Wahl viele führende ANC-Politiker. ANC bedeutete *African National Congress* und war die kommunistische Partei Südafrikas, der unter anderem Nelson Mandela angehörte, der seit über 26 Jahren in Gefangenschaft lebte. Sie waren die Gegner der Apartheid. Timo ahnte jedoch, dass hinter der Aufhebung vieler Apartheidsgesetze das Bestreben der Regierung, die nach wie vor von der rechten Nationalen Partei gebildet wurde, stand, die Macht der Weißen dauerhaft zu sichern. Vermutlich hatten sie Angst vor weiteren Unruhen, denn es waren auch immer mehr Weiße gegen die Apartheid.

In diesem Chaos, das zu dieser Zeit in Kapstadt, in ganz Südafrika herrschte, gingen die Fragen, die ich zu meiner eigenen Vergangenheit hatte, zunehmend unter. Es gab Tage, an denen ich nicht einmal mehr darüber nachdachte. Zu schwer schien die Geschichte meiner Familie gewesen zu sein. Mein Vater und sein eigener Vater waren damals, als sie nach Deutschland kamen, politische Flüchtlinge. Natürlich dachte ich immer wieder darüber nach, warum die beiden vor vielen Jahren hierher zurückgekommen waren. Mittlerweile hatte ich ein deutliches Bild vor Augen, wie schlimm die Lebensumstände für Farbige und Schwarze zu dieser Zeit hier waren, und darum wunderte ich mich immer mehr darüber, dass mein Vater lieber hierher zurückkam, anstatt seine Familie nachzuholen und für seine Frau und seine Tochter da zu sein. Zu diesem Zeitpunkt, im Herbst 1989, wusste ich noch nicht, dass noch viele Jahre vergehen sollten, bis ich endlich die Wahrheit herausfand.

## 10.

## Frühling 1989, Kapstadt, Südafrika

An einem heißen Tag im November telefonierte ich mit meiner Mutter. Die Verbindung von Südafrika nach Deutschland war sehr teuer, und die Balewas besaßen kein Telefon. Trotzdem suchte ich mindestens einmal im Monat ein öffentliches Telefonhaus auf und investierte einen Teil des Geldes, das ich als Kellnerin verdiente, in ein längeres Gespräch mit meiner Mutter. Am Anfang hatte meine Mutter dann immer bange Fragen über mein Wohlbefinden gestellt, so als wartete sie nur darauf, dass ich irgendwann mit einer Hiobsbotschaft anrufen würde. Doch es ging mir gut, und so war meine Mutter vorerst beruhigt. Sie war keineswegs froh darüber, dass ich ihr bei keinem meiner Anrufe Hoffnung gab, bald zu ihr zurückzukommen, aber die Tatsache, dass ich wohlauf war, mein eigenes Geld verdiente und von der Familie umsorgt wurde, machte ihr meine Abwesenheit erträglicher.

Eben an diesem Tag im November war meine Mutter sehr aufgewühlt, als sie den Anruf entgegennahm.

„Nelly! Ich bin so froh, dass du anrufst! Hier ist etwas Unglaubliches passiert! Die Berliner Mauer ist gefallen! Deutschland wird wiedervereinigt!"

Mir fehlten die Worte. Nicht nur hier in Südafrika gab es einen großen politischen Umschwung, auch in meiner Heimat tat sich etwas.

„Schatz, das musst du doch miterleben! Deutschland wird wieder eins. Du glaubst nicht, was zur Zeit in Berlin los ist!"

Tatsächlich dachte ich für ein paar Sekunden darüber nach, zurückzufliegen. Das war wirklich ein weltbewegendes Ereignis, und ich würde Geschichte verpassen, wenn ich hierbliebe und es nicht mit eigenen Augen sähe. Aber der Gedanke an Helena, Edward, die anderen und natürlich auch an Timo ließ mich dieses Vorhaben sofort wieder aufgeben.

Nachdem ich das Telefonat beendet und wie jedes Mal eine enttäuschte, aber gezwungenermaßen wohlwollende Mutter zurückgelassen hatte, traf ich mich, wie so oft, mit Timo. Seine letzte Vorlesung für diesen Tag sollte in einer halben Stunde vorbei sein, und wir hatten ausgemacht, dass ich ihn an der Uni abholen würde.

Gemeinsam fuhren wir mit dem Bus an den Strand von Camps Bay, um uns dort ein wenig abzukühlen.

Nachdem wir uns in den großen Wellen ausgetobt hatten, machten wir es uns auf einer großen Decke im weißen Sand gemütlich. Wir unterhielten uns über die Geschehnisse in Deutschland. Auch Timo hatte darüber nachgedacht, nach Hause zu fliegen und sich die Ereignisse vor Ort anzusehen. Doch auch ihn hielt etwas hier in Kapstadt, ohne dass er genau erklären konnte, was.

„Vielleicht passiert hier auch bald etwas Bedeutendes!

Der Weg dafür scheint geebnet zu sein."

Er erfuhr viel von seinen südafrikanischen Kommilitonen, und wie wir später herausfinden sollten, waren diese Vorahnungen nicht unbegründet.

Timo reckte sein Gesicht in die Sonne und wechselte das Thema: „Wie läuft es bei deiner Familie?"

Ich berichtete ihm, dass alles sehr harmonisch war. Sie freuten sich über meine Hilfe im Haushalt und mit den Kindern, und dass ich etwas zur Familienkasse beitragen konnte, kam ihnen natürlich auch entgegen.

„Nur Jacob ist immer noch ein harter Brocken. Ich habe schon öfters versucht, mich ihm anzunähern. Er ist schließlich auch der Einzige, der Deutsch spricht. Ein paar Mal habe ich ihn etwas auf Deutsch gefragt, aber er ignoriert mich vehement."

Ganz konnte ich meine Enttäuschung darüber nicht verbergen. Timo legte seinen Arm um meine Schulter.

„Mach dir nichts daraus. Ein Schlaganfall lässt die Leute oft verbittert werden. Und dein Großvater hat dazu noch sehr viel von den Weißen einstecken müssen. Das hat mit Sicherheit Spuren bei ihm hinterlassen. Es war sicher sehr schwer für ihn damals, als sein Sohn eine Weiße geheiratet hat."

Ich knetete meine Finger.

„Ja schon. Aber ich werde das Gefühl einfach nicht los, dass da noch mehr dahinter steckt. Die Geschichte von meiner Großmutter ist doch auch ein wenig seltsam, oder? Dass sie *verrückt* wurde. Und dann verschwindet sie einfach?"

Timo nickte zustimmend.

„Ja, das hört sich in der Tat alles etwas weit hergeholt an. Meinst du, sie lebt noch?"

Ich seufzte.

„Keine Ahnung. Ich weiß nicht, was ich von dieser Geschichte halten soll. Aber ich traue mich auch nicht, weiter nachzufragen. Es ist ziemlich klar, dass die Familie nicht mehr dazu sagen will."

Plötzlich sprang Timo auf. Ich schaute ihn verwirrt an. „Was ist denn jetzt los?", fragte ich und musste lachen. Timo packte mich am Arm und zog mich hoch.

„Komm, Nelly! Wir sind jetzt mal so richtig spontan! Du brauchst dringend Ablenkung!"

Sofort ließ ich mich von seiner guten Laune anstecken.

„Was hast du vor?"

„Das wirst du schon sehen!"

Timos Augen funkelten, ich war neugierig.

Eine Stunde später stand ich mit einem Helm in der Hand vor einem Motorradverleih.

„Ich hab keinen Führerschein, Timo. Ich kann nicht Motorrad fahren."

Meine Leidenschaft für Geschwindigkeit hatte mich nicht verlassen, aber die letzten Jahre hatte ich keinen Gedanken daran verloren, den Motorradführerschein zu machen, zumal es meine Mutter so oder so niemals erlaubt hätte und ich mein Geld lieber für die Reise nach Südafrika hatte sparen wollen.

Timo strahlte mich an.

„Tja, aber ich schon."

Meine Augen wurden größer.

„Wirklich? Das hast du mir gar nicht erzählt!"

Timo nickte.

„Stimmt. Als du mir von deinem Wunsch erzählt hast, eines Tages Motorrad zu fahren, hab ich mich darum gekümmert, dass mein deutscher Führerschein hier anerkannt wird, und dann wollte ich dich bei passender Gelegenheit damit überraschen. Eigentlich hatte ich vor, dich eines Tages bei den Balewas mit einem Motorrad abzuholen. Aber vorhin dachte ich, jetzt würde dir ein kleiner Ausflug guttun." Er zwinkerte mir zu, und ich grinste.

„Wow, Timo, ich weiß gar nicht, was ich sagen soll."

„Du brauchst gar nichts sagen. Setz den Helm auf und schwing dich auf's Motorrad!"

Das ließ ich mir nicht zweimal sagen. Nervös setzte ich mich hinter ihn auf die nagelneue Honda, und er startete den Motor. Bevor er losfuhr, nahm er meine Hände, die in Handschuhen steckten, und führte sie um sich herum, sodass ich seine Taille von hinten umfasste.

„Gut festhalten. Es wird schnell", sagte er.

Das Herz klopfte mir bis zum Hals. Zum ersten Mal in meinem Leben saß ich auf einem Motorrad.

Mit einem Ruck fuhr Timo an und beschleunigte auf der breiten Straße, die an der Küste aus Kapstadt hinausführte.

Es war himmlisch. Gemeinsam legten wir uns in die sanften Kurven. Hinter Timos Oberkörper fand ich Schutz vor dem kräftigen Fahrtwind. Als wir die Stadt verließen, bot sich uns eine atemberaubende Landschaft. Ich wusste, dass wir uns auf der Garden Route, westlich von Kapstadt, befanden. Rechts von uns das tiefblaue, weite Meer und die weißen Sandstrände, links von uns saftige, grüne Pflanzenvielfalt und raue Felsen. Der Wind sorgte dafür, dass uns trotz der dicken Schutzkleidung bei den hohen Temperaturen nicht heiß wurde.

Ich hatte noch nie in meinem Leben das Gefühl gehabt, so frei zu sein wie in diesem Augenblick. An Timos Rücken geschmiegt, schloss ich die Augen und ließ mich von der Bewegung des Motorrads unter mir einlullen. Wenn Timo mehr Gas gab, hüpfte mein Herz vor Aufregung, und ich klammerte mich noch fester an ihn. Es war perfekt. Im Fahrtwind vergaß ich all meine Sorgen.

Nach etwa eineinhalb Stunden hielt Timo in einer verschlafenen, romantischen Bucht an, und wir stiegen von der Maschine.

Wir nahmen die Helme ab und setzten uns in den Sand.

„Und, was sagst du? Macht es Spaß?"

Ich strahlte Timo an. „Sogar noch mehr, als ich erwartet hatte. Wenn ich wieder in Deutschland bin, mache ich auch den Führerschein, egal was meine Mutter davon hält!"

„Das freut mich. Dann können wir gemeinsam Touren machen."

„Danke, Timo, dass du mir das ermöglicht hast!"

Ich wollte ihm einen Kuss auf die Wange geben, aber Timo drehte mir schnell sein Gesicht zu, sodass meine Lippen auf seinen landeten. Erschrocken wich ich zurück.

„Tut mir leid", sagte ich verschämt.

Doch Timo rückte nicht von mir ab. „Mir tut es nicht

leid", flüsterte er fast.

Und mit einem Mal war mir klar, dass dies genau das war, worauf ich die ganze Zeit gewartet, worauf ich gehofft hatte. Sein Gesicht kam wieder näher, bis sich unsere Lippen ein weiteres Mal berührten. Dieses Mal wich ich nicht zurück. Mein Herz schlug mir bis zum Hals, als aus der zarten Berührung ein leidenschaftlicher Kuss wurde. Dieser Moment gehörte nur uns.

Als wir schließlich voneinander ließen, legte Timo seine Stirn gegen meine und umschloss meine Hände mit seinen.

„Ich war vom ersten Moment an in dich verliebt, Nelly", sagte er, und da wusste ich, dass es bei mir genauso war. Nur war in der Zwischenzeit so viel passiert; ich hatte so viel erfahren, dass mein Kopf keinen Platz für die Gefühle gelassen hatte, die in meinem Herzen schon die ganze Zeit verborgen waren.

Eng umschlungen und ohne ein Wort zu sagen, saßen wir noch eine ganze Weile da und schauten auf das weite Meer. Ich konnte kaum glauben, dass dieses Paradies in einem Land voller Probleme lag.

Irgendwann schlug Timo vor, zurückzufahren. Ich hätte am liebsten noch Stunden dort gesessen, aber ich wusste, dass wir das Motorrad zurückgeben mussten.

## 11.

Von diesem Tag an waren Timo und ich ein Paar. Er war der Erste, in den ich so richtig verliebt war, und ich konnte gar nicht genug von ihm bekommen. Trotzdem hielten wir uns zurück. Ich wusste nicht, was meine Familie davon halten würde, und deshalb trafen wir uns nicht häufiger als zuvor. Wenn wir dann aber allein waren, konnten wir kaum voneinander lassen. Meistens waren wir in seinem WG-Zimmer, lagen auf dem Bett, hörten Musikkassetten, unterhielten und küssten uns. Ich schwebte wie auf Wolken, und mein Bedürfnis, mehr über meinen Vater und das Geheimnis, das die Familie Balewa offenbar umgab, zu erfahren, rückte immer mehr in den Hintergrund.

Meine Mutter drängte mich, über Weihnachten nach Hause zu kommen, und da ich wusste, wie sehr sie darunter leiden würde, wenn ich sie an den Feiertagen alleinließe, gab ich schließlich nach und flog für zwei Wochen nach Frankfurt. Da Timo nicht allein in Kapstadt bleiben wollte und die Vorlesungen sowieso pausierten, um den Studenten Zeit zum Lernen für die Prüfungen am Anfang des neuen Jahres zu geben, besuchte auch er seine Familie in Stuttgart.

Meine Mutter, meine Oma mütterlicherseits sowie meine Tanten, die zu Weihnachten immer zu uns kamen, erzählten ständig von der Wiedervereinigung Deutschlands. Komischerweise ließ mich das vollkommen kalt. Meine Gedanken waren ständig bei Timo und den Balewas. Ich vermisste die Kinder, mit denen ich monatelang ein Zimmer geteilt hatte. Besonders die kleine Zola war mir sehr ans Herz gewachsen, und ich fühlte mich bereits wie ihre große Schwester. Ich vermisste sogar meinen Großvater Jacob. Noch immer hatte ich die Hoffnung, dass er sich mir eines Tages öffnen würde.

Zu Silvester erlaubte mir meine Mutter, zu Timo nach Stuttgart zu fahren, unter der Bedingung, dass ich meinen Freund am Neujahrstag mit nach Hause brachte und ihn ihr vorstellte.

So lernte ich Timos Familie kennen. Er hatte einen kleinen Bruder, der im kommenden Jahr sein Abitur machen würde und ständig davon redete, dass er danach für ein Jahr ins Ausland gehen wollte, genau wie sein älterer Bruder.

Timos geplantes Auslandsjahr war im Mai vorbei, und wir sprachen am Silvesterabend viel darüber, wie es für uns weitergehen sollte. Timo ließ durchblicken, dass er gerne noch länger in Kapstadt bleiben wollte und zumindest das Grundstudium dort abschließen wollte. Seine Pläne motivierten mich dazu, auch länger dortzubleiben und ein Studium zu beginnen.

In der Silvesternacht schliefen Timo und ich das erste Mal miteinander. Nie zuvor hatte ich mich einem Menschen so nahe gefühlt wie in dieser Nacht. Als die Raketen draußen in der Stadt den Himmel aufglühen ließen, lagen wir eng umschlungen in seinem Bett, und da sagte Timo zum ersten Mal „Ich liebe dich" zu mir. Das Einzige, was mir in den Sinn kam, war, es ebenfalls zu sagen, denn das, was ich für Timo fühlte, konnte nur Liebe sein.

Mitte Januar stiegen Timo und ich gemeinsam in das Flugzeug zurück nach Kapstadt. So tränenreich wie der Abschied von meiner Mutter war, so froh waren die glücklichen Umarmungen meiner *anderen* Familie in Südafrika.

Was dann folgte, war von solch einer großen Bedeutung für Südafrika, dass ich im Nachhinein immer wieder darüber staunte, dass ich es miterleben durfte.

Der 02. Februar 1990 markierte das Ende einer Ära. Es war ein heißer Tag, mitten im südafrikanischen Sommer. Der neue Präsident de Klerk hielt die Rede zur traditionellen Eröffnung des Parlaments. Die Balewas hatten tagelang von nichts anderem gesprochen. Sie hofften auf einen Schritt in Richtung Ende der Apartheid, erwarteten aber nicht viel, weil der weiße Präsident der Nationalen Partei angehörte, wie all die Präsidenten vor ihm, die das Apartheid-Regime vorangetrieben hatten. Doch ein kleiner Hoffnungsschimmer war in den Augen der Bürger zu sehen. Und sie sollten nicht enttäuscht werden. De Klerk kündigte in seiner Rede die Aufhebung des Verbots der Opposition, der ANC sowie vieler anderer Organisationen an, die stets die Apartheid bekämpft hatten. Die Krönung der Rede war, dass de Klerk die Freilassung aller politischen Gefangenen veranlasste, unter anderem von Nelson Mandela, der seit mittlerweile 27 Jahren im Gefängnis saß. Und dann, ich konnte es selbst kaum glauben, als ich es hörte, ordnete er das Ende der Apartheid an. Die Menschen waren außer sich vor Freude. Und Timo und ich waren mittendrin. Helena, Edward, Miriam und Wanda lagen sich in den Armen, weinend vor Glück. Ihr Leid hatte endlich ein Ende. Auch mich und Timo umarmten sie immer wieder. Ich hörte, wie meine Tante Helena murmelte: „Er hat es getan. Er hat alles getan. Alles."

Und dann passierte etwas, was ich in den mittlerweile über fünf Monaten, die ich schon bei meiner neuen Familie verbrachte, noch nie gesehen hatte: Jacob lachte. Er lachte laut und aus voller Kehle. Es war fast ein manisches Lachen, und es klang, als löse sich etwas in ihm, das sein Herz jahrelang verhärtet hatte. Dieser Tag war denkwürdig, er schrieb Geschichte. Später sprachen die Menschen nur noch von der *Rede*.

Edward ging los und besorgte eine Flasche guten, südafrikanischen Rotwein. Alkohol gab es in der Familie kaum. Aber an diesem Abend gönnten sie sich ein Glas, und auch Timo und ich bekamen eines. Wir stießen an: „Auf ein neues Leben!", rief Edward und prostete allen zu.

Später, als Timo bereits gegangen war, die Frauen den Abwasch machten und die Kinder im Bett lagen, saß ich mit Edward und Jacob am Tisch. Edward erzählte mir, wie sehr die Menschen darauf gewartet und gehofft hatten, dass diese menschenverachtende Politik endlich zu Ende war. Ich selbst hatte, gemessen an dem ganzen Ausmaß, nur wenig von den Umständen mitbekommen. Aber was ich gesehen hatte, war so schrecklich gewesen, dass ich ein annäherndes Gefühl dafür bekam, wie erleichtert die Menschen hier sein mussten.

Doch plötzlich wurde Edward ein wenig traurig. „Es ist wirklich eine Schande, dass dein Vater das nicht mehr miterleben durfte, Nelly. Benno hätte das Ende der Apartheid gefeiert wie kein anderer von uns. Er hat deine Mutter nie vergessen, das musst du wissen. Er hat sie bis zum Ende geliebt."

Ich musste die aufsteigenden Tränen zurückhalten.

„Edward, woran ist mein Vater gestorben?", fragte ich endlich, die Stimmung des Momentes ausnutzend.

Mein Cousin warf Jacob einen kurzen Blick zu, und ich dachte schon, dass dieser wieder wütend würde. Aber stattdessen hob mein Großvater seine Hand und legte sie sanft auf meine. Ich war überrascht über diese unerwartete, liebevolle Geste. Jacob hatte sein Herz ein klein wenig für mich geöffnet. Und wenn ich diesen Tag niemals wegen des Endes der Apartheid vergessen hätte, hätte ich ihn nie wegen dieses Moments vergessen.

Edward, bestärkt durch Jacobs plötzlichen Wandel, sah mir tief in die Augen.

„Dein Vater, also Benno, hat sich das Leben genommen, Nelly."

Auch Edward legte seine Hand auf meine andere Hand.

„Warum?"

Edward räusperte sich. Es fiel ihm sichtlich schwer, mir die Wahrheit zu sagen.

„Ganz genau weiß ich das leider auch nicht. Er hatte den Zerfall seiner Mutter mit ansehen müssen und konnte es nicht ertragen, dass keiner von uns wusste, was damals mit ihr geschah, als sie verschwand. Vielleicht habt auch ihr, deine Mutter und du, eine Rolle gespielt. Er erwähnte einmal, dass er versucht hatte, Kontakt zu dir aufzunehmen, du ihn aber wohl abgewiesen hattest. Versteh mich bitte nicht falsch, Nelly. Ich möchte dir keine Vorwürfe machen. Ich denke nur, dass dein Vater irgendwann erkannt hat, wie verpfuscht sein Leben war, wie er bei dir und deiner Mutter versagt hat. All das waren womöglich Gründe für ihn, nicht länger auf dieser Welt bleiben zu wollen."

Edwards Stimme brach. Er stützte sein Gesicht in seine Hände, deutlich gequält von den Erinnerungen.

Ich spürte, dass mir Tränen übers Gesicht liefen. Hätte ich etwas ändern können, wenn ich damals am Telefon geantwortet hätte? Wollte er mich einfach nur kennenlernen? Und ich war nicht gekommen? Ich war wie gelähmt von meiner Trauer. Und Wut tobte in mir, Wut auf mich selbst und auf meine Mutter. Auch sie hätte es verhindern können.

Ohne dass ich sie hatte kommen sehen, standen auf einmal die Frauen hinter Edward und sahen mich mitfühlend an. Wanda hatte ihre Hand auf Edwards Schulter gelegt und massierte sie tröstend.

Wir sprachen noch bis in die Nacht über Benno. Als Jacob zu Bett gegangen war, erklärte Wanda mir, dass Jacob derjenige gewesen war, der Benno damals gefunden hatte und dass der Schlaganfall kurz danach passiert war. Seitdem sprach er kaum mehr. Auch ihnen gegenüber war er voller Missgunst. Dass er an diesem Tag von Herzen gelacht hatte, war auch für die anderen eine große Überraschung gewesen.

Helena redete mir zu, dass ich nichts an Bennos Selbstmord hätte ändern können. Er war depressiv gewesen, es war ihm generell schon Jahre vorher nicht mehr gut gegangen.

Ich sagte mir selbst, dass sich nichts ändern würde, wenn ich ständig grübelte, und so rückte dieses Wissen bald in die Abgründe meines Gedächtnisses. Es sollte erst Jahre später wieder an der Oberfläche meiner Gedanken auftauchen.

In Südafrika fanden noch weitere mächtige Ereignisse statt, die mich die Probleme der Vergangenheit schnell vergessen ließen.

Nur neun Tage nach diesem geschichtsträchtigen Tag wurde Nelson Mandela freigelassen. Am 11. Februar 1990 verließ er, der berühmteste Gefangene der Welt, das Victor-Verster-Gefängnis in Paarl.

Als Timo und ich davon hörten, beschlossen wir, wieder ein Motorrad zu leihen und die sechzig Kilometer von Kapstadt nach Paarl zu fahren, um Nelson Mandela zusammen mit der Masse zu bejubeln.

Gefühlt tausend Journalisten waren bereits dort und kämpften um die besten Plätze vor dem Tor des Gefängnisses. Dutzende weiße Gefängniswärter und Polizisten schwitzten bei dem Versuch, die Menschenansammlung im Zaum zu halten, die gekommen war, um Nelson Mandela in der Freiheit willkommen zu heißen. Wir warteten etwas weiter weg, wo weniger Menschen waren. Viel sehen konnten wir dort nicht, aber als Nelson zusammen mit seiner Frau die ersten Schritte in die Freiheit tat, war es kaum zu überhören. Die Menschen grölten, jubelten, tanzten. Es war wie ein Rausch. Kurz konnte ich einen Blick werfen auf diesen beeindruckenden Mann, von dem ich so viel gehört hatte, und den meine Familie nahezu vergötterte. Und genau in diesem Augenblick hob er die rechte Faust. Der Jubel, der dann ausbrach, war ohrenbetäubend. Die Menge schrie: „Nelson, Nelson, Nelson!" Timo und ich schauten uns an und konnten kaum begreifen, was dieser Moment für die nicht weißen Südafrikaner bedeutete. Wir fühlten mit ihnen, dass ein neues Leben begann.

Nach wenigen Minuten in der Menge, die mir und wahrscheinlich allen Anwesenden länger und bedeutender vorkamen als all die Jahre unseres bisherigen Lebens, stieg Nelson Mandela mit seiner Frau Winnie in ein Auto und wurde nach Kapstadt gebracht.

Schnell sprangen Timo und ich auf das Motorrad und düsten zurück in die Stadt, denn auch Mandelas erste Rede, die auf dem Balkon der Stadthalle stattfinden sollte, wollten wir nicht verpassen. Weil wir mit dem Motorrad schnell in der Stadt zurück waren, konnten wir uns mit meiner Familie treffen, noch bevor Nelson Mandela auftrat, um alle zusammen dem großen Mann zu lauschen. Sogar Jacob war mitgekommen. Bevor Mandela seine ersten Worte an das südafrikanische Volk richtete, riefen die Menschen immer wieder „Nelson, Nelson, Nelson", warfen ihre Hände in den Himmel, jubelten, die Masse bewegte sich wie das tosende Meer vor der Stadt, und ich sah, dass Jacob Tränen über die faltigen Wangen liefen. Ich stellte mich neben ihn und legte meine Hand auf seine Schulter. Zu meiner großen Freude reagierte er auf diese Geste, indem er seine

Hand auf meine legte, so wie wenige Tage zuvor. In diesem Augenblick fühlte ich mich vollkommen in meiner Familie angekommen. Mir wurde klar, dass ich noch lange Zeit bei ihnen bleiben wollte, und ich nahm mir fest vor, mich sobald wie möglich auf einen Studienplatz in Kapstadt zu bewerben.

Auf der einen Seite mein Großvater, auf der anderen Timo, der meine Hand ganz fest hielt, so verfolgte ich Nelson Mandelas erste Worte nach der Freilassung, inmitten von zehntausend anderen Feiernden auf der Grand Parade, dem Platz vor dem Kapstädter Rathaus:

„Ich stehe nicht als Prophet vor euch, sondern als euer ergebener Diener," hörte ich ihn der Menge verkünden. „Heute erkennt die Mehrheit der schwarzen und weißen Südafrikaner an, dass die Apartheid keine Zukunft hat. Wir werden sie durch unsere Massenbewegung beenden, damit Frieden und Sicherheit einkehren. Das Ziel aller Aktionen unserer Organisation kann nur der Aufbau einer Demokratie sein. Allerdings existieren die Faktoren, die den bewaffneten Kampf notwendig gemacht haben, auch heute noch. Deshalb bleibt uns zunächst nichts anderes übrig, als ihn fortzusetzen. Wir hoffen, dass sich das Klima bald verbessert, sodass wir über eine gemeinsame Lösung verhandeln können und der bewaffnete Kampf beendet werden kann."

Auf gewisse Weise erschreckte mich das, was Mandela sagte, denn ich bin in Frieden aufgewachsen, hatte in Westdeutschland keinerlei Gewalt erfahren. Aber ich verstand auch, dass er recht hatte.

Nelson Mandela gelang es, nicht nur den Opfern des

Apartheid-Regimes Hoffnung zu geben, sondern gleichzeitig die herrschende weiße Minderheit zu besänftigen. Er schaffte die Vision von einer Gesellschaft, in der weiße und schwarze Südafrikaner friedlich zusammenleben konnten.

Es war bewundernswert, wie aufmerksam die Menschenmenge diesem Mann, der die Hoffnung aller verkörperte, zuhörte, ihm regelrecht an den Lippen hing. Immer wieder kamen Jubel und Freudenschreie auf, aber alle wollten jedes einzelne Wort seiner fast dreißigminütigen Rede in sich aufsaugen.

Seine Rede beendete er mit einem Zitat. Wie ich später von Helena erfuhr, stammte es aus seiner eigenen Verteidigungsrede beim Rivonia-Prozess, bei dem er und andere zur lebenslangen Freiheitsstrafe wegen Terrorismus verurteilt worden waren: „Ich habe gegen die weiße Vorherrschaft gekämpft und ich habe gegen die schwarze Vorherrschaft gekämpft. Ich habe an der Idee einer demokratischen und freien Gesellschaft festgehalten, in der alle Menschen harmonisch zusammenleben können und die gleichen Chancen haben. Dies ist ein Ideal, für das ich lebe und das ich erreichen möchte, aber wenn es notwendig ist, bin ich auch bereit, für dieses Ideal zu sterben."

Ich schaute zu meiner Familie. Wie viele andere standen sie mit offenen Mündern da, hatten die Hände an ihre Herzen gelegt und weinten lautlos.

In den vergangenen Monaten hatten Timo und ich die Wut der Schwarzen miterlebt, hatten immer wieder von Widerstand gehört, der von der Polizei gewaltsam niedergeschlagen wurde. Nelson Mandela hatte es geschafft, die

Wut zu dämmen, indem er immer wieder betonte, dass dieses Land allen gehörte, die hier lebten, Schwarzen und Weißen. Die Kämpfe, die Südafrika in den vergangenen Jahren beherrscht hatten, sollten noch nicht ganz vorüber sein, aber die Freilassung Mandelas entspannte die Lage, die sich vorher immer weiter zugespitzt hatte. Das war an diesem Abend spürbar, und alle ahnten, dass dies der Anfang vom Ende der Apartheid und der Kämpfe war. Dass das Land noch sehr lange an seiner Vergangenheit zu knabbern haben sollte, wollte in diesem Moment keiner wissen.

# 12.

## Sommer 1990, Kapstadt, Südafrika

Die große Freude, die in der Familie herrschte und für viele weitere Tage Sonnenschein in den Gemütern sorgte, wurde bald von einem weiteren Schicksalsschlag überdeckt.

Mein Großvater Jacob hatte einen weiteren Schlaganfall. Der erste vor knapp zwei Jahren hatte seine Sprachschwierigkeiten und die Lähmungserscheinungen, die ihn an den Rollstuhl fesselten, zur Folge gehabt. Außerdem hatte sich seine Persönlichkeit merklich verändert. Helena sprach immer wieder davon, dass ihr Vater zwar schon immer streng und distanziert, im Grunde aber doch ein Mann mit warmem Herzen gewesen sei, dem das Wohl seiner Familie und Mitmenschen wichtig war. Helena flüsterte mir einmal zu, dass sie sich nicht sicher sei, woher seine Übellaunigkeit komme: Von seinem schwierigen Leben als unterdrückter Farbiger, vom Verschwinden seiner Frau, dem Tod seiner beiden Söhne oder von dem Schlaganfall selbst?

An diesem Tag Anfang März 1990 saßen wir beim Abendessen, als Jacob ohne jegliche Vorwarnung seltsam mit dem Mund zuckte und die Gabel mit dem Stück Kartoffel, die er gerade in der Hand hielt, fallen ließ. Innerhalb weniger Sekunden wurde er bewusstlos. Da eine medizinische Versorgung für Schwarze und Farbige bis zu diesem Zeitpunkt kaum vorhanden war, kam keiner der anderen auf die Idee, einen Krankenwagen zu rufen. Ich fühlte mich hilflos.

„Wir müssen den Notarzt anrufen!", rief ich und konnte nicht verstehen, warum sie alle wie angewurzelt da standen und nichts unternahmen.

„Warum tut ihr denn nichts?"

Wanda schüttelte verzweifelt den Kopf. „Wir haben doch kein Telefon, und wir wissen auch gar nicht, wo wir anrufen sollen!"

Da waren sie, die noch immer anhaltenden Folgen der Apartheid. Die Würfel für meinen Großvater waren gefallen. Wir trugen ihn auf sein Bett, die ganze Familie saß um ihn herum, murmelte irgendwelche traditionellen Verabschiedungsformeln und sah ihm beim Sterben zu; auch die Kinder waren dabei. Ich weinte. Zwischen meinem Großvater und mir hatte sich gerade erst eine zarte Freundschaft entwickelt, und schon wurde er mir wieder weggenommen. Besonders weil mein Vater nicht mehr da war, fühlte sich der Verlust meines Großvaters an, als würde mir ein weiterer Teil von mir selbst entrissen werden. Erst lange später dachte ich, dass Jacob nur darauf gewartet hatte, dass der Mann, der dem Elend in der Gesellschaft ein Ende setzen konnte, aus der Gefangenschaft entlassen wurde und Jacob somit seine Familie in Sicherheit wissen und in Frieden sterben konnte.

Die Beerdigung fand im engsten Familienkreis auf einem anonymen Friedhof statt, weil sich die Balewas die

Pflege eines Grabes nicht leisten konnten und es unter Schwarzen und Farbigen nicht üblich war, auf einem „richtigen" Friedhof beigesetzt zu werden.

Die folgenden Tage, die wegen der Jahreszeit langsam kälter wurden, verbrachte die Familie in gemeinsamem Schweigen. In mir brodelte es, ich verspürte das überwältigende Bedürfnis, mit ihnen über Jacob zu sprechen, aber ich akzeptierte ihre Art der Trauer. Nachdem ein paar Tage vergangen waren, traute ich mich, sie alleinzulassen und Timo zu besuchen. Endlich konnte ich meiner eigenen Trauer freien Lauf lassen, weinte an seiner Schulter, ließ mich von ihm übers Haar streicheln.

„Ich verstehe einfach nicht, warum sie nichts getan haben. Gibt es für die dunkelhäutigen Menschen hier wirklich überhaupt keine ärztliche Versorgung? Irgendein Nachbar hätte doch bestimmt ein Telefon gehabt? Oder wenn sie zumindest besser aufgeklärt gewesen wären, nachdem mein Großvater schon einmal einen Schlaganfall hatte, vielleicht hätten sie noch etwas tun können?"

Timo sah mich mit traurigen Augen an.

„Vielleicht wollten sie dem Lauf der Natur nicht im Weg stehen, Nelly. So leben viele Menschen hier."

Ich winkte ab.

„Ach, meine Familie ist nun wirklich nicht die traditionellste. Sonst hätte mein Vater nie eine Weiße geheiratet, oder?"

Timo zuckte nur mit den Schultern.

„Nein, ich glaube, sie wussten sich nicht besser zu helfen. Sie hatten bisher wenig medizinische Versorgung erhalten, und die jüngsten Ereignisse in der Politik müssen erst in den Köpfen der Menschen ankommen. Ganz offiziell gibt es ja sogar noch Apartheidsgesetze."

Und in einem ganz unerwarteten Moment der Selbsterkenntnis war es mir plötzlich völlig klar: Ich wollte Medizin studieren. Nicht noch einmal wollte ich mich so hilflos fühlen, wenn ein Mensch in Not war, wollte retten, was es zu retten gab. Besonders hier in Südafrika wollte ich mich um Menschen kümmern, vor allem um die Bedürftigen.

Drei Tage später schrieb ich mich an der University of Cape Town, wo Timo Jura studierte, am Department of Health Science für Medizin ein.

## 13.

So vergingen die Monate in Kapstadt. Timo und ich stürzten uns ins Studium. Wir lernten gemeinsam und gingen so oft wie möglich arbeiten, um unseren Lebensunterhalt zu finanzieren. Unsere freie Zeit nutzten wir für Ausfahrten auf Timos Motorrad, das er sich in der Zwischenzeit von seinem Ersparten gekauft hatte. Ich hatte meine Familie mittlerweile über meine Beziehung mit Timo aufgeklärt, und sie hatte überraschend locker darauf reagiert. Daher fing ich auch an, bei ihm zu übernachten. Die Familie bekam ich nur noch selten zu Gesicht. Wenn ich überhaupt am Abend nach Hause zu ihnen kam, waren die Kinder meist schon im Bett. Ich saß dann mit den Erwachsenen noch eine Weile auf dem großen Sofa, und wir unterhielten uns. Das Hauptthema war fast immer die Politik. Was das betraf, schritten die gesellschaftlichen Verbesserungen nur langsam voran. Noch immer herrschten politische Gewalt und Auseinandersetzungen. An einen friedlichen Übergang zum neuen Südafrika glaubte keiner mehr. Erst im Juni 1991 sollten die Apartheidsgesetze offiziell für ungültig erklärt werden.

Kurz darauf wurde Mandela einstimmig zum Präsidenten des ANC gewählt, und er leitete die Verhandlungen mit der Regierung über die endgültige Beseitigung der Apartheid. Diese Entwicklung gab den Menschen neue Hoffnung.

Im Februar 1993 wurden freie Wahlen vereinbart, und

Mandela und de Klerk erhielten den Friedensnobelpreis.

Wenn ich später über meine Zeit in Südafrika nachdachte, hatte ich das Gefühl, dass die Ereignisse, die mein eigenes Leben in eine neue Richtung lenkten, zeitlich stets mit den politischen Veränderungen im Land zusammenfielen.

Das war also mein neues Leben. Das Studium machte mir Spaß, ich hatte einen kleinen, engen Freundeskreis. Selten, aber regelmäßig rief ich meine Mutter an. Nach Silvester 1989 hatte ich sie nicht mehr besucht. Die Liebe zwischen Timo und mir wurde intensiver und vollkommener, und ich fühlte mich in dieser Stadt schon fast zu Hause. Der anfängliche Schrecken, den die Apartheid für mich hatte, verblasste langsam, und die Ankündigung der ersten freien, demokratischen Wahlen im April 1994 versprach die endgültige Gleichheit aller Südafrikaner und das Ende der Kämpfe.

Noch nie zuvor hatte ich meine Familie so aufgeregt erlebt. Zum ersten Mal in ihrem Leben durften sie wählen, und natürlich mussten sie nicht lange überlegen, welche Partei. Am Wahltag zogen sie die schickesten Kleider an, die sie besaßen, und schritten zum Wahllokal, als wären sie Bräute im Mittelgang einer Kirche auf dem Weg zum Traualtar. Ich begleitete sie und wartete mit ihnen stundenlang unter der heißen Sonne vor dem Wahllokal, wo sich eine enorme Schlange gebildet hatte. Aber anders, als ich es von Deutschland kannte, wo die Menschen sofort schlechte Laune bekamen, wenn sie auch nur fünf Minuten an der Supermarktkasse anstehen mussten, waren die Menschen hier bester Laune, voller Hoffnung und fieberten dem Wählen regelrecht entgegen.

Das Ergebnis war weder für mich noch für Timo sonderlich überraschend, doch meine Familie tanzte trotzdem vor Freude, als die ANC im April 1994 mit überwältigender Mehrheit die Wahl gewann. Knapp zwei Wochen nach der Wahl, am 09. Mai, wurde Nelson Mandela der erste schwarze Präsident des Landes. Nach seiner Amtseinführung erklärte er: „Niemals, niemals und niemals wieder soll es geschehen, dass dieses schöne Land die Unterdrückung des einen durch den anderen erlebt. Lasst Freiheit herrschen. Gott segne Afrika." Diese Worte sprachen nicht nur mir aus dem Herzen.

Mit dieser Wahl endete endlich die Gewalt, die das Land auch nach der Freilassung Mandelas weiter in Chaos versetzt hatte. Das freie Südafrika war geboren.

Meine Familie war glücklich und feierte jeden Abend aufs Neue. Doch ich hatte eine leise Vorahnung, dass das Ende meiner Zeit in Kapstadt nahe war. Genau wie mein Großvater gegangen war, nachdem Nelson Mandela aus dem Gefängnis befreit war, hatte ich das Gefühl, dass ich selbst gehen würde, nachdem er das Amt des Präsidenten dieses schönen Landes, das die Heimat meines Herzens geworden war, angetreten hatte. Und tatsächlich ließ der Schatten, der mich zurück nach Deutschland ziehen würde, nicht lange auf sich warten.

Wie so oft hatte ich mehrere Nächte hintereinander bei

Timo in der Wohngemeinschaft verbracht. Nach den Vorlesungen ging ich noch in das Restaurant, in dem ich seit Beginn meiner Zeit in Kapstadt gearbeitet und mein Geld verdient hatte. Erst am späten Abend kam ich erschöpft bei den Balewas an und hoffte, dass noch jemand wach wäre, sodass ich wenigstens kurz Hallo sagen konnte. Und so war es auch: Helena saß am Esstisch, hatte einen Becher mit Tee vor sich stehen und wirkte, als hätte sie mich erwartet. Sie lächelte.

„Nelly, wie schön, dass du da bist. Setz dich kurz zu mir."

Ich kam ihrer Bitte nach und setzte mich ihr gegenüber an den großen Tisch. Ohne Worte schob sie mir einen hellblauen Briefumschlag zu. Ich erkannte sofort die Handschrift, in der mein Name und die Adresse der Familie Balewa auf den Umschlag geschrieben waren. Es war die Handschrift meiner Mutter. Ein Kloß bildete sich in meinem Hals, denn in den fast fünf Jahren, die ich mittlerweile hier lebte, hatte ich nie einen Brief von ihr erhalten. Das konnte nur bedeuten, dass etwas passiert war. Als Erstes dachte ich, dass meine Oma gestorben sein könnte. Oder eine meiner Tanten. Zögerlich, zittrig und mit Bangen vor dem, was mir meine Mutter mitzuteilen hatte, öffnete ich den Umschlag. Helena stand auf und sagte: „Ich lass dich allein. Wir sprechen uns dann morgen." Sie zog sich zurück in ihr Schlafzimmer.

Ich holte tief Luft und las die Zeilen, die meine Mutter geschrieben hatte:

*Oberursel, 22. Juli 1994*

*Meine liebe Nelly, mein geliebtes Kind,*

*nun bist du schon fast fünf Jahre fort. Kein Tag ist seitdem vergangen, an dem ich dich nicht schmerzlich vermisst habe. Aber ich habe in der Zwischenzeit verstanden, warum du gehen musstest. Du sollst wissen, dass ich immer nur das Beste für dich wollte und dich vor gewissen Dingen beschützen will und muss. Wahrscheinlich habe ich bei dem Bedürfnis, die schlimmen Dinge des Lebens von dir fernzuhalten, viele Fehler gemacht und mache sie immer noch.*

*Doch ich weiß, dass es dir gut geht in Kapstadt, dass Bennos Familie dich herzlich aufgenommen hat und dass Timo, den ich damals zu meiner Freude kennenlernen durfte, dich glücklich macht und dich an meiner Stelle beschützt. Ich hoffe von ganzem Herzen, dass er es auch weiterhin tun wird. Denn leider werde ich das bald nicht mehr können. Das, was ich dir jetzt sagen muss, wird schwer für dich sein, denn ich weiß, dass du mich trotz allem noch immer liebst. Und das ist es, was mein Leben für mich lebenswert macht.*

*Meine liebe Nelly, wie so oft wollte ich dich nur beschützen und alles Leid von dir fernhalten. Daher habe ich dir bisher nichts davon gesagt. Aber nun ist es an der Zeit, dass du es weißt und selbst entscheiden kannst, wie du mit diesem Wissen umgehst. Vor einigen Monaten bin ich mit Schmerzen zum Arzt gegangen, und daraufhin wurde bei mir Brustkrebs diagnostiziert. Ich hätte aufmerksamer sein müssen, das weiß ich jetzt. Vielleicht hätte ich den Knoten in meiner linken Brust dann schon viel früher bemerkt. Doch als es dann herauskam, war es leider zu spät. Mein Körper war bereits voller Metastasen. Sie haben mir sofort die linke Brust abgenommen und mit*

114

*Chemotherapie begonnen. Aber nach nur wenigen Wochen war klar, dass es nichts mehr helfen würde. Sie sagten mir, ich solle nach Hause gehen und die Zeit, die mir noch bleibt, mit meiner Familie verbringen. Meine Familie, tja, das bist du, Nelly. Zu Hause habe ich sehr lange mit mir gehadert, denn ich wollte nicht, dass du mein Leid sehen musst. Nun, da ich weiß, dass meine Lebenserwartung nur noch wenige Monate oder gar Wochen beträgt, habe ich mich am Ende doch dazu durchgerungen, dir diesen Brief zu schreiben. Bitte, mein geliebtes Kind, fühle dich nicht gezwungen, zu mir zurückzukehren, nicht um meinetwillen. Tu, was immer du für richtig hältst. Ich wollte dir in diesem Brief einfach nur noch einmal sagen, wie sehr ich dich liebe. Du warst das größte Geschenk meines Lebens. Du bist ein warmherziger, liebevoller und einfach toller Mensch, und ich wünsche dir von ganzem Herzen alles Glück dieser Welt. Mach es besser als ich.*

*In tiefer Liebe,*
*deine Mama*

Ich versank in einem Meer aus Tränen. Meine Mutter würde sterben, und zwar bald. Wie konnte sie nur glauben, dass ich nicht für sie da sein wollte? Ein entsetzliches Grauen überkam mich. Ich hatte sie im Stich gelassen. Hatte mich in den Jahren vor meiner Abreise nach Kapstadt ständig mit ihr gestritten oder sie ignoriert, sie in der langen Zeit, in der ich sie zurückgelassen hatte, nur ein einziges Mal besucht und nur alle paar Wochen angerufen. Ihr blieb gar nichts anderes übrig, als zu glauben, dass sie mir egal geworden war, dass ich kein Interesse daran hatte, mich um sie zu kümmern. War es auch so? Nein, ich hatte mich nur um andere Dinge gekümmert. Hatte meinen Vater, seine Familie und das Leben hier als wichtiger empfunden. Plötzlich wurde mir klar, was für ein großer Fehler das gewesen war. Sie war diejenige, die immer für mich da gewesen war, die mich voller Liebe und Fürsorge allein großgezogen hatte, die ihr letztes Hemd für mich gegeben hätte. Nachdem mein Vater sie ohne Erklärung verlassen hatte, war eine Welt für sie zusammengebrochen, und trotzdem hatte sie mir die glücklichste und fröhlichste Kindheit geboten, die ich mir nur wünschen konnte.

Manchmal konzentriert man sich so sehr auf die Wichtigkeit einer Sache, dass man die viel größere Wichtigkeit einer anderen Sache aus den Augen verliert.

Für mich war sofort klar: Ich würde sofort zu meiner Mutter nach Hause kommen.

# 14.

## Sommer 1994, Oberursel, Deutschland

„Bist du bereit?", fragte Timo und drückte mich fest an sich. Ich wusste nicht, ob ich bereit war, aber ich musste es sein. Also nickte ich unbeholfen, und Timo drückte auf die Klingel, die ich in meiner Kindheit tausende Male gedrückt hatte.

Eine Frau, die nicht meine Mutter war und die ich nicht kannte, öffnete die Tür. Sie sah mich verwundert an, schien aber nur eine Sekunde zu brauchen, um zu wissen, wer vor ihr stand.

„Sie müssen Cornelia sein, nicht wahr?"

„Äh, ja. Und wer sind Sie?"

„Ich bin Frau Hahn. Die Pflegerin Ihrer Mutter. Kommen Sie doch herein. Silvia erwartet Sie schon sehnsüchtig."

Pflegerin? So schlimm stand es also schon um meine Mutter.

Nachdem ich ihren Brief erhalten hatte, hatte ich den Balewas am nächsten Morgen mitgeteilt, dass ich sofort zurück nach Deutschland gehen würde.

„Kommst du wieder?", fragte mich Zola unter Tränen.

Zärtlich umarmte ich die Kleine, die mit ihren fast zehn Jahren mittlerweile gar nicht mehr so klein war.

„Ich weiß es nicht, mein Schatz. Erst einmal muss ich

für meine Mama da sein. Sie braucht mich, denn sie ist schwer krank, weißt du."

„Ja, dann musst du dich um sie kümmern."

„Aber ich komme euch eines Tages wieder besuchen, großes Ehrenwort."

Timo überlegte nicht lange und entschloss, mich zu begleiten. Er wollte sich darum kümmern, dass er sein Studium in Frankfurt weiterführen konnte, und mir seelischen Beistand leisten.

Mein Medizinstudium wollte ich vorerst auf Eis legen, bis … ja, bis wann? Darüber wollte ich zu diesem Zeitpunkt nicht nachdenken.

Telefonisch kündigte ich meine Rückkehr an, und eine Woche später saßen wir im Flieger von Kapstadt nach Frankfurt. Wir ließen unser Leben in Südafrika mit gemischten Gefühlen hinter uns.


Frau Hahn führte mich in unser Wohnzimmer. Nichts hatte sich seit meinem Besuch vor viereinhalb Jahren verändert, bis auf eines: Mitten im Raum stand ein wuchtiges Bett, ein Krankenbett. Daneben stand ein Gestell, an dem ein Tropf befestigt war. Und in dem Bett, unter einer dicken Decke, lag meine Mutter. Oder das, was von ihr übrig geblieben war. Sie war so blass, dass die Adern durch die papierdünne Haut durchschienen. Ihre blonden Haare waren raspelkurz, wahrscheinlich waren sie ihr während der Chemotherapie ausgefallen und seitdem kaum nachgewachsen. Ihren Körper konnte ich nicht sehen, weil er zugedeckt war, aber die Umrisse verloren sich unter dem Stoff, so dünn war sie, was man auch an ihren knochigen Armen sehen konnte, die über der Decke lagen. Ich war entsetzt. Aber ihre Augen leuchteten so voller Glück, als sie mich sah, dass ich mich zwang, nicht zu weinen. Ich spürte, wie Timo mir einen sanften Schubs gab. Das löste mich aus meiner Starre, und ich ging zu ihr, um sie in die Arme zu schließen.

„Oh mein Kind. Du bist wirklich gekommen. Das war das Einzige, was ich mir gewünscht habe. Jetzt hab ich keine Angst mehr. Ich danke dir so sehr, meine kleine Nelly."

Nun konnte ich meine Tränen nicht mehr zurückhalten. Stumm weinte ich das Kopfkissen meiner Mutter nass.

Wie er es versprochen hatte, blieb Timo in dieser schweren Zeit an meiner Seite, hielt sich aber taktvoll im Hintergrund. Sein Studium konnte er glücklicherweise an der Frankfurter Universität fortsetzen. Wenn er nicht in der Vorlesung war, kaufte er für uns ein, putzte die Wohnung und hatte ein offenes Ohr und eine starke Schulter, an die ich mich anlehnen konnte, wann immer ich es brauchte. Frau Hahn kam täglich und kümmerte sich um die medizinischen und pflegerischen Bedürfnisse meiner Mutter, was mir den Unterschied zwischen Deutschland und Südafrika sowohl aus medizinischer als auch aus sozialer Sicht wieder sehr deutlich machte. Ich war für das Seelenheil meiner Mutter zuständig. In den Wochen nach meiner Rückkehr führten wir stundenlange Gespräche. Wir hatten viel zu erzählen und aufzuarbeiten. Wenn mich das schlechte Gewissen packte, weil ich so lange weg gewesen war und die Liebe meiner Mutter nicht zu schätzen wusste, verdrängte ich es. Ich musste jetzt stark sein für sie. Immer wieder erwischte ich mich dabei, wie ich mir ausmalte, dass sie wieder gesund würde und wir die gemeinsame Zeit, die wir seit meinem fünfzehnten Geburtstag, diesem schicksalhaften Tag, verloren hatten, nachholen könnten. Aber dann schlug die Realität wieder auf mich ein wie eine Bombe. Es gab keine Heilung mehr für meine Mutter, es war nur noch eine Frage der Zeit.

An einem regnerischen Nachmittag im September, einige Tage nach meinem 23. Geburtstag, saß ich wie so oft auf der Bettkante, hielt die Hand meiner Mutter und sprach leise mit ihr. Ich erinnere mich immer noch sehr detailreich an dieses Gespräch. Eigentlich ist es das einzige unserer vielen Gespräche dieser letzten Wochen, an das ich mich richtig erinnern kann. Aber es ist wohl auch das einzig wichtige.

„Kannst du dich noch an deinen siebten Geburtstag erinnern, mein Schatz?", fragte mich meine Mutter mit schwacher Stimme.

Ich überlegte kurz.

„Ach, na klar, Mama! Das war, kurz bevor wir in die zweite Klasse kamen, richtig? Da hatte ich mich kurz vorher mit Meike und Svenja gezofft, weil sie beschlossen hatten, im kommenden Schuljahr nebeneinanderzusitzen und mich dabei außen vor gelassen hatten."

Meine Mutter nickte lächelnd.

Ich fuhr fort mit meinen Erinnerungen: „Ich war so

traurig gewesen und hatte zwei Wochen lang während der Sommerferien in meinem Zimmer gesessen und geschmollt."

„Die beiden kamen jeden Tag zu uns und riefen mehrmals täglich an, um dich zurückzugewinnen", ergänzte meine Mutter.

Ich lachte. „Ja, aber ich ließ mich nicht erweichen. Ich fühlte mich von ihnen ins Abseits gedrängt und wollte ihnen nicht verzeihen. Aber dann kamen sie zu meiner Geburtstagsfeier und schenkten mir drei Barbies: eine braunhaarige und zwei blonde. Genau die Haarfarben von uns dreien. Und dazu einen kleinen Holztisch, der in mein Barbie-Haus passte. Du hattest extra bei meiner Klassenlehrerin angerufen und ihr das Dilemma geschildert. Sie hat sich dann einverstanden erklärt, einen größeren Schultisch zu organisieren, damit wir alle drei an einem Tisch sitzen konnten. Dann hast du die Barbies organisiert und Svenja und Meike gegeben, damit sie mir die Puppen als Symbol schenken konnten." Ich grinste bei dieser Erinnerung. So war meine Mutter immer gewesen. Stets hatte sie versucht, mich glücklich zu machen und mir ein Lächeln aufs Gesicht zu zaubern.

Sie drückte meine Hand. Eine dicke Träne bahnte sich den Weg über mein Gesicht.

„Nicht weinen, mein Liebling. Es wird alles gut werden."

Mein Kopf sank auf ihre Brust, dahin, wo der Krebs angefangen hatte und sich von dort aus in ihrem ganzen Körper verteilt hatte, sie innerlich auffraß.

„Wie soll alles gut werden, wenn du nicht mehr da bist, Mama? Nie wieder wird alles gut werden!", sagte ich mit erstickter Stimme.

Meine Mutter schwieg und streichelte sanft über mein Haar.

„Es tut mir so leid, Mama. Ich hätte nie weggehen sollen. Wir haben so viel kostbare Zeit verloren."

Ich spürte, dass sie den Kopf schüttelte.

„Nein, Nelly. Du musstest gehen, das habe ich jetzt verstanden. Du musstest deine Wurzeln finden."

„Aber ich hätte wiederkommen müssen. Fünf Jahre war ich fort. Fünf Jahre, die ich mit dir hätte verbringen können."

„Was hätte das geändert? Wir würden jetzt trotzdem hier sitzen und müssten uns verabschieden."

Ruckartig fuhr ich hoch.

„Vielleicht hätte ich deine Krankheit bemerkt. Hätte dich früher zum Arzt geschickt, und du hättest gerettet werden können."

„Vielleicht. Aber mein Krebs war von Anfang an sehr aggressiv. Wahrscheinlich wäre mir nur ein klein wenig mehr Zeit geblieben."

„Ich hätte alles anders machen sollen."

Sie nahm mein Kinn vorsichtig in ihre Hand.

„Schau mich an, Nelly. Nichts, was passiert ist, war falsch. So ist das Leben. Es passieren Dinge, die wir im Nachhinein ändern wollen. Aber im Leben läuft das nicht so. Man entscheidet sich für einen Weg, geht ihn eine Weile, und dann, an der nächsten Abzweigung, entscheidet man neu. Bereue nichts, mein Kind. Und versprich mir, dass du immer versuchst, so zu entscheiden, wie du allein es für richtig hältst. Nicht, wie es jemand anderes für richtig hält. Egal, wer!"

Ihr Blick verriet mir, dass sie das, was sie sagte, ernst meinte.

„Wenn ich nicht mehr da bin", fuhr sie fort, „dann wirst du etwas finden, was dir mein Verhalten von damals erklären wird. Ich habe einen großen Fehler gemacht, und ich hoffe, ich kann ihn wieder gutmachen. Jetzt bin ich zu schwach, darüber zu reden. Aber du wirst es wissen."

Ich verstand nicht, was sie meinte. Aber es war mir in diesem Moment auch egal.

„Mama, ich danke dir. Für alles. Du warst die beste Mutter, die man sich nur vorstellen kann, zu jeder Zeit. Du hast mir die schönste Kindheit geboten. Und später, als ich mich entschloss, nach Südafrika zu gehen, um meinen Vater zu finden, hast du mich gehen lassen, obwohl du dagegen warst. Du hast mir alles gegeben, was eine Mutter geben kann."

Ihr Blick wurde plötzlich unendlich traurig.

„Ich habe dir etwas sehr, sehr Wichtiges nicht geben können, Nelly. Und das ist der größte Fehler, den ich gemacht habe."

Fragend sah ich sie an.

„Einen Vater, Nelly. Du hast einen Vater gebraucht."

Da fing ich richtig an zu weinen.

„Bitte, Mama, glaub das nicht. Das darfst du nicht denken. Ich hatte dich, wir waren eine Einheit. Benno hat uns verlassen, aus welchen Gründen auch immer. Es war allein seine Schuld. Niemals deine."

Ein kurzer, aber deutlicher Ausdruck huschte über ihr Gesicht.

„Was denkst du, Mama? Wusstest du, warum er uns verlassen hat?"

Wieder schüttelte sie den Kopf.

„Ich wusste es damals nicht, Nelly."

Bevor ich sie fragen konnte, ob sie es später wusste, fiel sie in einen fiebrigen Schlaf. Das emotionale Gespräch hatte sie offenbar sehr angestrengt.

Erst viel später sollte ich herausfinden, was sie damit meinte.


Dies war unser letztes, richtiges Gespräch. In den folgenden Tagen dämmerte meine Mutter die meiste Zeit vor sich hin, wachte nur noch minutenweise auf, war dann aber immer verwirrt und wusste gar nicht mehr richtig, wo oder wer sie war.


Drei Wochen später, an einem stürmischen Vormittag Ende September 1994, schlief meine Mutter friedlich ein. Ich war die Einzige, die bei ihr war, als sie starb, hielt sie in den Armen und half ihr, loszulassen.

## 15.

**Herbst 1994, Oberursel, Deutschland**

Timo und meine Tanten halfen mir dabei, die Beerdigung vorzubereiten. In diesen ersten Tagen nach dem Tod meiner Mutter funktionierte ich einfach nur.

Nachdem sie in meinen Armen gestorben war, verzweifelte ich und konnte lange nicht mehr aufhören zu weinen, klammerte mich an ihren toten Körper. Doch als dann Frau Hahn und Timo kamen und mich von ihr lösten, versiegten meine Tränen und blieben tagelang aus. Wahrscheinlich hatte ich mich leer geweint.

Wir suchten weiße Lilien als Schmuck für ihren Sarg aus. Zur Beerdigung kamen nur die Familie, ein paar Nachbarn und ihre Freundinnen. Auch Svenja und Meike waren da und umarmten mich lange.

Als ich vor dem offenen Grab stand, der Sarg weit unten in der kalten Erde lag, alle Augen auf mich gerichtet waren und darauf warteten, dass ich den bereitgestellten Sand, die Blüten und mein Lieblingskuscheltier aus meiner Kindheit hinunterwarf, hatte ich ein Bild vor Augen: Meine Mutter, jung und schön, wie sie früher gewesen war, lief in helles Licht hinein, den Rücken mir zugekehrt. Und in dem Licht wartete ein großer, dunkler Mann auf sie. Mein Vater.

Diese Vorstellung, dass meine Mutter und mein Vater die Schwierigkeiten ihres Lebens nun hinter sich gelassen hatten und im Paradies wieder vereint waren, tröstete mich über die folgenden, schweren Wochen hinweg.

Timo gegenüber verschloss ich mich. Ich konnte mit ihm einfach nicht über den Tod meiner Mutter reden. Ab und zu sagte er, wie wichtig es sei, dass ich über meine Trauer spräche. Aber bald gab er es auf und überließ mich meinem Kummer. Später fragte ich mich, ob es etwas geändert hätte, wenn ich mit ihm gesprochen hätte.

Einen Monat nach ihrem Tod fingen Timo und ich an, das Haus leer zu räumen, und mieteten uns eine kleine Wohnung in Frankfurt.

Das Räumen war manchmal tröstlich. Stundenlang saß ich vor Erinnerungsstücken und dachte an vergangene, glückliche Zeiten. Vieles warf ich weg, verkaufte oder verschenkte es. Nur wenige Möbel und einige bedeutungsvolle Stücke behielt ich. Die drei Barbies, die meine Mutter damals für meinen Geburtstag besorgt hatte, legte ich in der neuen Wohnung in meinen Nachtkasten. Sie waren der Grund für den ersten großen Streit, den ich mit Timo hatte. Er belächelte die Tatsache, dass ich so an diesen Puppen hing. Klar, er kannte die Geschichte dazu nicht. Aber ich wollte sie ihm auch nicht erzählen, weil sie nur mir und meiner Mutter gehörte. Ich schrie ihn an, dass er oberflächlich sei und keine Ahnung habe. Er versuchte, sich zu entschuldigen, aber ich sprach tagelang nicht mit ihm.

Wo er nur konnte, unterstütze er mich, aber ich stieß ihn

immer weiter von mir weg. Ich wollte meine Mutter wieder haben, und so sehr er sich es auch wünschte, er konnte mir nicht helfen, konnte sie mir nicht zurückbringen. Manchmal wurde ich richtig sauer auf ihn, beschuldigte ihn, dass ich nur wegen ihm so lange in Südafrika geblieben wäre und er mir dadurch die Zeit mit meiner Mutter genommen hätte. Natürlich stimmte das nicht. Immer wieder bat ich ihn um Verzeihung, und jedes Mal nahm er mich bedingungslos in die Arme. Sex hatten wir zu der Zeit kaum noch, nur wenn ich spüren wollte, dass ich noch lebte. Wenn ich überhaupt irgendetwas spüren wollte …

Den Hausverkauf übernahm Timo. Als angehender Anwalt wusste er, worauf er dabei achten musste. Dafür war ich ihm sehr dankbar, denn ich hätte es nicht übers Herz gebracht, das Haus, in dem ich groß geworden war, an fremde Leute zu geben.

Kurz vor Weihnachten schrieb ich einen Brief an meine Familie in Kapstadt. Ich berichtete ihnen knapp, was geschehen war, und versprach, sie zu besuchen, sobald es mir wieder etwas besser gehen würde.

Den Abend vor der Übergabe des Hauses an die neuen Besitzer, wenige Tage vor Heiligabend, wollte ich allein dort verbringen. Timo ließ mich allein mit meinen Erinnerungen.

Mit einer Flasche Rotwein saß ich im Wohnzimmer auf dem Boden, genau an der Stelle, an der das Bett gestanden hatte, in dem meine Mutter gestorben war. Erinnerungsfetzen wirbelten durch meinen Kopf. Da war meine Mutter, wie sie mich auf der Schaukel im Garten anschubste und bei jedem Mal euphorisch „Und hop!" schrie, und mein glückliches Jauchzen. Da waren meine Oma, meine Tanten, meine Mutter und ich, wie wir vor dem Weihnachtsbaum auf dem Sofa saßen, Weihnachtsgebäck in uns hineinstopften und mit schrägen Stimmen Lieder sangen. Erst jetzt wurde mir klar, dass die Frauen dabei ziemlich angetrunken gewesen sein mussten. Da waren wir beide, wie wir an meinen Geburtstagen, die immer in die Sommerferien fielen, morgens auf meinem Bett saßen, ich die Kerzen auf dem Kuchen auspustete und meine Mutter wie jedes Jahr sagte: „Alles Liebe zum Geburtstag, meine Große. Wow, jetzt bist du also tatsächlich schon so viele Jahre alt. Wo ist nur die Zeit geblieben?", und in meinen Gedanken erklang *Wie schön, dass du geboren bist.* Ich vermisste sie unendlich.

Da waren aber auch Erinnerungen an die vielen Streitereien, nachdem mein Vater mich angerufen hatte. Gewissensbisse quälten mich. Wie konnte ich nur so gemein zu ihr sein? Sie wollte mich doch nur schützen. Energisch schüttelte ich mich und dachte an ihre Worte. *Alles sollte so kommen.* Ich verstand zwar noch nicht ganz den Sinn dahinter, aber dieses Mal wollte ich auf meine Mutter hören und schob die negativen Gedanken beiseite.

Mein Blick wanderte die Treppe hinauf. Früher standen immer Blumentöpfe auf den Stufen, und viele Bilder, hauptsächlich von mir, zierten die Wände bis hoch ins obere Stockwerk, wo mein Zimmer und das Schlafzimmer meiner Mutter waren. Dort oben, unter dem Dielenboden, hatte ich damals das Büchlein meiner Mutter gefunden und darin die Adresse der Balewas. Dort hatte sich mein Schicksal gewendet. Ich nahm das Glas Wein in die Hand und schlich die Treppe hinauf. Warum ich versuchte, dabei möglichst leise zu sein, kann ich mir bis heute nicht erklären. Ich rüttelte an der losen Diele, fuhr mit den Fingernägeln in den Spalt und hob sie dann sachte hoch. In dem Hohlraum unter dem Boden war ein kleines Kästchen versteckt. Es war, als ob mich eine unsichtbare Hand dorthin geführt hätte. Damals, als ich das Büchlein gefunden hatte, war das Kästchen noch nicht dort gewesen. Ich sah mich um, als ob mich jemand beobachten könnte. Irgendwie hatte ich plötzlich das Gefühl, nicht mehr allein zu sein, konnte aber niemanden sehen. Vorsichtig hob ich das Kästchen heraus. Es war aus massivem Ebenholz und hatte wunderschöne Schnitzereien. Ich erkannte die Holzart sofort, denn in Südafrika wurden viele Dinge aus diesem Material hergestellt und auf kleinen Märkten verkauft. Das Kästchen musste von meinem Vater stammen.

Ohne es zu öffnen, platzierte ich die Diele wieder an der richtigen Stelle und nahm das Kästchen mit nach unten.

Dort setzte ich mich wieder auf den Boden, Möbel gab es ja keine mehr, und strich zärtlich über das glänzende, samtige Holz. Langsam hob ich den Deckel an, und dann stockte mir der Atem. Meine Mutter hatte mir eine Sammlung von Erinnerungen an unser gemeinsames Leben hinterlassen: Fotos von Urlauben, von Weihnachtsfesten und Geburtstagen; ein Topflappen, den ich einmal gehäkelt hatte, nachdem sie es mir beigebracht hatte; mein erstes, selbst gemaltes Bild aus dem Kindergarten, das eigentlich nicht mehr als eine Kritzelei war. Außerdem fand ich einen gelben Zettel. Er stammte aus einem dieser Notizblöcke, von denen meine Mutter immer Dutzende in der Küche liegen hatte. Auf diesen Zettel hatte sie geschrieben: *Bin kurz weg. Wir sehen uns später.* Die Bedeutung dieser Worte, das, was mir meine Mutter damit sagen wollte, rührte mich so sehr, dass ich anfing zu zittern. Es war, als spräche sie aus dem Jenseits zu mir.

In dem Kästchen waren auch ein paar Kastanien. Jeden Herbst waren wir zusammen losgegangen, um welche zu sammeln. Ich hatte das geliebt. Als ich klein war, bastelten wir Männchen und Tierchen daraus oder legten Straßen damit, und ich fuhr dann mit meinen Matchbox-Autos darauf. Immer mehr Tränen strömten aus meinen Augen. So viel Liebe steckte in diesem kleinen Kästchen …

Ganz unten entdeckte ich noch das Büchlein, in dem meine Mutter die Adresse meines Vaters und anderer notiert und ihre Gedanken dazu geschrieben hatte. Ich wollte es gerade aufschlagen, da klingelte es an der Tür. In der Stille war die Klingel so laut, dass ich zusammenzuckte. Schnell steckte ich all die Erinnerungsstücke in das Kästchen zurück, verschloss es sorgfältig und nahm es mit zur Tür. Draußen stand Timo. Es regnete in Strömen, und er war völlig durchnässt. Traurig blickte er mich an.

„Ich wollte nur nachsehen, ob alles in Ordnung ist. Es ist fast Mitternacht."

Kurz warf ich einen Blick auf meine Armbanduhr, wie um zu kontrollieren, ob er mich anlog.

„Ist okay. Ich bin so weit. Warte kurz, ich hole nur schnell noch die Flasche Wein aus dem Wohnzimmer."

Er schaute auf das Kästchen, das ich unter meinen Arm geklemmt hatte.

„Was ist das?"

Ich nahm das Kästchen und umklammerte es mit beiden Armen, als wollte er es mir wegnehmen.

„Nichts", sagte ich und ließ ihn ihm Regen stehen.

Ich warf die Flasche Wein in die Mülltonne vor dem Haus, packte das Kästchen in meine Tasche und warf noch einen letzten Blick in das Haus, dessen Wände für immer von meiner Kindheit erzählen würden.

Dann schloss ich die Tür und ließ die Vergangenheit hinter mir. Zumindest dachte ich das.

## 16.

In unserer Wohnung angekommen, verstaute ich das Kästchen in einem Karton, in dem ich bereits die wichtigsten Erinnerungsstücke meiner Mutter zusammengetragen hatte. Ich schob den Karton in das oberste Fach des Kleiderschranks, den ich aus dem Schlafzimmer meiner Mutter in unsere neue Wohnung hatte bringen lassen. Er war aus Eiche und wahnsinnig groß und schwer. Eigentlich passte er kaum in unser kleines Schlafzimmer, aber ich hatte darauf bestanden, dieses Möbelstück mitzunehmen, das meine Mutter schon von ihrer Großmutter geerbt hatte.

Dann ging ich zu Timo, der in der Küche zwei Gläser Rotwein eingeschenkt hatte und mir eines reichte.

„Bist du okay?", fragte er mich wieder.

Ohne zu antworten, ließ ich mich auf einen der Stühle fallen, die um den kleinen Küchentisch standen. Das war es also. Meine Mutter war endgültig weg. In den Wochen nach ihrem Tod, als ich damit beschäftigt gewesen war, unser altes Haus auszuräumen, hatte ich sie noch immer gespürt. Ich konnte dieses Gefühl nicht richtig erklären, aber sie war da. Sie war um mich, in mir, über mir. Dieses Gefühl war unglaublich tröstlich.

Aber jetzt, als die meisten ihrer Sachen weg waren oder hier, in dieser Wohnung herumlagen, war sie weg. Eine kalte Leere breitete sich in mir aus. Ich starrte in das Rotweinglas.

„Du weißt, dass ich immer für dich da sein werde?", fragte Timo. In seiner Stimme klang Unsicherheit mit. War er sich nicht sicher, dass er das immer sein würde, oder war er sich nicht sicher, ob ich das überhaupt noch wollte?

Ich nickte nur matt und ging ins Bad, ohne ihn weiter zu beachten, schloss mich darin ein. In diesem Moment wollte ich einfach nur allein sein.

Weihnachten verbrachten wir gemeinsam bei Timos Familie. Ich bemühte mich, nicht allen die Laune zu verderben, aber seine Eltern und sein Bruder, der gerade von seinem Auslandsaufenthalt in Argentinien zurückgekommen war, nahmen viel Rücksicht und waren sehr lieb und aufmerksam, ohne mich zu stressen. So konnten wir ein Weihnachtsfest erleben, das trotz der Umstände doch recht schön war.

Wenn Timo und ich allein waren, stritten wir allerdings fast ständig. Ich fühlte mich von ihm bedrängt, wollte einfach in Ruhe gelassen werden. Er konnte das nicht verstehen und versuchte immer wieder, mich dazu zu bringen, mich ihm zu öffnen. Aber ich konnte einfach nicht.

Wir beschlossen, über Silvester ein paar Tage wegzufahren. Unsere Beziehung stand auf der Kippe, das wussten wir beide. Diese Flucht war der Versuch, sie zu retten.

Also packten wir am Silvestermorgen unsere Taschen und fuhren nach Köln.

Am Abend gingen wir in ein hübsches Restaurant, zogen von Bar zu Bar und wurden immer betrunkener. Um Mitternacht standen wir am Rheinufer, zwischen hunderten anderen, die das neue Jahr begrüßen wollten. Für einen Augenblick vergaß ich meinen Kummer, schmiegte mich an meinen Freund. Ich dachte zurück an unsere erste Zeit in Kapstadt. Wir waren so verliebt gewesen. Der Kuss am weißen Strand an der Garden Route war der schönste Moment in meinem ganzen Leben. Damals hatte ich das Gefühl, dass die Welt uns zu Füßen lag, dass wir gemeinsam alles schaffen konnten und dass wir für immer zusammenbleiben würden. Was war nur mit uns passiert? Timo war der einzige mir wirklich nahestehende Mensch, der mir geblieben war. Und trotzdem konnte ich nichts tun gegen diese Abneigung, die ich ihm gegenüber immer wieder verspürte. Es war, als wäre meine Mutter gegangen, um ihm Platz zu machen. Ich wusste, dass dieser Gedanke völliger Blödsinn war, aber ich konnte ihn nicht von mir schieben. Ich hasste mich selbst dafür. Und leider hasste ich auch ihn dafür. Manchmal wollte ich ihm sogar wehtun. Woher kam nur dieser unbändige Hass auf jemanden, den ich eigentlich abgöttisch liebte? Mein Vater hatte mich verlassen, meine Mutter hatte mich verlassen. Wollte ich verhindern, dass auch Timo mich verließ, indem ich ihm zuvorkam?

Als es Mitternacht schlug, die Raketen in die Luft schossen und die Menschen um uns herum in innige Umarmungen und Küsse verfielen, drehte mich Timo zu sich, sah mir tief in die Augen und sagte: „Frohes neues Jahr, mein Schatz." Er wollte mich küssen, aber auf einmal wurde mir das alles zu viel. Energisch stieß ich ihn von mir und lief weg, ohne ein Wort zu sagen. Ich wollte ausbrechen. Blind rannte ich durch die Menschenmenge. Anfangs hörte ich noch, wie Timo mir hinterherrief, offenbar rannte er mir nach. Aber irgendwann verstummten seine Rufe, wahrscheinlich hatte er mich in der Masse aus den Augen verloren. Nach ein paar Minuten konnte ich nicht mehr. Mein Herz raste, und mir war schwindelig vom Alkohol. Ohne zu wissen, wie ich dorthin gekommen war, fand ich mich plötzlich in einer Bar wieder. Meine Stimme, die ich wie aus weiter Entfernung hörte, bestellte einen Cocktail, den ich kurz darauf gierig trank.

„Na, du hast aber großen Durst, was?", sagte jemand neben mir. Ich schaute verwundert auf und sah einen gut aussehenden, dunkelhaarigen Mann neben mir stehen, der mich breit angrinste. Wie es dann dazu kam, kann ich nicht erklären. Da waren plötzlich Lippen, feuchte Lippen, auf meinen. Eine Hand, die mich fast schon grob am Hinterkopf packte. Der männlich duftende Körper, der sich drängend gegen meinen presste. Ich wollte das nicht, aber ich machte mit, bis mich die Erkenntnis wie ein Schlag traf: Wie konnte ich Timo nur mit diesem schmierigen Typen betrügen? Timo, mein geliebter Timo, mein bester Freund und die Liebe meines Lebens war irgendwo da draußen und suchte mich, und ich stand hier mit einem Fremden in einer Bar und knutschte? Mit einem Mal angewidert von diesen Küssen, schob ich den Kerl von mir, murmelte eine Entschuldigung und drehte mich um, um die Bar zu verlassen. Und da waren sie. Diese blauen Augen, die mir so vertraut waren. Diese Augen, durch die ich manchmal bis in seine Seele schauen konnte. Diese Augen, mit denen er mir ohne Worte immer wieder gesagt hatte, wie sehr er mich liebte.

Diese Augen, die jetzt voller Entsetzen waren, voller Eifersucht. Doch das Schlimmste, was ich in diesem Moment in diesen Augen sah, war bittere Enttäuschung.

Eine Woche später zog Timo aus. Ich war verzweifelt, bat ihn, zu bleiben, entschuldigte mich ununterbrochen. Aber es half nichts mehr. Es war zu spät, ich hatte sein Vertrauen missbraucht. Trotz meines emotionalen Rückzugs in den vergangenen Monaten hatte er immer zu mir gehalten, alles getan, um es mir leichter zu machen. Und dann hatte ich einfach einen anderen geküsst. Timo konnte nicht mehr, er war am Ende seiner Kräfte, und das, was er in Köln in dieser Bar hatte sehen müssen, hatte ihm den Rest gegeben. Ich verstand ihn. Aber es schnürte mir das Herz zu, dass ich jetzt auch noch ihn verlor. Was hatte ich nur getan?

Als er weg war, schloss ich mich tagelang in der nun so leeren Wohnung ein und weinte, bis meine Augen völlig geschwollen waren.

Doch irgendwann riss ich mich zusammen. Es musste weitergehen. Wie genau, das wusste ich nicht, aber es half nichts, wenn ich mich in meinem Kummer verlor. Also schrieb ich mich an der Goethe Universität Frankfurt für Medizin ein und stürzte mich in mein Studium.

## 17.

## Winter 1996, Frankfurt, Deutschland

Seit unserer Trennung hatte ich nichts mehr von Timo gehört. Mein Studium ging gut voran, und ich hatte mich wieder mit Svenja und Meike angefreundet, die auch in Frankfurt studierten. Svenja sah ich eher selten, weil sie gerade mitten in der Abschlussarbeit ihres Sozialpädagogikstudiums steckte; aber mit Meike traf ich mich häufig. Sie studierte Jura, genau wie Timo und so, wie ihre Eltern es sich von ihr gewünscht hatten. Sie war einige Semester unter Timo, sah ihn aber manchmal an der Fakultät.

Möglichst beiläufig fragte ich sie hin und wieder, ob er sich mit jemandem traf, aber Meike verneinte es stets. Ich wusste nicht, ob es der Wahrheit entsprach oder ob sie einfach nur Rücksicht auf mich nehmen wollte, aber am Ende war es auch egal. Nach unserer Trennung hatte er sich mit keinem Wort noch einmal bei mir gemeldet. Ich ging davon aus, dass er mit mir abgeschlossen hatte, und das tat weh. Im Nachhinein bereute ich, ihn gehen gelassen, nicht um ihn gekämpft zu haben.

Im vergangenen Jahr hatte ich mich hauptsächlich auf mein Studium konzentriert, mich regelrecht in der Lernerei vergraben. Meine Mutter hatte mir ein wenig Geld hinterlassen, und so konnte ich mich voll und ganz aufs Studium konzentrieren, ohne zusätzlich arbeiten gehen zu müssen.

Das Gute an der Trennung von Timo war, dass mein Studium dadurch gut lief. Es gab nichts mehr, was mich abgelenkt hätte, und ich bestand die Prüfungen meist mit sehr guten Noten. In meiner Freizeit ging ich hin und wieder mit Meike aus, manchmal kam auch Svenja mit. Die beiden hatten einen festen Freund und versuchten an unseren Mädelsabenden immer, mich zu verkuppeln. Oft nahm ich dann auch einen Mann mit nach Hause und schlief mit ihm. Dass ich diese Männer ein zweites Mal sah, kam nur sehr selten vor, und ich verliebte mich nach Timo nicht wieder. Womöglich lag das auch daran, dass mein Herz noch immer ihm gehörte.

Im Frühling des Jahres 1996 begann mein praktisches Jahr. Ich hatte mich rechtzeitig auf Stellen in verschiedenen Krankenhäusern beworben, bisher aber keine Zusage erhalten. So beschloss ich nach Abschluss der Prüfungsphase, für zwei Wochen nach Kapstadt zu fliegen, um meinen versprochenen Besuch bei den Balewas endlich wahr zu machen.

Gesagt, getan. Ich buchte einen Flug und rief bei den Balewas an, die in der Zwischenzeit sogar ein Telefon hatten, um mich anzukündigen. Sie waren außer sich vor Freude.

Als ich am Flughafen in Kapstadt ankam, waren sie alle da: Edward und Wanda, Miriam und Helena und auch die Kinder. Zola, die jetzt fast so groß war wie ich, stürzte auf mich zu und fiel mir stürmisch in die Arme. Leya und Akos waren richtige Teenager geworden, und Helena bekam langsam weiße Haare. Aber ihre Herzlichkeit war unerschüttert.

Im Haus angekommen, merkte ich, dass alles etwas aufgeräumter und heller wirkte als bei meiner Abreise.

„Miriam hat einen Mann kennengelernt. Er arbeitet als Arzt. Er ist ein Weißer", sagte Helena, und ich war mir nicht sicher, ob sie das gut oder schlecht fand. Vielleicht wusste sie das selbst nicht.

Aber Miriams Augen leuchteten.

„Noch können wir nicht zusammenleben. Beziehungen zwischen Farbigen und Weißen werden nach wie vor nicht gerne gesehen. Aber er gibt uns regelmäßig ein bisschen Geld, sodass es uns finanziell an nichts fehlt."

Die Spuren der Vergangenheit waren also noch immer deutlich zu spüren. Das sah ich auch in den folgenden Tagen immer wieder: Die Armut in den Townships war nach wie vor enorm, täglich gab es dort Bandenkriege mit vielen Verletzten. Es sah so aus, als würde das Land sehr lange brauchen, um sich wirklich von den Folgen der Apartheid zu befreien. Das machte mich traurig.

Edward erzählte, dass die Farbigen mittlerweile einen recht guten Stand hatten. Aber für die Schwarzen, für die die eisernen Gesetze der Apartheid bis zum Ende gegolten hatten, war es sehr schwer, sich von der Vergangenheit zu lösen.

Miriam, die von ihrem neuen Freund viel erfuhr, fügte hinzu: „Die Notaufnahmen sind voll mit schwarzen Verletzten. Viele werden unbehandelt wieder nach Hause geschickt, weil noch immer nicht klar ist, wie die Kosten für die medizinische Versorgung getragen werden sollen. Außerdem gibt es viel zu wenig Ärzte. Nichtweiße Ärzte haben Schwierigkeiten, eine Zulassung zu bekommen, und die weißen Ärzte arbeiten am liebsten in privaten Kliniken, deren Notaufnahmen nicht überfüllt sind und die nicht nach Urin und Schweiß stinken. Simon ist einer der wenigen, die für ein weitaus geringeres Einkommen freiwillig in einem staatlichen Krankenhaus arbeiten. Wir bräuchten mehr Ärzte wie ihn."

Als ich das hörte, war mir sofort klar, dass ich nach meinem praktischen Jahr als Ärztin in Südafrika arbeiten wollte. Ich wollte dem Elend entgegenwirken, das dort noch immer herrschte.

In den zwei Wochen, die ich in Kapstadt verbrachte, versuchte ich, möglichst viel Zeit mit meiner Familie zu verbringen. Aber ich versuchte auch, mir ein genaueres Bild von den Zuständen in den Krankenhäusern zu machen und erste Kontakte zu knüpfen. Simon, Miriams Freund, war begeistert von meinem Vorschlag, ein Jahr später als Ärztin nach Kapstadt zu kommen.

„Wir können hier jede helfende Hand gebrauchen!", sagte er.

Der Familie ging es gut, und das freute mich sehr. Ihnen hatte die neue Regierung wirklich den Start in ein neues Leben ermöglicht. Die Kinder würden wahrscheinlich sogar studieren können.

Mit vielen neuen Eindrücken, dem befriedigenden Wissen, dass es der Familie gut ging, und der Vorfreude auf das Wiedersehen im nächsten Jahr, flog ich schließlich zurück nach Hause.

Wenige Wochen später begann ich mein praktisches Jahr in einer kleinen Klinik im Norden Frankfurts. Notfallchirurgie war das Fach, auf das ich mich spezialisieren wollte, um in Kapstadt sinnvoll helfen zu können. Es machte mir Spaß, im Krankenhaus zu arbeiten. Natürlich war der Job anstrengend und zermürbend, ich musste viel aushalten und kam teilweise erst nach vielen, vielen Stunden todmüde nach Hause. Aber es erfüllte mich, helfen zu können.

Als mir Meike im Sommer erzählte, dass Timo eine neue Freundin hatte, arbeitete ich noch mehr, um nicht darüber nachdenken zu müssen.

Entgegen den Gepflogenheiten des Krankenhauses fing ich an, mich mit einem Kollegen zu treffen. Sein Name war Paul. Paul war sieben Jahre älter als ich und bereits ein angesehener Arzt im Krankenhaus. Er arbeitete hauptsächlich als Notfallchirurg in der Notaufnahme. Das und sein anziehendes Äußeres machten ihn für die Frauenwelt, insbesondere für die Krankenschwestern, unwiderstehlich. Immer wenn ich ihm auf dem Gang begegnete, machte er mir schöne Augen. Als er mich endlich in der Cafeteria des Krankenhauses ansprach, machte mein Herz einen kleinen Sprung. Das war genau das, was ich jetzt brauchte. Schon beim ersten Treffen brachte Paul mich bis zu meiner Wohnungstür. Dort küssten wir uns, und ich hätte ihn am liebsten sofort mit ins Bett genommen. Aber höflich und anständig, wie er war, verabschiedete er sich und wünschte mir eine gute Nacht.

Nur wenige Treffen später wurden wir ein Paar. Wir machten gemeinsame Unternehmungen, bei denen ich eine ganz neue Art von Leben kennenlernte: Die Abende verbrachten wir in schicken Restaurants, samstags besuchten wir Museen und Kunstausstellungen, und sonntags spazierten wir gemütlich durch die Frankfurter Altstadt oder am Main entlang. Ich fühlte mich richtig erwachsen. Paul teilte außerdem meine Pläne, eines Tages nach Kapstadt zu gehen, um dort die Armen zu behandeln. Als ich ihm das erste Mal von meiner Zeit in Südafrika und meinem Vorhaben, nach dem praktischen Jahr dort zu helfen, erzählte, war er sehr interessiert, und von da an schmiedeten wir die Pläne gemeinsam.

Die Liebe zwischen Paul und mir war zart, viel vernünftiger, aber auch viel weniger leidenschaftlich als die Liebe, die ich mit Timo geteilt hatte. Aber für eine solche Leidenschaft, mit ihren Höhen und Tiefen, mit Streitereien und Versöhnungen, mit immer brennendem Herzen für den anderen, hatte ich überhaupt keine Zeit mehr. Ich dachte meistens an meine Arbeit im Krankenhaus, selbst wenn ich frei hatte. Paul ging es genauso. Wir beide brannten für unsere Arbeit, weniger füreinander. Dennoch fühlte ich mich wohl in dieser Beziehung. Paul gab mir Rückhalt und Kraft, und er wollte eine Zukunft mit mir. Über Kinder sprachen wir noch nicht, dafür wäre es noch zu früh gewesen. Aber wir planten bereits, zusammenzuziehen.

Das erste gemeinsame Weihnachten verbrachten Paul und ich allein in seiner Wohnung. Sie lag mitten im Frankfurter Bankenviertel, war spartanisch, aber edel und stilvoll eingerichtet, und weil sie im fünfzehnten Stock lag, hatte sie eine herrliche Aussicht auf den Main und über halb Frankfurt.

Der Heiligabend war gemütlich. Wir aßen gebratene Ente, die wir uns liefern ließen, und tranken teuren Rotwein. Einen Weihnachtsbaum hatten wir nicht, was mich ein wenig traurig machte. Paul wollte kein „Gestrüpp" in seiner schicken Wohnung. Dafür hatte ich mir einen kleinen Baum in meiner eigenen Wohnung aufgestellt und mit dem roten und goldenen Schmuck behängt, den ich von meiner Mutter hatte.

Die beiden Feiertage blieben wir auch in der Wohnung. Draußen schneite es heftig, und keiner von uns beiden hatte wirklich Lust, in die Kälte zu gehen. Wir aßen, tranken, hatten Sex, aßen wieder, tranken noch mehr und hatten noch mehr Sex. So war also Weihnachten ohne Familie. Irgendwie deprimierte mich das. Als Kind hatte ich die Weihnachtstage geliebt, und meine Mutter und ich hatten sie immer groß zelebriert. Schon Wochen vorher hatten wir Plätzchen gebacken, weihnachtliche Fensterbilder gebastelt, das Haus überall mit viel zu viel Deko und Lichterketten geschmückt. Und an Heiligabend selbst, wenn meine Oma und meine Tanten gegangen waren, packten wir die Geschenke aus, kuschelten unter einer dicken Decke auf dem Sofa und aßen die Reste vom Festessen. Irgendwann schlief ich dann immer in den Armen meiner Mutter ein, und sie trug mich leise in mein Bett.

An diesem ersten Weihnachten mit Paul vermisste ich meine Mutter wieder so sehr, dass es wehtat.

Am Silvesterabend blieb ich zu Hause in meiner Wohnung. Paul hatte Dienst, und ich hatte es mir mit einer Flasche Sekt und einer Tiefkühlpizza gemütlich gemacht. Ich schaltete den Fernseher ein und schaute dreimal hintereinander auf verschiedenen Programmen *Dinner for One*. Diese Sendung hatte ich früher auch immer mit meiner Mutter geschaut. Auch an dem ersten Silvester, das ich mit Timo in Deutschland verbracht hatte, hatten wir es gesehen. Meine Gedanken kreisten um Timo. Warum musste ich ausgerechnet jetzt an ihn denken? Wir hatten uns zwei Jahre weder gesehen noch gehört. Er war in einer neuen Beziehung, ich war mit Paul zusammen. Um aus meinem Gedankenstrudel herauszukommen, beschloss ich, rauszugehen. Die ganze Stadt feierte, und ich vergrub mich hier in Jogginghosen und futterte ungesundes Zeug.

Schnell schlüpfte ich in das rote, enge Kleid, das Paul mir zu Weihnachten geschenkt hatte, trug etwas Puder auf und betonte meine Lippen mit tiefrotem Lippenstift. Kurz betrachtete ich mich im Spiegel. Mit diesem langweiligen Pferdeschwanz konnte ich in der Silvesternacht nicht raus gehen, also zog ich den Haargummi raus und schüttelte meine Haare über Kopf auf. So war es besser. Mein braunes Haar umspielte mein Gesicht wie eine dunkle Löwenmähne. Bevor ich ging, wischte ich mir den roten Lippenstift wieder ab.

Ich wusste, dass Svenja und Meike mit ihren Männern in einem Club nicht weit von meiner Wohnung waren. Also beschloss ich, sie dort suchen zu gehen.

Das stellte sich allerdings als gar nicht so einfach heraus. Es kam mir vor, als wäre kein einziger Frankfurter an diesem Abend zu Hause geblieben. Die Straßen waren voll, überall lagen schon Scherben, verbrannte Feuerwerkskörper und leere Bierdosen herum. Der Club, in dem ich meine Freundinnen suchen wollte, war brechend voll, und die breiten, glatzköpfigen Türsteher ließen keinen der dutzenden Wartenden mehr rein. Das brauchte ich also gar nicht erst versuchen. Aber da ich schon mal unterwegs war, schlenderte ich ein wenig die Straßen entlang und beobachtete die größtenteils betrunkenen Menschen. In einem kleinen Kiosk besorgte ich mir einen Piccolo und trank ihn in winzigen Schlucken. Mein Kleid reichte nur bis knapp über die Knie, und darunter trug ich nur eine dünne Nylonstrumpfhose. Bei Temperaturen unter dem Gefrierpunkt fror ich ziemlich, aber zumindest der Alkohol wärmte mich ein wenig. Ich zog den Wintermantel enger um mich und lief schneller, damit auch meine Beine etwas auftauten. In Gedanken versunken, stieß ich plötzlich mit jemandem zusammen.

„Oh, tut mir leid", sagte ich und wollte demjenigen ausweichen.

„Nelly?", fragte eine mir sehr vertraute Stimme.

Ich blickte hoch und sah direkt in Timos hellblaue Augen. Mein Herz raste. Doch Timo lachte sein lautes, fröhliches Lachen, das ich so an ihm geliebt hatte.

„Unser letzter Zusammenstoß in Kapstadt war etwas schmerzvoller," sagte er.

Ich wollte auch lachen, doch dann sah ich das blonde Mädchen an seiner Seite. Sie hatte sich bei ihm untergehakt.

Timo bemerkte meinen Blick und wurde mit einem Mal verlegen.

„Ähm, das ist, ähm, darf ich dir vorstellen, das ist …"

„Ich bin Deborah. Timos Freundin", sagte sie. Das Wort *Freundin* betonte sie besonders laut und deutlich. Ich hasste sie sofort. Trotzdem gab ich ihr höflich die Hand.

„Hi, ich bin Nelly."

Obwohl Timo meinen Namen bereits erwähnt hatte, schien sie erst jetzt zu begreifen, wen sie vor sich hatte. „Nelly? *Die* Nelly? Timos Exfreundin-Südafrika-Langzeitfreundin? Die Nelly?"

Irgendwie fühlte ich mich besser, als ich hörte, dass Timo seiner neuen Freundin offenbar von mir erzählt hatte.

„Ja, genau die."

Deborah verzog das Gesicht.

Blöde Kuh. Wie konnte man überhaupt Deborah heißen? Was war das für ein Name?

Ich schaute wieder zu Timo, doch der schien etwas auf seinen Schuhen zu suchen.

„Tja, dann. War schön, dich wiederzusehen", sagte ich und ließ die beiden stehen.

Kaum hatte ich Timo und Deborah hinter mir gelassen, wurde mir übel, und ich hatte Mühe, mich nicht zu übergeben. Tränen brannten in meinen Augen. Ihn mit dieser furchtbaren Ätztante zu sehen, schnürte mir fast die Luft ab. Wahrscheinlich war sie eine von denen, die vor der juristischen Fakultät hübsche Posen machen, um sich einen vielversprechenden angehenden Anwalt zu angeln. Ekelhaft.

Meiner Übelkeit trotzend, besorgte ich mir einen weiteren Piccolo und trank ihn, diesmal mit großen, schnellen Schlucken. Doch das erleichternde Gefühl der Trunkenheit stellte sich nicht ein.

Seelisch plötzlich völlig erschöpft, setzte ich mich auf eine Stufe mitten auf der Hauptwache und stütze mein Gesicht in meine Hände. Da hörte ich ihn hinter mir.

„Hey. Alles okay?“

Ich fuhr herum. Timo stand mit hängenden Schultern da und sah mich mit einem Blick an, der mir durch Mark und Bein ging.

„Wo ist D-e-b-o-r-a-h?“, fragte ich und kotzte den Namen beinahe aus.

Er seufzte.

„Sie ist allein zu ihren Freunden gegangen.“

„Warum lässt du deine Freundin an Silvester allein weiterziehen?“

Er setzte sich neben mich und trank einen Schluck Bier aus der Dose, die er in der Hand hielt.

Statt mir zu antworten, sagte er: „Wie geht's dir, Nelly?“

„Gut. Alles super.“

Er nickte.

„Wie lange seid ihr schon zusammen?“ Natürlich wollte ich es gar nicht wissen.

„Ein paar Monate.“

147

„Sie ist hübsch", sagte ich, obwohl sie für meinen Geschmack viel zu unnatürlich und überschminkt war.

„Ja." Mehr hatte er dazu nicht zu sagen.

„Timo, was willst du hier? Geh zurück zu deiner Freundin. Sie wartet doch bestimmt."

„Ich hab ihr gesagt, dass ich einen alten Freund gesehen habe und zur Feier des Tages kurz etwas mit ihm trinken will."

Ich musste lachen. Aber es war ein bitteres Lachen.

„Einen alten Freund also."

Timos Gesichtsausdruck verhärtete sich. Ich hielt seine Anwesenheit nicht länger aus. Meine Gefühle für ihn waren immer noch da, und davor hatte ich Angst. Also stand ich auf, zupfte mein Kleid, das nach oben gerutscht war, wieder herunter.

„Tut mir leid. Ich muss los."

Er sah mich flehend an, sagte dann aber: „Ja, klar. Ich weiß gar nicht, was ich hier überhaupt wollte."

Schnellen Schrittes ging ich davon. Weit kam ich aber nicht. Timo war wieder hinter mir und zog mich am Arm.

„Was?", schrie ich fast.

„Nelly, ich … Ich …"

„Was willst du? Sag schon?"

Doch anstatt zu antworten, drückte er mich in einen Hauseingang, und wir küssten uns mit solch einem Verlangen, wie ich es seit Langem nicht mehr gespürt hatte. Nur vage nahm ich das laute Feuerwerk und die Jubelrufe wahr, die das neue Jahr verkündeten.

## 18.

## Neujahr 1997, Frankfurt, Deutschland

*Paul!* Er fiel mir erst wieder ein, als ich spät in der Nacht zurückkam und auf meinem Anrufbeantworter mehrere Nachrichten von ihm waren. Was sollte ich jetzt tun? Timo und ich hatten noch stundenlang geredet, über uns, unsere gemeinsame Zeit und darüber, wie sehr wie uns vermisst hatten. Wir hatten nie wirklich aufgehört, uns zu lieben. Er erzählte mir, dass er monatelang mit sich gerungen hatte, mich anzurufen. Aber er dachte, ich wollte ihn nicht mehr. Trotz meiner Bitten, nicht zu gehen, dachte er, dass ich ihn nicht mehr liebte.

Er versprach mir, gleich am nächsten Tag mit Deborah Schluss zu machen. Von Paul hatte ich ihm nichts erzählt, denn ich hatte ihn völlig vergessen. Jetzt hatte ich ein schlechtes Gewissen. Wie sollte ich Paul sagen, dass ich nicht mehr mit ihm zusammen sein konnte? Wir hatten so viel vor und würden uns im Krankenhaus regelmäßig über den Weg laufen. Um der Verantwortung aus dem Weg zu gehen, ging ich ins Bett und zog die Decke über den Kopf. Schlafen konnte ich aber nicht. Trotz meines schlechten Gewissens musste ich immer wieder grinsen. Als Timo mich küsste, wusste ich sofort, dass er der Einzige für mich war. Solche Gefühle, wie ich für ihn hatte, hatte ich für Paul nicht annähernd gefühlt.

Als es draußen hell wurde, fiel ich in einen kurzen, unruhigen Schlaf. Ich träumte von Kapstadt, vom Motorradfahren entlang der Küste, von meinem Vater, meiner Mutter und immer wieder von Timo.

Gegen neun Uhr riss mich das Klingeln des Telefons aus dem Schlaf. *Timo!* Obwohl meine Glieder wegen des unerholsamen Schlafs schmerzten, stürzte ich zum Telefon.

„Hallo?"

„Nelly? Was ist los? Wo warst du die ganze Nacht? Ich hab ein paar Mal versucht, dich zu erreichen."

Es war Paul.

Ich faselte irgendwas von Feiern im Club mit den Mädchen.

„Ist ja auch egal. Ich hab in ein paar Stunden wieder Dienst. Wollen wir schnell zusammen frühstücken gehen?", fragte er.

Bei dem Gedanken daran wurde mir wieder übel. Ich musste es ihm sagen, so schnell wie möglich.

Wir trafen uns in einem kleinen Café unweit von meiner Wohnung wo es zu Neujahr ein großes Frühstücksbuffet gab. Zur Begrüßung küsste er mich eilig auf den Mund. Als er nicht hinsah, wischte ich mit der Hand darüber.

„Letzte Nacht war die Hölle los im Krankenhaus. Lauter Betrunkene, zig Alkoholvergiftungen. Schrecklich."

Ich nickte und schaute mich hektisch um. Dann atmete ich tief ein. So schnell wie möglich wollte ich es hinter mich bringen. Aber er nahm meine Hand und redete weiter.

„Ich bin so froh, dass ich dich habe, Nelly. Sonst würde ich bei dem ganzen Stress untergehen." Er lächelte mich liebevoll an, und ich musste schlucken.

Dann gingen wir ans Buffet, holten uns einen großen Teller mit Rührei, Schinken und Butterbroten. Ich spürte, dass ich doch großen Hunger hatte, und verschob mein Geständnis auf später, nach dem Essen.

Doch kaum hatte ich den letzten Bissen hinunter geschluckt, stand Paul schon auf.

„'tschuldige, Schatz. Aber ich muss wieder los. Sehen wir uns heute Abend?"

Ich seufzte, doch er bemerkte es nicht.

„Ok. Dann bis heute Abend."

Mit einem flüchtigen Kuss auf die Stirn verabschiedete er sich und ließ mich mit meinem noch halb vollen Kaffee sitzen.

Den ganzen Tag lang grübelte ich darüber, wie ich Paul am besten sagen sollte, dass ich mich von ihm trennen würde. Wie konnte ich ihm das antun? So hatte ich mich noch nie von jemandem trennen müssen. Das war wirklich nicht einfach.

Um vier Uhr nachmittags klingelte jemand an der Tür. Mit müden Beinen schlurfte ich zur Tür und drückte auf den Türöffner. Kurz darauf klopfte derjenige an die Wohnungstür. Es war Timo. Ohne etwas zu sagen, nahm er mich in die Arme, und ich konnte nicht anders, als ihn zu küssen. Die belastenden Gedanken, die ich mir bis dahin gemacht hatte, waren wie weggeblasen.

„Ich habe mich von Deborah getrennt. Sie hat einen ziemlichen Aufstand gemacht. Natürlich war ihr sofort klar, was der Trennungsgrund ist. Aber noch mehr hat sie sich darüber aufgeregt, dass ich sie auf der Party ihrer Freunde allein gelassen habe. Das war ihr total peinlich gewesen. Ich glaube, ihr ging es nur um ihr Image und gar nicht wirklich um mich. Du bist ein viel besserer Mensch als sie, Nelly. Gott, wie hab ich dich vermisst."

Wieder wollte er mich küssen. Aber ich zog meinen Kopf zurück.

Erstaunt blickte er mich an.

„Was ist los?"

„Timo, ich muss dir was sagen."

Er ließ sich aufs Sofa fallen.

„Oh nein. Will ich es überhaupt wissen?"

Ich setzte mich neben ihn und nahm seine Hand.

„Du weißt, dass ich dich immer geliebt habe. Und ich will wieder mit dir zusammen sein, wirklich. Aber ich habe auch jemanden."

Timo war ein wenig überrascht, aber er wirkte nicht erschüttert oder dergleichen.

„Ok, du hast also einen Freund. Dann trenn dich von ihm."

„Das werde ich auch, versprochen! Ich sehe ihn heute Abend, dann werde ich es ihm sagen."

Timo nahm mich zärtlich in den Arm.

„Ich liebe dich, Nelly. Und ich werde dich immer lieben. Wir gehören einfach zusammen."

Seine Nähe bestärkte mich. Ich fasste neuen Mut, Paul

am Abend die Wahrheit zu sagen.

Und so kam es dann auch. Timo wartete in meiner Wohnung, während ich zu Paul fuhr, um mich von ihm zu trennen.

Als Paul die Haustür öffnete, erschreckte ich mich. Der liebe Blick, den er sonst immer für mich hatte, war purem Zorn gewichen.

„Hach, da kommt das Fräulein ja. Du willst mir wohl etwas sagen?"

Ich verstand gar nichts mehr.

„Ich … Was ist los, Paul?"

Dann sagte er, dass er ein paar Minuten zuvor bei mir zu Hause angerufen hatte und dass da ein Mann am Telefon gewesen war. Timo! Ich hätte ihm vielleicht sagen sollen, dass er lieber keine Anrufe entgegennehmen sollte. Aber ich kannte ihn gut und wusste, dass er sich nichts dabei gedacht hatte.

„Wer ist der Scheißkerl?", polterte Paul weiter. „Ach, scheiß drauf. Du hast schließlich keinen Bruder, also kann ich es mir schon denken. Ich vermute, du kommst, um mit mir Schluss zu machen?"

Zögerlich und mit schwerem Herzen nickte ich.

„Es tut mir so leid, Paul. Timo und ich waren sehr lange zusammen, und als ich ihn letzte Nacht wieder getroffen habe …"

„Letzte Nacht?" Seine Stimme überschlug sich vor Wut.

„Paul, es tut mir leid."

„Also hast du mich heute morgen auch noch angelogen?"

Ich wollte im Guten aus dieser Sache herauskommen. Und obwohl ich wusste, dass das wohl nicht mehr klappen würde, versuchte ich es.

„Wir hatten wirklich eine tolle Zeit zusammen."

„Tja, das hatten wir wohl. Aber die ganzen Pläne, die wir gemacht haben, das hast du mir alles nur vorgespielt, oder?"

„Nein! Das hab ich nicht. Ich wusste nicht, dass ich ihn noch immer liebe."

Paul gab einen glucksenden Laut von sich.

„Ich glaub, ich muss gleich kotzen. Verschon mich bitte. Mach's gut, Nelly." Dann schlug er mir die Tür vor der Nase zu.


So fanden Timo und ich genau zwei Jahre nach unserer Trennung wieder zusammen. Von Paul hörte ich nichts mehr. Nicht lange danach sah ich ihn im Krankenhaus, er flirtete mit einer Krankenschwester.

Timo zog schnell zurück in die Wohnung, die wir damals zusammen gemietet hatten und in der ich noch immer wohnte.

Meine Pläne, nach Südafrika zu gehen und in einem Kapstädter Krankenhaus zu arbeiten, verschob ich auf unbestimmte Zeit. Timo hatte nämlich kurz zuvor angefangen, in einer großen Frankfurter Kanzlei zu arbeiten. In Südafrika hätte er sich wieder etwas Neues suchen müssen, und deshalb entschieden wir, zusammen in Deutschland zu bleiben. Vorerst, denn er wollte mir meinen Traum nicht

154

nehmen und schlug vor, noch zwei oder drei Jahre zu warten und dann noch mal darüber zu sprechen.

## 19.

**Sommer 2016, Ostsee, Deutschland**

„Kann ich noch ein Eis haben?", fragt Jacob und schaut mich bettelnd an.

„Nein, mein Schatz. Du weißt doch, von zu viel Eis bekommt man Zuckerzähne. Und du weißt auch, welche Farbe Zuckerzähne haben, oder?"

„Braaaauuuuunnn!", ruft Olivia. Jacob schmollt, und ich grinse.

„Was haltet ihr dafür von Robben schauen?", fragt Timo.

Großer Jubel bricht aus. Mein Mann versteht es einfach, den Kindern etwas zu bieten. Also fahren wir fünf an die Stelle, an der man die Kegelrobben, die es erst seit Kurzem wieder in der Ostsee gibt, wunderbar beobachten kann. Meine Kinder lieben diese ulkigen Tiere. Ich sitze hinter ihnen, während sie ganz ruhig und interessiert die Meeressäuger bestaunen. Voller Liebe schaue ich meine Familie an. Trotz allem ist sie das größte Geschenk, das mir gemacht werden konnte. Ein kurzer Anflug von Traurigkeit überkommt mich, als ich daran denke, wie schade es ist, dass meine Mutter die Kinder nicht kennenlernen durfte. Aber dann erinnere ich mich an das, was ich selbst meinen Kindern immer erzähle. „Wenn jemand gestorben ist, wie eure Oma und euer Opa, dann ist derjenige nicht weg. Er ist nur woanders als wir und kann nicht mit seinem Körper da sein. Aber er schaut uns immer zu und lebt in unseren Herzen für immer weiter."

Hanna kommt zu mir und legt ihre Arme um meinen Hals.

„Ich hab dich so lieb, Mama", flüstert sie mir ins Ohr.

„Und ich liebe dich. Bis zum Mond und zurück", flüstere ich zurück und küsse meine Erstgeborene auf die Wange.

„Hey, ich will auch mitmachen!", ruft Timo und umarmt uns beide. Das lassen sich auch Livi und Jacob, den wir nach meinem Großvater benannt haben, nicht entgehen, und so stehen wir zu fünft vor der rauschenden Ostsee und drücken uns, als wollten wir einander nie wieder loslassen. Auch unser Hund Leo drückt seine Nase zwischen uns hindurch. Ich kraule ihm sanft die Ohren.

Später, als wir zurück in unserem Ferienhaus sind und die Kinder bereits tief und fest schlafen, trinken Timo und ich ein Glas Rotwein. Das tun wir nicht mehr oft, eigentlich nur noch, wenn wir hier oben sind und den Kummer unseres Alltags für eine Weile hinter uns lassen können. Dann schwelgen wir in Erinnerungen, denken zurück an die Zeit in Kapstadt, in der wir so unfassbar glücklich miteinander waren. Auch die ersten Jahre nach unserem Wiederfinden waren von Glück und Liebe gezeichnet.

Erst viel später ist dieses Glück Stück für Stück auseinandergebrochen. Und trotzdem bleiben uns Momente wie dieser.

„Manchmal bin ich traurig darüber, dass ich nie zum

Arbeiten nach Südafrika gegangen bin, so wie ich es vorhatte", sage ich leise zu Timo.

Er streichelt mir sanft über die Finger.

„Ich weiß, Liebling. Aber sieh dir an, was du stattdessen geschaffen hast. Unsere Kinder sind das Beste, was wir jemals zustande gebracht haben, oder was meinst du?"

Seine Worte zaubern mir ein Lächeln aufs Gesicht.

„Danke, Timo. Danke für alles. Danke für diese tollen Kinder, danke, dass du mein Mann bist, und danke, dass du trotz allem bei mir bleibst."

Er runzelt empört die Stirn.

„Was glaubst du denn? Dass ich dich noch einmal gehen lasse? Die zwei Jahre ohne dich waren die Hölle!"

Ich lache.

„Ach komm, du hast dich doch mit Deeeboraaah getröstet."

Timo streckt die Zunge heraus, als ob er sich übergeben müsste, was mir wiederum ein Lachen entlockt.

„Ich liebe dich", sage ich zärtlich zu ihm.

„Und du weißt, dass ich dich noch viiieel mehr liebe."

Heftig schüttele ich den Kopf, dabei zuckt mein Hals, und ich erschrecke wie jedes Mal. Nachdem ich wieder ruhig bin, sage ich: „Das geht ja gar nicht."

Timo küsst mich voller Liebe.

„Aber du weißt, dass du mich irgendwann gehen lassen musst, nicht wahr?", frage ich ihn traurig.

„Du wirst immer bei mir sein, Nelly. Immer."

# 20.

## Sommer 1998, Frankfurt, Deutschland

Das Zelt war fertig geschmückt. Vanessa, meine dritte Brautjungfer neben Svenja und Meike, reichte mir ein Glas Sekt.

„Es ist wunderschön geworden. Morgen wirst du ihn also heiraten!"

Wir stießen an, und ich wusste gar nicht, wohin mit meinem Glück. Vanessa, die ich während meines Medizinstudiums kennengelernt hatte, schien aufgeregter zu sein als ich. Ich war glücklich, nie zuvor war ich mir einer Sache so sicher gewesen.

Timo hatte mir im letzten Herbst, ein Dreivierteljahr, nachdem wir uns wieder gefunden hatten, einen Antrag gemacht, und ich hatte ihn völlig überwältigt angenommen.

Jetzt war es endlich so weit, der Hochzeitstag stand unmittelbar bevor. Unsere Flitterwochen wollten wir in den USA verbringen. Wir hatten vor, mit dem Motorrad die Westküste entlangzufahren, nach San Francisco, Los Angeles und dann bis nach Las Vegas. Wir freuten uns auf diese Reise. Extra dafür hatte ich im Frühling noch den Motorradführerschein gemacht. *Wenn meine Mutter mich damit sehen könnte*, dachte ich manchmal und musste kichern.

Das Tollste an unserer Hochzeit war, dass die Balewas kamen. Timo und ich hatten so viel Geld gespart, dass wir ihnen den Großteil der Flugkosten spendieren konnten, und sie waren nervös, weil sie das erste Mal in ihrem Leben Südafrika verlassen würden. Am Tag unserer Hochzeit sollten sie früh ankommen. Timos Eltern hatte versprochen, sie am Flughafen abzuholen und dann zu dem verwunschenen Garten zu bringen, in dem die Zeremonie stattfinden sollte. Da weder mein Vater noch meine Mutter mich zum Traualtar geleiten konnten, hatte Edward sich bereit erklärt, es an ihrer Stelle zu tun. Dieses Angebot hatte mich zu Tränen gerührt.

Für den Herbst war dann unsere Abreise nach Südafrika geplant. Endlich wollten wir meinen Traum wahr machen. Über Simon, der Miriam mittlerweile trotz der gesellschaftlichen Gegenwehr geheiratet hatte, hatte ich eine Stelle in einem Kapstädter Krankenhaus gefunden. Timo wollte dann vor Ort nach einem Job suchen.

„Zur Not gehe ich wieder kellnern, wie damals," hatte er gescherzt.

Unsere Hochzeit war wie im Märchen. Wir feierten auf einer großen Wiese, die von Weiden gesäumt war, unter freiem Himmel. Für das Fest hatten wir ein riesiges Zelt aufstellen lassen, dessen Decke mit hunderten von kleinen Lichtern erleuchtet war. Die Balewas waren alle gekommen und blieben noch zwei Wochen, bis wir zu den Flitterwochen aufbrachen.

Meine besten Freundinnen waren da, einige Kollegen aus dem Krankenhaus, in dem ich jetzt als Assistenzärztin in der Unfallchirurgie arbeitete, Timos Familie, Freunde und auch ein paar Kollegen aus seiner Kanzlei. Die Menge der Gäste war überschaubar, aber dafür war das Fest umso rauschender. Wir tanzten bis tief in die Nacht. Und das Allerschönste war, dass ich mich jetzt Frau Geller nennen durfte. Timo und ich waren ein Ehepaar und feierten mit unseren Liebsten unser gemeinsames Glück. Das Einzige, was fehlte, waren meine Eltern. Aber wie immer an großen Tagen wie diesem spürte ich sie ganz nah bei mir.

Anfang Oktober, wenige Wochen vor unserer Abreise nach Südafrika, unsere Wohnung war bereits gekündigt, stellte ich fest, dass ich schwanger war. So schnell hatten wir das nicht geplant. Trotzdem freuten wir uns über diese Nachricht. Doch so wurde unser Aufenthalt in Kapstadt wieder einmal verschoben. Wir suchten uns eine neue, größere Wohnung und richteten uns dort ein Familiennest ein.

Im März 1999 hielt Nelson Mandela seine Abschiedsrede und beendete damit seine Amtszeit.

Im Krankenhaus musste ich jetzt natürlich kürzertreten. Die Schwangerschaft verlief aber problemlos, und ich fühlte mich fit und kraftvoll. Nur das Ende wurde etwas beschwerlich, und ich war froh, als am 08. Juni 1999, zwei Tage nach den neuen Wahlen in Südafrika, bei denen die ANC wieder haushoch gewann und Thabo Mbeki zum neuen Präsidenten wurde, endlich unsere Tochter Hanna zur Welt kam.

Wir liebten dieses kleine, zuckersüße Geschöpf von Anfang an heiß und innig. Sie machte unser Glück perfekt.

Als Hanna vier Monate alt war, passierte etwas Seltsames.

Der Herbst, der in diesem Jahr schon Mitte September ungemütliches, graues Wetter gebracht hatte, zog sich gerade noch einmal etwas zurück. Die strahlende Sonne und der tiefblaue Himmel sorgten dafür, dass sich uns auf unserem Spaziergang durch eine Frankfurter Parkanlage ein herrliches Postkartenbild bot. Die Färbung der Blätter an den Bäumen leuchtete vor dem blauen Himmel wie ein Feuerwerk in der Nacht. Unter unseren Füßen raschelte das bereits gefallene Laub, ein Geräusch, das mich zurück in meine Kindheit versetzte.

„Ach, ich hab ganz vergessen, dir das zu sagen: Helena hat angerufen", sagte Timo beiläufig, während er den Kinderwagen sanft schaukelnd vor sich hinschob, um Hanna zum Schlafen zu bringen. Sie hatte uns in der vergangenen Nacht ganz schön auf Trab gehalten. Immer wieder musste ich sie stillen, aber sie war nicht sattzubekommen.

„Tatsächlich? Was wollte sie denn?" Ich wurde neugierig, denn ein Anruf aus Kapstadt kam nur alle paar Wochen, und meist waren es Miriam oder Edward, die anriefen.

Timo zuckte mit den Achseln.

„Sie hat mir nichts gesagt, sie wollte mit dir persönlich sprechen. Aber sie klang komisch. Irgendwie gehetzt."

Sofort war ich beunruhigt.

„Hoffentlich ist nichts Schlimmes passiert. Warum hast

du mir nicht gleich gesagt, dass sie angerufen hat?"

„Das war erst heute Morgen, du hast gerade noch ein wenig geschlafen, wegen der harten Nacht. Ich wollte dich nicht wecken."

Ich beschloss, Helena zurückzurufen, sobald wir wieder zu Hause waren.

Nach nur einem Klingeln nahm sie ab.

„Hallo, Helena. Ich bin es, Nelly. Timo sagte mir, dass du angerufen hast?"

„Oh Nelly, wie gut, dass du dich meldest."

Helena flüsterte fast und redete ganz schnell, so als dürfte niemand mitbekommen, was sie sagen wollte.

„Was ist los, Helena? Ist etwas passiert? Ist was mit den Kindern?"

Mir wurde ganz bange.

„Nein, nein. Den Kindern geht's gut. Nelly, ich habe sehr, sehr lange überlegt, ob ich es dir sagen soll. Aber ich finde, du musst es wissen, bevor du noch mehr Kinder bekommst."

Was redete sie da? Ich verstand gar nichts. Wieso sollte ich keine Kinder bekommen?

„Nelly," fuhr sie fort. „Du darfst auf keinen Fall noch ein Kind bekommen. Es könnte ein Junge sein. Und dann würde …"

Weiter kam sie nicht. Es raschelte laut im Telefon, wie ein Gerangel. Dann hörte ich: „Mom! Wir dürfen nicht darüber sprechen. Das weißt du doch. Wir waren uns einig!"

Das war Edward.

„Gib mir das Telefon, Eddie!" Wieder Helena.

„Mom, Schluss damit!"

Dann war er selbst am Apparat.

„Nelly?"

„Ja?" Ich war mehr als verwirrt.

„Edward hier. Vergiss, was meine Mutter gesagt hat. Das hat nichts zu bedeuten, verstanden?"

„Edward! Was ist hier los? Warum sagt sie, dass ich keine Kinder mehr bekommen darf?"

„Nelly, bitte. Denk einfach nicht darüber nach. Mutter wird langsam ein wenig senil. Sie kommt ins Alter."

Obwohl ich mir nun erst recht Sorgen machte, wusste ich, dass es nichts brachte, weiter nachzubohren. Also ließ ich es bleiben.

Ich erkundigte mich bei Edward noch nach den Kindern.

Akos war mittlerweile achtzehn und suchte nach einer Arbeit. Leya, sechzehn, und Zola, vierzehn, besuchten eine neu errichtete, gemischte Schule.

Trotzdem, so erfuhr ich, waren die Fortschritte auf dem Weg zur Gleichberechtigung nur sehr gering. Die Schule, auf die die Mädchen gehen konnten, war fast eine Ausnahme. Es herrschte sogar ein großer Schulmangel. Akos hatte Schwierigkeiten, eine Arbeit zu finden, weil die Arbeitslosigkeit unter Schwarzen und Farbigen noch immer hoch war. Und das HI-Virus, das die Krankheit AIDS verursachte, verbreitete sich.

Mit Edwards Versprechen, gut auf die Kinder aufzupassen und ihnen zu erklären, wie sie sich vor solchen Krankheiten schützen konnten, legte ich auf.

Dieses Telefonat beschäftigte mich dann noch eine ganze Weile. Immer wieder dachte ich darüber nach, wie Helena zu einer solch ungeheuerlichen Forderung mir gegenüber gekommen war.

Ich sprach mit Timo darüber, aber auch er konnte sich nicht erklären, was sie meinte. Vor allem, weil sie nicht gesagt hatte, dass ich grundsätzlich keine Kinder mehr bekommen sollte. Es ging ihr wohl mehr darum, zu verhindern, dass ich einen Jungen bekam. Das verstanden weder Timo noch ich.

Unsere Tochter Hanna verzauberte uns dafür Tag für Tag und beschäftigte uns dabei so sehr, dass ich das seltsame Gespräch mit Helena schließlich vergaß.

## 21.

Unsere gemeinsame Zeit als Familie war knapp, weil Timo viel in der Kanzlei arbeite und ich nach einigen Monaten, die ich mit meiner Tochter zu Hause verbracht hatte, in Teilzeit wieder ins Krankenhaus ging. Ich brauchte die Arbeit als Ausgleich zum Muttersein. Wenn ich jetzt mit einer anderen Sichtweise auf die Dinge darüber nachdenke, bereue ich das ein wenig. Ja, meine Arbeit war mir immer sehr wichtig, ich war dabei, eine gute Chirurgin zu werden. Aber dieser Job stellte mich vor die Wahl: Alles oder nichts? Wenn ich bei der Arbeit war, sehnte ich mich nach meiner Tochter. Und wenn ich mit ihr zusammen war, dachte ich über die Arbeit und die nächste OP nach. Außerdem machte mir mein Chef mehr als deutlich, dass ich als Mutter sowieso keine vollwertige Kraft mehr wäre. Ich bekam nur noch sehr wenige Operationen, musste viele Aufgaben in der Notaufnahme erledigen, die sonst keiner machen wollte. Nicht selten hatten diese Arbeiten mit unerwünschten Körperflüssigkeiten auf meinem Kittel zu tun …

So verging die Zeit, und ich hatte immer weniger Kontakt mit den Balewas. Zwei bis dreimal im Jahr telefonierten wir, und zu Weihnachten nahm ich mir immer Zeit, ihnen einen längeren Brief zu schreiben und Fotos zu senden.

Wegen Helenas Anruf im Jahr 1999 hatte ich Bedenken, ihnen von meiner erneuten Schwangerschaft im Sommer

2002 zu erzählen.

Hanna ging schon in den Kindergarten, und wir entschieden, ihr ein Geschwisterchen zu schenken, was sich sehr schnell erfüllte.

Wegen des Familienzuwachses kauften wir im Herbst ein Haus in Oberursel, wo ich aufgewachsen war. Durch den guten Bahnanschluss würde Timo trotz der ländlichen Lage unseres neuen Zuhauses schnell in die Kanzlei kommen. Ich selbst entschied, meinen Beruf vorerst aufzugeben. Mit zwei Kindern würde ich mich zu wenig auf die Arbeit konzentrieren können, und ich wollte ganz für meine Kinder da sein. Timo verdiente jetzt glücklicherweise sehr gut, weil er Partner in der Kanzlei geworden war, und so konnte ich zu Hause bleiben.

Am 20. März 2003 erblickte Olivia das Licht der Welt. Im Gegensatz zu Hanna, die mein dunkles Haar und meine grünen Augen geerbt hatte, war Olivia nach ihrer Geburt hellblond, so wie ihr Vater. Erst im Schulalter dunkelten ihre Haare von weißblond zu aschblond nach, was aber genauso gut zu den hellblauen Augen passte, die sie ebenfalls von Timo geerbt hatte. Olivia war vom Kleinkindalter an laut und wild. Hanna dagegen war sanftmütig, zart und immer rücksichtsvoll mit ihren Mitmenschen. Und Timo war ein wunderbarer, liebender Ehemann und erwies sich als genauso toller Vater, der seine Kinder oft zum Lachen brachte. Manchmal konnte ich gar nicht glauben, was für ein Glück ich hatte.

Jedes Jahr machten wir einen längeren Urlaub im Süden

Europas, mal in Italien, mal in Spanien, dann wieder an der Mittelmeerküste Frankreichs. Lange Zeit fehlte mir meine Arbeit nicht. Ich merkte, wie gut es mir tat, Mutter zu sein. Meine Mädchen entwickelten sich prächtig, waren intelligent und sportlich und verfügten beide über einen ausgeprägten und interessanten Charakter.

Timos volles Haar wurde langsam lichter, aber obwohl viele andere Männer mit Ende zwanzig schon eine Glatze bekamen, hatte er das Glück, weiterhin den ganzen Kopf mit Haaren bedeckt zu haben.

Die beiden Schwangerschaften hatten Spuren an meinem Körper hinterlassen. Manchmal erwischte ich mich dabei, wie ich neidische Blicke auf Frauen warf, die trotz mehrerer Kinder im Schlepptau einen flachen Bauch wie Heidi Klum und einen Hintern wie Jennifer Lopez hatten. Meine Brüste gaben der Schwerkraft nach, mein Bauch wölbte sich nach außen und an Po, Schenkeln und Hüften saß eindeutig zu viel Speck. Hin und wieder trauerte ich meiner jugendlichen, zarten Figur nach. Aber weil Timo noch immer häufig und voller Leidenschaft mit mir schlief und mir sehr oft erregt ins Ohr flüsterte, wie scharf er meine neuen Kurven fand, störte es mich am Ende doch nicht, und ich ließ mir vom Anblick moderner Magermodels nicht den Appetit verderben.

Ein beispielhafter Abend für die körperliche Anziehung, die Timo und ich von Anfang an füreinander empfanden und auch nie verloren, war der, an dem wir Jacob zeugten.

Hanna und Livi lagen bereits im Bett, es war gegen einundzwanzig Uhr. Ich saß mit einer Tüte Chips auf dem

Sofa und schaute mir irgendeinen Mist im Fernsehen an. Timo kam oft erst um diese Uhrzeit aus der Kanzlei, worüber er sich immer ärgerte, weil er seine Töchter kaum noch zu Gesicht bekam. Sein Partner war in Ruhestand gegangen und hatte ihm seine Anteile an der Kanzlei verkauft, was Timo zum alleinigen Chef machte und wiederum jede Woche viele Überstunden bedeutete.

Er kam also nach Hause, lockerte seine Krawatte, schmiss seinen Aktenkoffer in die nächste Ecke und ließ sich erschöpft neben mir aufs Sofa fallen.

„Hallo, Schatz", murmelte er müde und küsste mich auf den Mund.

Ich legte meine Hand an seinen Nacken und massierte ihn sanft, was er sichtlich genoss.

Nach einigen Minuten hob er den Kopf und schaute mich intensiv an.

Ich lachte. „Warum guckst du denn so?", fragte ich.

Dann kam er näher. Ich konnte seinen Atem spüren.

„Ich finde es wahnsinnig sexy, wie du diese Chips in dich reinstopfst."

Erst wollte ich mich über diese Aussage beschweren, aber als ich ihn ansah, merkte ich, dass es keine Ironie war, sondern dass er es ernst meinte.

Er küsste zärtlich meinen Hals bis hoch zum Ohr, knabberte daran und fuhr dann mit seiner feuchten Zunge leicht in meine Ohrmuschel. Er wusste genau, dass mich diese intime Berührung anmachte. Voller Verlangen ließ ich die Chipstüte fallen und drehte mich ihm ganz zu. Es folgte ein langer, leidenschaftlicher Kuss, der immer wilder wurde, als Timo die eine Hand in meine Haare krallte, voller Erregung daran zog und mit der anderen Hand unter mein T-Shirt fuhr und über meine Brustwarzen streichelte. Ich stöhnte leise. Gerade noch erschöpft vom Tag, waren wir mit einem Mal wieder voller Energie. Ich setzte mich auf ihn und presste meinen Unterleib gegen seinen. Plötzlich stand er auf, hob mich hoch und trug mich zum Küchentisch. Er setzte mich darauf und zog mir das T-Shirt über den Kopf. Da es schon später Abend war, trug ich keinen BH mehr, und so stürzte er sich sofort mit dem Mund auf meine harten Brustwarzen, umspielte sie mit der Zunge. Mein Verlangen, seine nackte Haut auf meiner zu spüren, war so stark, dass ich ohne Rücksicht auf den Wert seiner Kleidung sein Hemd aufriss. Die Knöpfe flogen durch die Küche. Ich klammerte mich an seinen muskulösen Oberkörper, hinterließ Kratzspuren auf seinem Rücken. Als er mit seiner Hand in meine Hose glitt und gleichzeitig mit dem Mund weiter meine Brüste liebkoste, hielt ich es fast nicht mehr aus.

„Schlaf mit mir, Timo", raunte ich in sein Ohr.

Das ließ er sich nicht zweimal sagen. Ohne mich danach daran erinnern zu können, wie er das so schnell gemacht hatte, lagen unsere Hosen auf dem Boden. Er umfasste meine Pobacken und drang ich mich ein. Jeder einzelne unserer Muskeln war angespannt, und so hing ich an ihm, während wir uns im gemeinsamen Rhythmus bewegten und unsere Körper verschmolzen. Wir vergaßen alles um uns herum. Es gab nur noch uns.

Erst als wir gleichzeitig zum Höhepunkt gekommen waren, nahmen wir die Gegenstände um uns herum wieder wahr, die vom Licht des noch laufenden Fernsehers angestrahlt wurden.

Wir küssten uns lange und zärtlich, und wieder spürte ich, wie intensiv und einzigartig unsere Liebe und Hingabe füreinander war. Niemals wollte ich einen anderen Mann.

Als die Endorphine und das Adrenalin in unseren Körpern abflachten, kicherte ich.

„Du weißt schon, dass wir etwas vergessen haben?"

Timo schaute mich mit großen Augen an. Dann grinste er.

„Na ja, wir haben schon zwei so tolle Kinder. Anscheinend haben wir dieses Elternding drauf. Warum also nicht noch ein drittes?"

Knapp fünf Wochen später bestätigten uns die zwei Streifen auf dem Teststäbchen, dass unsere Ahnung gerechtfertigt gewesen war.

Und so wurde am 08. Juli 2005 schließlich unser drittes und letztes Kind geboren. Jacob, das Ebenbild seines Vaters.

Die Jahre des Glücks, der Familie und der reinen Liebe, die unseren Alltag begleitete, sollten aber nur wenig später der Vergangenheit angehören …

## 22.

## Winter 2007, Oberursel, Deutschland

Jacob war noch nicht einmal zwei Jahre alt, als die erste Hiobsbotschaft unser Zuhause erreichte.

Nach einer längeren milden Phase im Januar schlug der Winter in Deutschland wieder mit aller Macht zu. Die Temperaturen lagen weit unter dem Gefrierpunkt, seit Tagen schneite es kräftig. Wenn man auf die Straße ging, fühlte man sich manchmal wie in der Weihnachtszeit. Der frische Schnee dämpfte alle Geräusche, besonders am Abend. Bei uns in der Straße, wo es meist sowieso nicht sonderlich betriebsam zuging, konnte man fast die Schneeflocken fallen hören, wenn man ganz leise war.

Meine Kinder hatten natürlich ihren Spaß mit dem vielen Schnee. Hanna war sieben und ging schon in die zweite Klasse. Livi feierte bald ihren vierten Geburtstag und Jacob, der Kleine, ließ sich gründlich von seinen großen Schwestern verwöhnen. Sie behandelten ihn oft noch immer wie ein Baby, brachten ihm alles, antworteten für ihn, wenn ich ihn etwas fragte. Letzteres war wahrscheinlich auch der Grund für seine bis dahin ausgebliebene Sprachentwicklung.

Die drei tobten also schon seit Stunden in unserem verschneiten Garten herum, bauten bereits den dritten

Schneemann, fuhren den kleinen Hang vor unserer Terrasse mit dem Schlitten herunter und bewarfen sich mit Schneebällen. Immer wieder hörte ich ihr Jauchzen und Lachen.

Ich bereitete gerade das Abendessen zu, schälte Kartoffeln und briet Fleisch an, als das Telefon klingelte. Timo war noch in der Kanzlei, also wischte ich mir leise fluchend die Hände an einem Geschirrtuch ab und ging ins Wohnzimmer, um den Anruf entgegenzunehmen.

An der knisternden Verbindung erkannte ich sofort, dass die Balewas mal wieder etwas von sich hören ließen.

Trotzdem meldete ich mich mit meinem vollen Namen: „Cornelia Geller?"

Vom anderen Ende der Leitung hörte ich nur ein Schluchzen.

„Hallo? Helena? Bist du es?"

„Nein, nein. Hier ist Wanda."

Ihre Stimme war zittrig und klang seltsam verzerrt, vermutlich weil sie Schwierigkeiten hatte, überhaupt irgendetwas unter ihren Tränen hervorzubringen.

Ich bekam Angst.

„Was ist passiert, Wanda?"

„Zola …"

Mein Herz begann zu rasen.

„Was ist mir ihr? Wanda, jetzt sag schon!" Ich wurde schon leicht hysterisch.

„Sie hat, sie ist …"

Ich schlug mir die Hand vor den Mund. *Oh Gott, bitte nicht.*

„Sie, sie hatte einen Unfall."

Mir wurde übel.

„Ist sie verletzt?"

Wanda weinte lauter. Auch mir liefen bereits Tränen übers Gesicht.

„Wanda, bitte sag, dass sie nicht tot ist, bitte!"

Weiteres Schluchzen kam aus dem Hörer.

„Nein, Nelly, sie ist nicht tot."

Meine Beine sackten vor Erleichterung zusammen. Ich musste mich hinsetzen. Mein ganzer Körper zitterte. Wie konnte Wanda mir nur einen solchen Schrecken einjagen?

Als ich mich ein wenig beruhigt hatte, wurde mir klar, dass trotzdem etwas Furchtbares passiert sein musste, denn sonst würde Wanda nicht weinen.

„Wanda, kannst du mir bitte sagen, was mit Zola ist?"

Auch Wanda schien sich zumindest ein bisschen von ihrem Weinkrampf erholt zu haben.

„Zola hatte einen Unfall. Sie ist angefahren worden und musste sofort ins Krankenhaus gebracht werden."

Wanda machte eine Pause und atmete ganz hektisch.

„Alles gut, Wanda. Ganz ruhig."

Ich war besorgt, dass sie gleich hyperventilieren würde. „Hast du irgendwo eine Tüte? Dann atme in sie hinein, das wird deine Atmung beruhigen."

Offenbar hörte sie auf meinen Rat, denn ich hörte Schritte, dann ein Rascheln. Kurz darauf war sie wieder am Telefon, schon viel ruhiger als zuvor.

Ich wartete, bis sie bereit war, weiterzuerzählen.

„Zola hat sehr viel Blut verloren", fuhr sie endlich fort. „Sie musste Blutkonserven bekommen."

174

So weit, so gut. Das war das gängige Verfahren bei hohem Blutverlust durch einen Unfall.

„Dabei haben sie ihr Blut getestet und herausgefunden, dass, dass …"

Wieder löste sich ihre Stimme in Tränen auf.

Eine böse Vorahnung überkam mich. Was hatte Zola nur getan?

Da ich es schon ahnte, sagte ich: „Sie haben einen Routinecheck gemacht und HIV bei ihr festgestellt, hab ich recht?"

Wandas Weinen, das auf meine Frage hin wieder lauter wurde, bestätigte meinen Verdacht.

*Oh nein, oh nein, oh nein.* Vor Jahren hatte ich Edward extra gewarnt, er solle die Kinder ordentlich aufklären. Wo hatte sich Zola nur herumgetrieben, dass sie sich mit HIV anstecken konnte? Doch dann wurde mir klar, dass es in Südafrika gar nicht so unwahrscheinlich war, sich mit dieser Krankheit anzustecken. Fast zwanzig Prozent der Bevölkerung waren infiziert. Zola war dreiundzwanzig, natürlich hatte sie Sex. Aber warum hatte sie nicht verhütet? Ich selbst hatte ihr ein paar Mal am Telefon gesagt, dass sie sich schützen sollte, wenn sie mit einem Mann schlafen wollte. Vielleicht hätte ich die Aufklärung deutlicher machen sollen. Edward und Wanda hatten es offenbar verpasst.

Zwar praktizierte ich nicht mehr als Ärztin, aber ich wusste genug, dass ich Wanda vielleicht die größte Angst nehmen konnte.

Deshalb fragte ich sie, als sie wieder einigermaßen gleichmäßig atmete: „Haben die Ärzte ihr irgendetwas gesagt, wie lange sie schon infiziert ist?" Viel erhoffte ich mir nicht, da ich ja die Zustände in den öffentlichen Kliniken in Kapstadt kannte. Doch ich wurde eines Besseren belehrt.

„Ja, sie haben ihr wohl gesagt, dass sie sich erst kürzlich infiziert haben kann. Wahrscheinlich war es dieser Dreckskerl, mit dem sie sich in letzter Zeit immer herumtreibt. Ich hab Edward gleich gesagt, dass der meine Zola nicht wirklich liebt und jedes Mädchen nimmt, das er kriegen kann."

Mir war im Moment relativ egal, ob der Typ Zola liebte oder nicht und ob sie es von ihm hatte oder nicht. Die Hauptsache war, dass sie das Virus noch nicht lange in sich trug. Das bedeutete nämlich, dass man eine Therapie starten konnte und ihre Lebenserwartung somit sehr hoch war, da die von dem Virus verursachte Krankheit AIDS gar nicht erst zum Ausbruch kommen würde. Ein Stein fiel mir vom Herzen.

Ich teilte mein Wissen mit Wanda.

Jetzt weinte Wanda wieder, aber dieses Mal vor Dankbarkeit und Glück.


Später am Abend erzählte ich Timo von Zolas Infektion. Er schlug die Hände über dem Kopf zusammen und wurde wütend.

„Warum wird dort noch immer keine richtige Aufklärung betrieben und Verhütungsmittel verteilt? Ich verstehe das einfach nicht!"

Noch immer hatte das Land mit gravierenden Schwierigkeiten zu kämpfen. Noch immer wurden die Schwarzen diskriminiert, was meiner Meinung nach unter anderem zu der hohen Kriminalität in Südafrika führte. Es kam häufig vor, dass Weiße aus Rache von Schwarzen getötet wurden. Unschuldige Weiße. Die AIDS-Rate war hoch, weil viele Menschen nichts von ihrer Infektion wussten, sich somit nicht behandeln ließen und dann weitere Menschen ansteckten. Die Umstände waren im Vergleich zur Zeit, als Timo und ich im Land waren, natürlich um Welten besser geworden, aber das Land kämpfte noch immer einen harten Kampf.

Über Simon konnte ich Zolas Therapie in die Wege leiten. Glücklicherweise hatte die Familie bereits einige Jahre zuvor auf meinen Rat gehört und alle Familienmitglieder krankenversichern lassen, sodass die Kosten der Therapie übernommen wurden.

Zola konnte so ein relativ normales und vor allem langes Leben leben.


Als Tage später alles geregelt war, dachte ich, damit wäre der Schrecken vorbei und alles würde gut werden. Doch ich hatte nicht damit gerechnet, dass das erst die kleinen Ausläufer des Sturmes waren, der direkt auf uns zusteuerte.

## 23.

### Sommer 2007, Oberursel, Deutschland

Der Duft des frühen Sommers betörte mich wie immer.
Die Bäume atmeten, und die Luft war voller Sauerstoff.
Frisch gemähte Wiesen verbreiteten den typisch süßlich
herben Geruch, den ich schon in meiner Kindheit gerne
gerochen hatte. Aus den Häusern drang der Duft nach Kaffee oder Essen, weil alle nach vielen Monaten in stickiger
Heizungsluft ihre Fenster und Türen offen ließen. Der Duft
von Gegrilltem erheiterte das Gemüt, weil er an lustige, ge-
sellige Abende denken ließ, und der Duft von Sonnencreme
erinnerte an Sommerurlaube am Meer.

Auch die Geräusche sorgten dafür, dass man sogar bei
geschlossenen Augen genau wusste, welche Jahreszeit war.
Von allen Seiten war Kindergeschrei zu hören, Motorräder
knatterten durch die Straßen, und am Abend hörte man das
Klirren von Gläsern beim Anstoßen. Es war eine intensive
Zeit des Jahres.

Im Juli 2007 feierten wir Jacobs zweiten Geburtstag. Wir
hatten viele Gäste eingeladen und wollten unseren neuen
Grill im Garten anschmeißen. Fast ein Dutzend Kinder
tobte laut durch unseren Garten. Die Männer tranken küh-
les Bier und standen bei Timo um den Grill herum. Für die

Frauen gab es eiskalten Sekt mit einem Schuss Fruchtsaft.

Als Timo mich herbeiwinkte, um mir zu sagen, dass ich eine große Platte für das durchgebratene Fleisch holen sollte, fiel mir ein, dass ich die Salate, die ich am Vormittag zubereitet hatte, noch gar nicht auf den Tisch gestellt hatte. Ich ging in die Küche, um sie sowie die gewünschte Platte für das Fleisch zu holen. Doch in der Küche waren keine Salate. Komisch, ich hatte sie doch hier auf die Anrichte gestellt ... Verwundert ging ich zurück zu Timo, gab ihm die Platte und fragte: „Sag mal, weißt du, wo die Salate hingekommen sind? Sie stehen nicht mehr in der Küche."

Timo schaute mich etwas verwirrt an. Dann lachte er.

„Na, Schatz, hast du schon ein bisschen zu viel Sekt gehabt?"

„Nein, wieso? Ich hatte nur ein Glas."

Timo deutete mit der Grillzange zum großen Tisch auf der Terrasse.

„Du hast die Salate doch erst vor zehn Minuten auf den Tisch gestellt, schon vergessen?"

Tatsächlich: Die drei riesigen Schüsseln standen bereits hübsch angerichtet auf dem Tisch.

Ich kratzte mich am Kopf.

„Hm, ich werde wohl langsam vergesslich."

Der Zwischenfall war damit erledigt, und das Fest zog sich noch bis zum späten Abend, als die letzten Gäste das Haus verließen.

Jacob, dessen Zusammenfassung für seinen Geburtstag „Schön Tag" war, schlief völlig erschöpft in meinen Armen ein. Weil es ein besonderer Tag war, durften alle so lange

wach bleiben, wie sie wollten, und so gingen Hanna und O-
livia erst gegen halb elf ins Bett. Den schlafenden Jacob
legte ich behutsam in sein Kinderbettchen und räumte dann
die Terrasse und die Küche auf. Timo half mir.

„Es war eine schöne Feier, nicht wahr?", fragte ich ihn.

„Hm."

Ich hielt kurz inne.

„Alles in Ordnung, Schatz?"

Er nahm einen Stapel Teller vom Tisch, blieb dann aber
damit stehen.

„Das war vorhin schon ein wenig komisch, als du vergessen hast, dass du die Salate schon auf den Tisch gestellt
hattest, oder?"

Mich wunderte, dass ihn dieser belanglose Vorfall Stunden später noch beschäftigte.

„Ach, ich bin in letzter Zeit einfach etwas durch den
Wind. Der Haushalt, die Kinder. Die Vorbereitungen für
die Geburtstagsfeier. Vielleicht war das alles etwas viel."

Wieder machte Timo *Hm*.

Rasch stellte ich die leeren Bierflaschen, die ich in der
Hand hielt, zurück auf den Tisch, ging zu ihm und nahm
ihn in den Arm.

„Hey, mit mir ist alles in Ordnung. Was glaubst du denn?
Dass ich mit noch nicht mal sechsunddreißig schon Alz-
heimer bekomme?"

Damit konnte ich ihm ein Lächeln entlocken.

„Was hältst du davon, wenn wir in den Sommerferien
spontan in den Urlaub fliegen? Ich kann mir bestimmt ein
oder zwei Wochen in der Kanzlei freinehmen. Ich bin auch

180

wirklich durch und könnte ein paar Tage Auszeit gebrauchen."

Diesen Vorschlag fand ich in der Tat ausgesprochen gut.

„Wie wäre es mit einer gemütlichen Finca mit Pool auf Ibiza? Svenja und Jens waren letztes Jahr dort, und sie haben erzählt, wie toll es war. Gut, vielleicht sollten wir eine etwas ruhiger gelegene Finca als sie nehmen, nicht direkt neben dem Partyviertel."

Manchmal konnte ich noch immer nicht glauben, dass Svenja seit fast achtzehn Jahren mit diesem Jens zusammen war. Für mich war er ein totaler Schwachkopf, der nur Partys im Kopf hatte. Schon damals, als wir ihm und seinen Kumpels beim Motorradfahren zugeschaut hatten, war mir klar, dass er weder besonders schlau noch intelligent war. Jetzt arbeitete er in einer Autowerkstatt, und ich wusste von Svenja, dass er dort nur Handlangerarbeiten machen durfte. Svenja selbst hatte zwar studiert, aber nie in ihrem Beruf gearbeitet. Dafür hangelte sie sich von einem Aushilfsjob zum nächsten. Trotz ihres Alters lebten die beiden noch wie Studenten: Sie wohnten in einer mickrigen Wohnung in einem grässlichen Viertel von Frankfurt, ernährten sich hauptsächlich von Tiefkühlgerichten und waren jedes Wochenende betrunken. Jeder wie er will, sagte ich mir immer. Aber ganz sicher war ich mir nicht, ob Svenja sich nicht insgeheim doch danach sehnte, Kinder zu bekommen und endlich ein wenig gesetzter zu werden. Als Freundin spürte ich das irgendwie, aber sie wollte nie darüber sprechen. Also fragte ich mittlerweile auch nicht mehr danach.

Timo war begeistert von der Idee mit der Finca, und so

flogen wir zehn Tage später nach Ibiza.

# 24.

## Sommer 2007, Es Figueral, Spanien

Die Insel Ibiza tat uns richtig gut. Wir hatten eine kleine Finca am Hang oberhalb einer kleinen Bucht gefunden. Der Pool, der direkt an die Sonnenterrasse anschloss, wurde praktisch den ganzen Tag von den Kindern besetzt, außer wenn wir am Strand waren oder kleine Ausflüge zum Hippie-Markt oder zur nächsten Stadt, Santa Eulalia, machten.

Das warme, fast ein wenig zu heiße Wetter ließ uns keinen einzigen Tag im Stich. Am Abend kochten wir gemütlich und aßen dann auf der Terrasse am Pool, Timo und ich tranken Sangria dazu, und die Kinder durften ausnahmsweise auch mal Cola trinken.

Wenn die Kinder im Bett waren, genossen Timo und ich den traumhaften Sonnenuntergang und redeten stundenlang.

An einem Nachmittag, wenige Tage vor der Rückreise, kamen wir vom Strand zurück. Wir waren von oben bis unten mit Sand bedeckt, weil wir fangen gespielt hatten, was irgendwann in lachendem Einreiben mit Sand geendet hatte. Danach jammerten Livi und Jacob, dass sie Hunger hätten, und so waren wir, ohne uns noch im Meer zu waschen, zurück zur Finca aufgebrochen.

„So, jetzt werden erst mal alle mit dem Gartenschlauch abgespritzt!", rief Timo. Die Kinder kreischten. Doch plötzlich verstummte Hanna. Ich folgte ihrem Blick und sah einen kleinen, grauen Hund vor dem Tor unserer Finca sitzen.

Auch Livi hatte ihn entdeckt. Sie rief: „Schau Mama, eine riesige Maus."

Über ihre kindliche Fantasie musste ich lachen.

„Schatz, das ist doch keine Maus. Das ist ein Hund."

Hanna lief schon auf den Hund zu, aber als sie näher kam, machte er kehrt und verschwand im Gebüsch.

„Wo will er denn hin, Mama?"

Ich zuckte mit den Achseln. „Das weiß ich nicht, Hanna. Aber er wohnt bestimmt hier in der Nähe und geht jetzt wieder nach Hause.

Aber Hanna war anderer Meinung und schüttelte den Kopf.

„Nein, ich glaube, er wollte zu uns. Er hat hier auf uns gewartet."

Timo strich ihr übers Haar.

„Wenn er wirklich zu uns wollte, kommt er bestimmt wieder."

Damit war Hanna zufrieden, und sie ging zurück zu den anderen. Im Garten fand dann ein weiteres, wildes Gerangel statt. Timo spritzte die Kinder von oben bis unten mit dem Gartenschlauch ab, sie sprangen herum und lachten sich kaputt bei den Versuchen, dem Wasser immer wieder auszuweichen.

Als sie endlich sauber waren, rief Timo: „So, und jetzt ab in den Pool!"

Sie rannten um die Wette und sprangen im hohen Bogen hinein. Jacob, vernünftig wie er mit seinen zwei Jahren schon war, schnappte sich vorher seinen Schwimmreifen und sprang erst dann hinein.

Nachdem die Kinder versorgt waren, duschten Timo und ich uns ab, warfen uns ein Handtuch um und begannen dann, das Abendessen vorzubereiten.

Die Finca war genau so, wie ich es mir vorgestellt hatte. Nicht nur die Terrasse zur Südseite und der Pool sorgten für ausgelassene Tage, auch der kleine, vom Besitzer angelegte Gemüsegarten, in dem wir uns nach Herzenslust bedienen konnten, war eine große Bereicherung. Jeden Tag kochten wir etwas Frisches daraus. Da der Tag langsam dem Ende entgegenging und die Sonne bereits tief stand, hörte ich, wie die Grillen anfingen, ihr leises, zurückhaltendes Nachtlied zu singen. Ich liebte diesen Klang. Tagsüber war ihr Gesang laut und fast schon penetrant, aber dieses Geräusch gehörte ebenso zu den Balearen wie das blaue Meer, die Feigenbäume, die rote Erde und die duftenden Lärchen.

Als ich nach draußen ging, um ein paar von den riesigen, wohlschmeckenden Tomaten vom Strauch zu pflücken, blieb ich kurz stehen und lauschte den Grillen. Das war Urlaub pur. Doch dann hörte ich noch ein Geräusch. Es klang, als ob jemand eine rostige Tür auf und zu machte. Aber das nächste Haus war außer Sichtweite. Suchend schaute ich mich um und versuchte herauszufinden, woher das Geräusch kam. Lange musste ich nicht suchen. Vor dem Metalltor, welches das Grundstück von der Schotterstraße trennte, die von der Bucht hier hoch führte, saß wieder der kleine Hund und fiepte bemitleidenswert. Um ihn nicht wieder zu verscheuchen, schlich ich zu ihm, so leise ich konnte. Dieses Mal blieb er sitzen. Als ich etwa drei Meter vom Tor weg war, ging ich auf die Knie und krabbelte vorsichtig noch näher ran. Der Hund schaute mich scheu, aber auch neugierig an. Als ich nah genug war, streckte ich ganz sachte meine Hand aus, durch die Metallstäbe des Tors hindurch. Erst zuckte der Hund zurück, aber dann siegte seine Neugier, und er schnupperte zaghaft an meinem Finger. Wahrscheinlich roch er das Fleisch, das ich kurz zuvor geschnitten hatte. Im nächsten Moment verschwand er aber wieder im Gebüsch, denn Livis lautes Kreischen hinten im Garten hatte ihn erschreckt. Da kam mir eine Idee. Ich ging schnell zurück in die Küche und stibitzte ein Stück von dem rohen Rindfleisch. Damit hockte ich mich an die Stelle, wo der Kleine verschwunden war, diesmal jenseits des Tors. Es dauerte keine Minute, bis er wieder auftauchte. Er schien richtig ausgehungert zu sein, denn plötzlich hatte er seine ganze Scheu verloren und schnappte sich gierig mit wedelndem Schwanz das Fleisch.

„Fein, mein Kleiner", flüsterte ich.

Das Fleisch hatte das Eis gebrochen. Auf einmal war er völlig zutraulich, kletterte fast auf mich drauf. Ich streichelte ihn und bemerkte dabei, wie mager er war. Wenn er ein Zuhause hatte, dann ging es ihm dort sicherlich nicht gut. Außerdem trug er kein Halsband. Also beschloss ich, ihn mit hineinzunehmen.

Die Freude meiner Kinder war riesig. Alle drängelten um mich herum und wollten ihn auch mal streicheln.

Timo stand hinter ihnen und beäugte den kurzhaarigen Hund mit den für seinen kleinen Körper viel zu großen Ohren skeptisch.

„Seid vorsichtig Kinder. Der Hund scheint etwas überfordert zu sein. Erschreckt ihn nicht", sagte er.

So ruhig und zärtlich hatte ich meine Kinder selten erlebt. Sie legten eine Fürsorge an den Tag, die mich fast zu Tränen rührte.

Wir gaben dem Hund dann die Hälfte des Fleisches, das eigentlich fürs Abendessen gedacht war. Aber die Kinder wollten ihre Portionen dem Hund schenken, den Hanna schon nach wenigen Minuten auf den Namen Leo getauft hatte.

Nachdem auch wir gegessen hatten und Leo es sich auf einer Decke unter dem Tisch so gemütlich gemacht hatte, als ob er schon immer bei uns wohnte, schlug Hanna vor, ihn zu waschen.

„Du hast recht. Er ist ziemlich schmutzig", sagte ich.

Also rieb ich ihn mit einigen Tropfen meines teuren Shampoos ein, und dann wurde auch er mit dem Wasserschlauch abgespritzt, was er überraschenderweise anstandslos über sich ergehen ließ. Noch überraschender war allerdings das Ergebnis dieser Waschaktion: Der Hund war nicht grau, wie wir es gedacht hatten. Sein Fell war so schmutzig gewesen, dass seine eigentliche Farbe erst jetzt zum Vorschein gekommen war. Er war weiß und hatte zwei große, rotbraune Flecken auf dem Rücken. Richtig hübsch war der kleine Leo, der für einen Hund sehr außergewöhnliche, grüne Augen hatte.

In dieser Nacht durfte er mit den Kindern in ihrem Zimmer schlafen. Ich hoffte, dass sie ihn nicht entgegen meinem Verbot mit ins Bett nahmen …

Als auch am nächsten und übernächsten Tag niemand kam, um sich nach einem entlaufenen Hund zu erkundigen, und sich auch die Angestellten in den kleinen Läden und Bars unten an der Bucht auf unsere Nachfragen mehr als desinteressiert gaben, entschieden wir, mit Leo zum Tierarzt zu fahren. Der war sehr nett und erzählte uns, dass Hunde in Spanien leider keinen besonders hohen Stellenwert hätten. Sie würden von Jägern herangezüchtet, und wenn sie alt seien oder aus einem anderen Grund nicht mehr zur Jagd taugten, würden sie ausgesetzt. Das sei aber noch die nette Variante, berichtete er traurig. Ich merkte, dass er vor den Kindern nicht weiter ins Detail gehen wollte, aber ich ahnte, dass diese armen Geschöpfe häufig misshandelt wurden.

Warum unser kleiner Leo wohl *nicht zur Jagd taugte*, wurde bald klar. Seine beiden vorderen Beinchen waren ganz krumm. Er konnte zwar rennen und herumtollen, aber besonders schnell würde er nie werden, erklärte uns der Arzt. Von ihm erfuhren wir dann auch, dass Leo ein Podenco war, und zwar ein noch sehr junger.

„Er dürfte kaum älter als sechs Monate sein und müsste auch noch ein ganzes Stück wachsen", sagte er.

Auf dem Rückweg kauften wir in einem kleinen Laden noch ein hübsches Halsband und eine Leine.

Die Kinder waren hin und weg von Leo. Sie spielten nur noch mit ihm, gingen kaum noch in den Pool, und an den Strand musste er natürlich auch mitkommen. Obwohl ich mir sicher war, dass Leo sowieso nicht mehr von uns wegwollte, riet ich Hanna: „Lass ihn aber lieber an dieser … An diesem Dings da."

Hanna lachte. „Leine, Mama. Das heißt Leine."

Da musste ich auch lachen.

Mir war schnell klar, dass Leo zu uns gehörte. Der Tierarzt hatte ihn auf verschiedene Krankheiten untersucht und geimpft. Er war kerngesund, und daher stand einer Reise nach Deutschland nichts mehr im Wege.

Der Einzige, der sich noch zierte, war Timo.

„Er ist doch noch gar nicht stubenrein. Hier sind wir die ganze Zeit draußen, aber zu Hause wird er sein Geschäft sicher ständig im Haus verrichten. Und wenn die Kinder über ihre jetzige erste Begeisterung hinaus sind, will sicher auch keiner mehr Gassi gehen."

Hanna bettelte. Timo blieb stur. Als Hanna in Tränen ausbrach und Leo dazukam, auf seinen Schoß sprang und sich an ihn kuschelte, konnte aber auch er nicht mehr standhaft bleiben.

Damit war es entschieden: Leo würde mit nach Hause kommen. Die Kinder waren überglücklich, besonders Hanna, die auch später ihre Rolle als Hundemama voller Pflichtbewusstsein und liebender Fürsorge wahrnahm.

## 25.

## Sommer 2007, Oberursel, Deutschland

Zu meinem 36. Geburtstag waren wir wieder zu Hause. Eine große Feier wollte ich nicht, es war mir zu viel Stress. Nur Timos Eltern, sein Bruder und meine Oma kamen. Wir aßen gemütlich zu Abend und zeigten Fotos von unserem Urlaub. Leo war natürlich der Mittelpunkt der Party, und Hanna erzählte ständig, wie toll er schon draußen *Kacka* machte. Timos Bruder lachte sich schlapp darüber.

Nach dem Essen brachten Timo und die Kinder feierlich einen gigantischen Kuchen mit vielen Kerzen.

„Den haben wir ganz allein gemacht", sagte Livi.

„Wirklich!?", fragte ich und sah, dass Timo mir vielsagend zuzwinkerte. Also nicht *ganz* allein.

„Wow, das habt ihr richtig toll gemacht!"

Timo beugte sich zu mir herunter, küsste mich auf den Mund und sagte: „Alles Liebe zum Geburtstag, meine Große. Wow, jetzt bist du also tatsächlich schon 36 Jahre alt. Wo ist nur die Zeit geblieben?"

Mir blieb die Sprache weg. Ich hatte ihm mal erzählt, dass meine Mutter immer diesen Spruch an meinem Geburtstag gesagt hatte, aber dass er sich wortwörtlich daran erinnern konnte, brachte mein Herz zum Schmelzen. Und als dann noch *Wie schön, dass du geboren bist* aus der Stereoanlage erklang, kamen mir die Tränen. Was hatte ich nur für eine tolle Familie?

Anschließend stießen wir mit Sekt beziehungsweise Orangensaft an.

Gerade wollte ich mich ausgiebig bei allen bedanken, als mir ohne Grund einfach das Sektglas aus der Hand fiel. Ich erschrak fürchterlich. Aber Timo war sofort zur Stelle, kehrte die Scherben weg und lachte: „Na, das muss ja Glück bringen. Scherben am Geburtstag."

Aber in seinen Augen sah ich, dass er sich Sorgen machte.

Später, als wir allein waren, sagte er: „Du vergisst in letzter Zeit so viel. Und dass du einfach das Glas fallen lässt, ist doch auch nicht normal, oder?"

Doch ich tat es ab. Darauf wollte ich nicht eingehen. Es war schließlich nicht so, dass ich ständig etwas vergaß.

„Ich war vorhin etwas nervös. Und die Überraschung mit dem Kuchen, dem Spruch meiner Mutter und dem Lied hat mich aus der Fassung gebracht. Alles ist in Ordnung, Liebling. Glaub mir."

Damit ließ ich ihn stehen und machte es mir auf dem Sofa gemütlich. Ich klopfte auf den Platz neben mir.

„Komm schon, Timo. Zieh kein Gesicht und kuschel mit mir. Ich hab Geburtstag."

Timo gehorchte mir, und ich legte meinen Kopf an seine starke Schulter. Die Sorgen, die auch in mir aufkeimten, schob ich schnell von mir.

Die nächsten Monate wurden schwierig. Hanna kam in die dritte Klasse und fing an, jeden Morgen einen Aufstand zu machen, weil sie nicht in die Schule gehen, sondern lieber bei Leo bleiben wollte.

Ich musste ihr täglich mehrmals versprechen, mich in ihrer Abwesenheit um ihn zu kümmern, und selbst dann war ihre Laune übel, als sie sich schließlich in den Schulbus setzte.

Mit Timo sprach ich darüber, ob sie zusätzlich vielleicht Probleme in der Schule hatte, aber ein Gespräch mit ihrer Klassenlehrerin ergab nichts dergleichen. Doch auch sie bestätigte Hannas veränderte Laune. Das führte dazu, dass auch ich, als der Herbst mit seiner Dunkelheit und Trostlosigkeit kam, in eine fast depressive Stimmung verfiel. Am Abend, wenn Timo nach Hause kam, brach ich manchmal weinend zusammen oder hatte wegen Kleinigkeiten Wutausbrüche.

Hannas Gemütszustand wurde zum Glück nach einigen Wochen besser, aber ich selbst schien in einer richtigen Depression gefangen zu sein, obwohl mir partout kein Grund dafür einfallen wollte. Bis auf kleinere, alltägliche Probleme hatte ich schließlich ein glückliches, erfülltes Leben. Allerdings hatte ich dazwischen auch Tage, in denen ich ganz unerwartet richtig gute Laune hatte, meine Kinder so oft abknutschte, bis sie sich genervt zurückzogen. Manchmal bemerkte ich, wie Timo mich mit einem Stirnrunzeln beobachtete.

„Du hast dich irgendwie verändert", sagte er dann, wandte sich aber kopfschüttelnd wieder seinen Akten zu, die er mittlerweile häufig mit nach Hause nahm, um am Abend oder am Wochenende daran zu arbeiten.

„Vielleicht liegt das daran, dass du nur noch arbeitest. Mit dir kann man doch nichts mehr anfangen", sagte ich dann und zog mich beleidigt ins Badezimmer zurück, um mir ein heißes Bad einzulassen.

In der Weihnachtszeit erkundigte ich mich bei den Balewas über Zolas Zustand. Die Therapie schien gut anzuschlagen. Obwohl ich das erwartet hatte, fiel mir ein Stein vom Herzen.

Wanda bat mich, sie wieder einmal zu besuchen. Wir hatten uns schon seit einigen Jahren nicht mehr gesehen. Manchmal dachte ich immer noch darüber nach, wie es wohl gewesen wäre, in Kapstadt zu arbeiten. Jetzt war ich aber schon so lange aus meinem Beruf raus, dass ich wahrscheinlich gar nicht mehr zurückkonnte. Diese Gedanken deprimierten mich noch mehr.

Nach den Feiertagen suchte ich im Internet nach einem Flug nach Kapstadt. Ich konnte mich aber nicht konzentrieren, fühlte mich völlig ausgelaugt. Also gab ich die Suche bald wieder auf und entschied, im Reisebüro buchen zu lassen. In Hannas Osterferien sollte es wieder so weit sein. Dieses Mal wollten wir nicht nur Kapstadt besuchen, sondern auch den Kruger National Park. Jacob wäre dann fast drei Jahre alt, also wären sie alle alt genug dafür. Die Aussicht auf Kapstadt und die Tiere im Park versetzten mich in Euphorie. In den fünf Jahren, die ich dort verbracht hatte, hatten Timo und ich es kein einziges Mal in den Nationalpark geschafft.

Im Januar vergaß ich, Livi im Kindergarten abzuholen.

Jacob sah sich im Wohnzimmer ein Buch an, und ich putzte gerade die Schuhe der Kinder, die vom Vortag, den wir draußen verbracht hatten, schmutzig waren. Die Temperaturen waren für Januar nicht besonders niedrig, und der schmelzende Schnee hatte die Erde darunter aufgeweicht, was dicke Matschklumpen an den Schuhen hinterlassen hatte.

Ich tat also nichts, was mich in Stress versetzt hätte. Daher wunderte es mich umso mehr, dass ich um vierzehn Uhr vergaß, Livi abzuholen.

Erst als vierzig Minuten später der Kindergarten anrief, um sich zu erkundigen, wo ich bliebe, fiel es mir wieder ein. Sofort schnappte ich Jacob, der meine Eile nicht ganz verstehen konnte und sich weigerte, das Puzzle wegzulegen, das er gerade machte. Also fuhr ich mit einem schreienden Zweieinhalbjährigen zum Kindergarten. Vor Stress fing ich an zu schwitzen.

Als Timo später nach Hause kam und Livi ihm berichtete, dass ich sie vergessen hätte, wurde er wütend.

„Was ist nur los mit dir, Nelly? Du bist doch den ganzen Tag zu Hause! Wie kannst du diesen einen Termin vergessen?"

Daraufhin flippte ich aus.

„Du denkst wohl, ich hab den ganzen Tag nichts zu tun und hänge nur zu Hause herum, was? Soll ich dir mal aufzählen, was ich den ganzen Tag zu erledigen habe? Weißt du was? Wenn du willst, kannst du auch abends in ein verdrecktes Haus kommen, in dem kein warmes Essen auf dem Tisch steht! Oder wir tauschen einfach! Bleib du zu Hause und ich verdiene unsere Brötchen. Wie wäre es damit?"

Timo war eigentlich nicht der Typ Mann, der arbeiten ging und die Arbeit, die eine Frau mit Haus und drei Kindern hatte, nicht zu schätzen wusste.

Deshalb wurde seine Stimme sofort ruhiger.

„Schatz, das meine ich doch gar nicht. Ich weiß, wie viel du jeden Tag tust, damit es mir und den Kindern gut geht. Und ich bin dir unglaublich dankbar dafür. Aber ich mache mir langsam wirklich Sorgen. Du bist doch sonst immer pünktlich, würdest niemals Livi vergessen. So langsam können wir das nicht mehr ignorieren, Nelly. Mit dir stimmt etwas nicht." Er hielt einen Moment inne und überlegte. Dann fuhr er fort: „Vielleicht solltest du wirklich wieder arbeiten? So als Ausgleich? Was meinst du?"

Ich hatte immer gerne im Krankenhaus gearbeitet. Aber das war vorbei. Ich blickte traurig zu Boden.

„Ach Timo. Ich bin keine Ärztin mehr. Welches Krankenhaus würde mich nach fast fünf Jahren Pause wieder einstellen? Und Vollzeit gearbeitet hab ich schon seit neun Jahren nicht mehr."

„Vielleicht kannst du etwas anderes machen? Ich unterstütze dich dabei."

„Vielleicht", sagte ich. „Aber der Haushalt muss auch gemacht werden. Als Ärztin ist es praktisch unmöglich, nur Teilzeit zu arbeiten. Wer soll sich dann um die Kinder und ums Haus kümmern?"

Er nickte, aber ich sah in seinem Blick, dass er bereits nach einer Lösung suchte.

„Wir könnten jemanden einstellen!"

Doch ich schüttelte den Kopf und sagte ihm, dass ich nicht wolle, dass sich jemand Fremdes um die Kinder kümmerte. Dann platzte ich mit dem heraus, was ich schon seit Längerem vermutete: „Oder es ist etwas anderes. Mir geht es nicht gut, Timo. Ständig vergesse ich etwas, bin launisch. Mir gefällt das selbst nicht, aber ich kann nichts dagegen tun. Und mir ist noch etwas aufgefallen."

Bisher hatte ich versucht, es zu verheimlichen, denn es war mehr als komisch. Timo wartete darauf, dass ich weitersprach.

„Meine Hand zuckt. So ganz seltsam. Ich kann das überhaupt nicht kontrollieren. Es passiert in den blödesten Momenten, und ständig fällt mir deswegen etwas herunter."

Gleich am nächsten Tag machte ich einen Termin bei meinem Hausarzt. Timo hatte nach unserem Gespräch darauf bestanden, dass ich mich durchchecken ließ.

Der Arzt, den ich schon seit Jahren zwar nicht oft, aber doch hin und wieder wegen einer Grippe oder Ähnlichem aufsuchte, stellte mir einige Fragen. Ob ich mehr schliefe als sonst, ob ich Konzentrationsstörungen hätte und häufig unter Entzündungen litte.

Nach etwa fünfzehn Minuten in seinem Sprechzimmer diagnostizierte er mir ein Burn-out-Syndrom.

„Das kommt in der heutigen Gesellschaft sehr häufig

vor. Der persönliche Druck steigt, wir erwarten zu viel von uns selbst. Als Mutter von drei Kindern ist das nicht ungewöhnlich. Treten Sie einfach etwas kürzer. Geben Sie Arbeit ab. Besorgen Sie sich eine Haushaltshilfe, ein Kindermädchen oder sonst was. Und ich verordne Ihnen Urlaub."

Beruhigt, dass es nichts Schlimmes war, ging ich nach Hause. Timo war zwar etwas skeptisch, weil man neuerdings überall von diesem Burn-out-Syndrom hörte und er nicht wusste, was er davon halten sollte. Aber auch er war erleichtert.

So machten wir uns dann Anfang April auf den Weg nach Südafrika.

## 26.

### Herbst 2008, Kapstadt und Kruger National Park, Südafrika

So wie wir es uns erhofft hatten, konnte ich mich auf der Reise gut erholen. Meine Launenhaftigkeit wich einer zufriedenen Gelassenheit, mein Gedächtnis schien wieder einwandfrei zu funktionieren, und das Zucken in der Hand war verschwunden.

Wir wohnten in einem hübschen Hotel mitten in Kapstadt und führten die ganze Familie Balewa zu ihrer großen Freude einige Mal in ein hübsches Restaurant an der Waterfront aus.

Akos und Leya hatten beide kurz zuvor Nachwuchs be-kommen. Hanna war hin und weg von den beiden Babys, die ihre Sehnsucht nach Leo, der während unseres Urlaubs bei Timos Eltern untergebracht war, ausreichend lindern konnten.

Nach der langen Zeit, in der wir meine Familie nicht ge-sehen hatten, genoss ich jede Minute mit ihnen. Zu sehen, wie gut es allen ging, war Balsam auf meiner Seele.

Mit Zola führte ich in diesen Tagen viele lange Gesprä-che. Sie war sehr offen und erzählte mir die Hintergründe ihrer Infektion, was sie bei ihrer Familie nie gewagt hatte.

„Mein Vater würde ihn totschlagen, wenn er wüsste, dass er es war", sagte sie.

Das glaubte ich zwar nicht, denn ich wusste, dass Wanda und Edward bereits ahnten, bei wem Zola sich angesteckt hatte, aber das sagte ich ihr nicht.

„Warum hast du dich denn nicht geschützt, Zola?"

Trotz ihrer dunklen Haut wurde sie rot.

„Er hat mir gesagt, dass Kondome nur was für kleine Mädchen seien und dass es nur ohne so richtig Spaß machen würde."

Entsetzt schüttelte ich mich. Was für ein furchtbarer Mensch. Er tat es auch noch wissentlich. Kein Wunder, dass dieses Virus sich immer weiter verbreitete, wenn es zusätzlich zur Unwissenheit vieler auch noch solch dreiste Kerle gab.

„Zola, es bringt nichts, wenn du dich jetzt deswegen schämst. Es ist passiert, und du musst nun damit leben. Aber versprich mir, dass du niemals, wirklich niemals wieder ungeschützt mit jemandem schläfst. Du trägst jetzt die große Verantwortung, deine Mitmenschen zu schützen. Verstehst du das?"

Sie nickte, schaute aber auch erstaunt.

„Heißt das, ich darf noch mit Männern Sex haben?"

Ein wenig wunderte ich mich über diese Frage.

„Natürlich darfst du das. Vielleicht solltest du bei der Wahl deiner Partner sehr sorgfältig sein und nicht ständig wechseln. Aber wenn du wirklich willst, der Mann über deine Infektion Bescheid weiß und du ihn vor allem wissen lässt, dass du keinesfalls ohne Kondom mit ihm schläfst, ist dagegen nichts einzuwenden."

Zolas Augen begannen zu leuchten.

„Es ist nämlich so, dass ich einen kennengelernt habe, der mir einfach nicht mehr aus dem Kopf gehen will", schwärmte sie. „Er ist Student, richtig schlau ist er und wahnsinnig gut aussehend. Und ich weiß, dass er mich auch mag. Aber bisher dachte ich, dass ich so oder so nie wieder mit einem Mann schlafen darf und wir deshalb nur Freunde sein könnten."

Zolas Naivität rührte mich. Ich nahm ihre Hand.

„Zola, meine Süße. Mach es einfach so, wie ich es dir erklärt habe. Dann steht euch nichts im Weg. Natürlich nur, wenn er mit deiner Infektion kein Problem hat. Wenn nicht, ist seine Liebe vielleicht nicht stark genug. Aber das gilt es herauszufinden. Du wirst noch ein langes, gesundes Leben vor dir haben. Ich bin mir sicher, dass AIDS nicht bei dir ausbrechen wird."

Sie strahlte mich an.

Später erzählte sie mir, dass sie mit diesem Mann nun zusammen sei, ihre Infektion ihm nichts ausmache und sie sich beim Sex immer vorbildlich schützten. Ein Jahr später heirateten sie.


Die Fahrt von Johannesburg zum südlichen Zipfel des Kruger National Parks, der sich von Nord nach Süd hunderte von Kilometern weit erstreckte, dauerte knapp fünf Stunden. Im Flugzeug, in dem wir von Kapstadt nach Johannesburg geflogen waren, war es zugig und ungemütlich gewesen, und daher waren wir froh, als wir endlich im gemieteten Range Rover saßen. Besonders viel zu sehen gab es nicht auf der langen, oft geraden, flachen Straße zwischen Johannesburg und dem Crocodile Bridge Gate, an dem wir die Grenze des Nationalparks passierten.

Im Park bezogen wir eine Lodge, und kaum hatten wir unsere Koffer ausgepackt, entdeckten die Kinder an einem Wasserloch, das von der kleinen, auf Stelzen gebauten Terrasse zu sehen war, eine Elefantenfamilie. Begeistert standen sie am Terrassengeländer und bestaunten mit offenen Mündern die etwa zehn Elefanten, die in jeder Größe vertreten waren. Ich hatte über diese beeindruckenden Tiere gelesen, dass sie immer als Familien zusammenblieben. Ausgewachsene Weibchen, Halbwüchsige, Kinder. Die männlichen Elefanten hingegen waren allein unterwegs oder bildeten kleine Männergruppen. Jeder hatte seine Rolle, und der Zusammenhalt war stark. Letzteres konnten wir an diesem Abend wunderbar beobachten. Als es langsam dunkel wurde, beendete die Elefantenfamilie ihr abendliches Baden und Trinken und zog sich zwischen die Bäume zurück, wo sie mehr Schutz fand. Wir bemerkten, dass eines der ganz Kleinen am Wasser zurück geblieben war. Wahrscheinlich war es so in den Spaß des Planschens vertieft, dass es nicht mitbekommen hatte, dass die Familie weiterwanderte. Diese Art von Kinderverhalten kannte ich nur zu gut von meinen eigenen.

Hanna war schon ganz verzweifelt, weil sie glaubte, der kleine Elefant sei nun ganz allein, würde nicht zurück zu seiner Familie finden und von Löwen angegriffen werden.

Aber sie hatte das starke Band, das zwischen Elefantenmutter und -kind gespannt war, nicht bedacht. Plötzlich war ein lautes Trompeten aus dem Dickicht zu hören. Es ertönte immer wieder, und dann konnten wir auch die Elefantenmutter sehen, wie sie auf ihr Kind wartete und nach ihm rief. Nach ein paar Minuten besann sich das Kleine und marschierte mit erstaunlich schnellem Schritt zu seiner Mutter. Gemeinsam schlossen sie wieder zur Herde auf.

Dieses Spektakel war ein herrlicher Auftakt für unseren Aufenthalt hier im Busch.

Und so wie es angefangen hatte, sollte es weitergehen. Beim Frühstück besuchten uns Giraffen oder Warzenschweine. Zuerst hatten die Kinder Angst vor diesen lustigen Schweinen, die hier den Spitznamen *Radio Africa* hatten, da sie ihren dünnen Schwanz gerade nach oben gestreckt trugen, genau wie eine Radioantenne. Wenn man sie kurz beobachtete, merkte man schnell, dass diese Tiere aber richtige Schisser waren. Sie guckten sich immer ein wenig gehetzt um und verschwanden bei kleinsten Geräuschen mit einem so ulkigen Wackelschritt, dass meine Kinder regelmäßig in lautes Gelächter ausbrachen.

Mit dem Range Rover unternahmen wir täglich Pirschfahrten durch den Park. Wir staunten nicht schlecht über die Vielfalt und Menge an exotischen Tieren. Anfangs waren wir bei jeder Antilope aus dem Häuschen, aber schon bald merkten wir, dass es hier Antilopen wie Sand am Meer gab. Außerdem sahen wir Zebras, Gnus, Straußen, Paviane, Nilpferde, Büffel, Giraffen und Elefanten in Hülle und Fülle. Es war traumhaft, diese wundervollen Tiere in ihrer natürlichen Umgebung zu erleben. Mit schmerzendem Herz dachte ich an die kleinen, beengten Gehege, in denen diese anmutigen Tiere in europäischen Zoos hausten, in einem Klima, das nicht annähernd dem entsprach, für das sie gemacht waren. Hätte ich keine Kinder gehabt, wäre ich nach diesem Aufenthalt wahrscheinlich nie wieder in einen Zoo gegangen.

Die Highlights unserer Pirschfahrten waren die Dämmerungstouren. Jacob und Livi waren leider noch zu klein, um an diesen geführten Fahrten teilzunehmen, aber sie waren mit den vielen anderen Tieren durchaus zufrieden. Hanna durfte dafür einmal mit mir und einmal mit Timo auf eine Dämmerungsfahrt gehen.

Bei diesen Fahrten entdeckten wir dann endlich die Tiere, die wir tagsüber sehr selten zu Gesicht bekamen: Löwen, Geparden, Nashörner und Hyänen. Der große offene Geländewagen, in dem wir saßen, hielt direkt vor den Tieren an, und manchmal kam mir das schon gefährlich nahe vor. Aber die Tiere schauten nur neugierig und widmeten sich dann wieder ihren Geschäften. Schließlich waren wir keine Beute, und wie uns der Guide erklärte, jagen Löwen sowieso nur alle paar Tage. Dann fressen sie das erlegte Tier, was sie wiederum für mehrere Tage sättigt. Der Gepard, den wir sahen, lag lässig auf einem Ast im Baum, und die Hyäne schlich umher, offensichtlich nach einer Antilope Ausschau haltend, wie der Guide vermutete.

„Hoffentlich findet er keine", flüsterte Hanna mir zu, und insgeheim hoffte ich es auch, obwohl dies leider der Lauf der Natur war.

## 27.

**Frühsommer 2008, Oberursel, Deutschland**

Obwohl ich dachte, dass sich meine Probleme durch die Reise gelöst hätten, tauchten sie wieder auf, kaum waren wir aus Südafrika zurück. Timo und ich stritten fast täglich, ich provozierte ihn, wurde verletzend. Sofort danach tat es mir jedes Mal leid, und ich bat ihn um Verzeihung, schmiegte mich wie eine Katze an ihn und versuchte manchmal sogar, ihn zu verführen. Anfangs klappte das auch, aber irgendwann war Timo von diesem Hin und Her so genervt, dass er keine Lust mehr hatte, mit mir zu schlafen. Das deprimierte mich dann so sehr, dass ich mich verschloss und mitunter stundenlang niemanden an mich heranließ.

Eines Morgens stand ich vor dem Spiegel. Mein Gesicht wirkte plötzlich viel älter als noch vor wenigen Monaten. Ich rückte näher an den Spiegel und zog mit den Fingern an meinen Wangen, sodass sich die leichten Fältchen, die sich gebildet hatten, glätteten. Und dann sah ich es: ein Zucken an meinem Augenlid. Ich kannte dieses stressbedingte Augenzucken, aber normalerweise war es von außen kaum sichtbar. Dieses Zucken hingegen fing an meinem Lid an und schien das halbe Gesicht mitzureißen.

Erschrocken rannte ich zu Timo. Auch er erschreckte sich bei dem Anblick.

Am nächsten Morgen fuhren wir wieder zum Hausarzt, aber auch dieses Mal sprach er nur von zu viel Stress und Muskelverspannungen. Mit einem Rezept für zehn Massagen verließen wir die Praxis.

Die Symptome wurden nicht besser. Die Massagen waren angenehm, halfen aber nicht. Im Gegenteil, ich hatte das Gefühl, dass es immer schlimmer wurde. Meine Hand fing auch wieder an zu zucken, meine Launenhaftigkeit war nicht in den Griff zu bekommen, und immer häufiger vergaß ich Termine. Ich bekam Sprachschwierigkeiten, konnte mich immer öfter nicht an Wörter erinnern, die mir normalerweise geläufig waren, und tat manche Dinge zweimal hintereinander, weil ich das erste Mal vergessen hatte. Es war zum Verrücktwerden. Timo machte sich immer größere Sorgen, ließ seine Arbeit oft liegen, um sich um die Kinder zu kümmern, wenn ich zu erschöpft war. Die Kinder hingegen schienen meine Veränderung nicht wahrzunehmen. Nur hin und wieder erwischte ich sie dabei, dass sie vor mir standen und mich erstaunt ansahen, vermutlich weil mein Gesicht wieder gezuckt hatte.

Im Herbst 2008 machte ich eine Kur. Am 09. November, Timos 39. Geburtstag, setzte ich mich mit zwei schweren Koffern in den Zug und verabschiedete mich für drei Wochen von meiner Familie.

Die Kur fand an der Ostsee statt. Obwohl ich Timo und die Kinder sehr vermisste, erholte ich mich. Ich bekam

Massagen und Heilbäder, machte autogenes Training, lernte Entspannungsmethoden und meditierte. Zwischen den Anwendungen machte ich lange Spaziergänge auf dem weiten, in dieser Jahreszeit fast menschenleeren Strand, lauschte den kreischenden Möwen und atmete die frische, salzige Seeluft. Manchmal stand ich einfach nur mit geschlossenen Augen da, genoss das Prickeln des Sandes, der durch den Novemberwind aufgewirbelt wurde, in meinem Gesicht und ließ das Meeresrauschen auf mich wirken. Ich fühlte, wie ich gesund wurde.

Nach der Kur ging es mir tatsächlich besser. Die Leidenschaft zwischen Timo und mir entbrannte wieder, fast jede Nacht schliefen wir miteinander. Tagsüber war ich ausgeglichen, tobte mit den Kindern durch den Schnee und buk Weihnachtsplätzchen mit ihnen.

Weihnachten selbst war so schön wie immer. Am Morgen fuhren wir nach Heidelberg, wo Timos Bruder mit seiner Frau lebte. Auch Timos Eltern waren dort. Die Kinder wurden mit Geschenken überhäuft, es gab ein deftiges Mittagessen, und danach spazierten wir alle zusammen durch die Heidelberger Altstadt und erkundeten die Schlossruine.

Am frühen Abend fuhren wir zurück und verbrachten Heiligabend zu sechst: Timo und ich, die Kinder und natürlich Leo, der reich mit Würstchen und anderen Leckereien beschenkt wurde.

Silvester, das für Timo und mich bereits zweimal ein lebensveränderndes Ereignis gebracht hatte, war auch in 2008 etwas Besonderes. Die Kinder hatten wir bei Timos Eltern abgeliefert, und Timo und ich machten uns einen schönen Abend. Wir hatten Tickets für eine Silvestergala mit allem Drum und Dran: feinstes Essen vom Buffet, pompöse Deko, eine Band, die gut tanzbare Musik spielte, und reichlich Champagner. Erst schlugen wir beim Buffet zu, dann tranken wir Champagner, bis es uns juckte, das Tanzbein zu schwingen. Als wir eine kurze Pause einlegten und uns an die volle Bar stellten, um uns einen weiteren Drink zu bestellen, tippte mir plötzlich jemand auf die Schulter. Zu meiner großen Überraschung war es Simon, Miriams Mann. Verwirrt, aber erfreut, ihn hier in Frankfurt zu sehen, umarmte ich ihn, und Timo gab ihm die Hand.

„Was machst du denn hier? Ist Miriam auch da?"

Dann sagte er, dass er zu einem Kongress musste, der am 02. Januar in Frankfurt stattfinden würde. Sein Vorgesetzter hatte ihn eingeladen, schon vor Silvester nach Deutschland zu fliegen und auf diese Silvestergala zu gehen, damit er schon einmal mit anderen Ärzten, die auch an dem Kongress teilnahmen, in lockerer Atmosphäre Kontakt knüpfen konnte. Miriam war zwar ein wenig enttäuscht, an Silvester auf ihn verzichten zu müssen, aber weil sie schwanger war, konnte sie ihn nicht begleiten.

Mit dieser Neuigkeit hatten Timo und ich nun überhaupt nicht gerechnet.

„Miriam ist schwanger? Sie ist doch schon 46!", sagte ich.

Doch Simon grinste nur. Die beiden hatten bisher keine Kinder bekommen, und ich wusste, dass Miriam zwar den Wunsch hatte, es aber wohl nicht klappte und Simon und sie dann schließlich akzeptierten, dass sie kinderlos bleiben würden.

„Wir wissen, dass es eine Risikoschwangerschaft ist. Aber Miriam ist bereits in der vierundzwanzigsten Woche, und bisher sieht alles gut aus. Aber der lange Flug hierher wäre nichts für sie gewesen. Sie muss auf sich aufpassen, damit sie keine Frühgeburt riskiert", sagte Simon. „Ich wollte euch nach dem Kongress anrufen, um euch zu besuchen und die tolle Neuigkeit mitzuteilen. Was für ein schöner Zufall, dass wir uns schon heute Abend treffen!"

Wir beglückwünschten Simon also ausgiebig und feierten dann mit ihm zusammen in das Jahr 2009 hinein.

Am Neujahrstag rief ich gleich bei den Balewas an. Helena nahm ab. Die mittlerweile fast Siebzigjährige sagte am Telefon immer wieder, wie schön es sei, dass sie noch erleben dürfe, dass ihre Tochter Miriam endlich Mutter werde. Miriam versicherte mir anschließend, dass es ihr gut gehe, sie sich viel schone und sich wahnsinnig auf das Kind freue, das ein Junge werden sollte.

Das Beste in diesem neuen Jahr war aber, dass ich durch Simon am Silvesterabend mit einem Frankfurter Arzt ins Gespräch kam und so die Möglichkeit erhielt, an drei Tagen die Woche wieder im Krankenhaus zu arbeiten. Nach etlichen Jahren ohne Arbeit war es natürlich nicht denkbar, wieder als Ärztin einzusteigen, aber ich bekam die Möglichkeit, bei Visiten mitzulaufen und bei Operationen erst zuzusehen und später zu assistieren. In diesem Jahr blühte ich regelrecht auf. Die Abwechslung tat mir gut. Meinen Kindern ging es gut, Hanna wurde in diesem Jahr zehn Jahre alt und besuchte die vierte Klasse, und Olivia kam im Sommer in die Schule. Jacob wurde vier und war ein richtiger Lausbub geworden, der in seiner Wildheit seiner Schwester Olivia in nichts nachstand.

Das Jahr 2009 war ein gutes Jahr. Mein letztes gutes Jahr. Als die ersten Schneeflocken im November fielen, kehrten meine Probleme zurück. Es folgten viele Monate mit Arztbesuchen. Ich suchte Ärzte jeder erdenklichen Fachrichtung auf, aber keiner konnte mir sagen, was mir fehlte. Die Arbeit im Krankenhaus musste ich nach nur einem Jahr wieder aufgeben, denn ich konnte mich nicht konzentrieren, zitterte, wenn ich dem leitenden Arzt ein Instrument gab, und bei den Visiten vergaß ich Fachwörter.

Die schlechte Laune und die Depressionen kehrten glücklicherweise nur in geringem Maße zurück, aber dafür breiteten sich im Sommer 2010 die Zuckungen, die vorher auf Gesicht und Hand beschränkt gewesen waren, auf den ganzen Körper aus, sodass beispielsweise mein ganzer Arm eine ausladende Bewegung machte. In der Öffentlichkeit konnte ich das gut verbergen, verband die Bewegung einfach mit einer anderen, wie eine Haarsträhne aus dem Gesicht streichen oder Ähnlichem. Aber vor meiner Familie konnte ich es nicht mehr verheimlichen.

Dazu kam dann, dass ich mir bei einem Spaziergang mit Leo und Hanna das Bein brach.

Wir liefen auf einem Feldweg unweit unseres Hauses. Der Weg war geteert und ohne jedes Hindernis. Leo durfte ohne Leine laufen und rannte mal hundert Meter vor uns, dann wieder einige Meter hinter uns, und zwischendurch buddelte er minutenlang im Feld nach Mäusen. Dabei geriet er so in Rage, dass er nicht mehr mitbekam, wie wir uns immer weiter entfernten und nach ihm riefen. Als er irgendwann gar nicht mehr aufhören wollte mit der Buddelei, machte ich auf dem Absatz kehrt und wollte ihn mit der Leine holen. Als ich mich umdrehte, durchfuhr meinen Körper eine so starke Muskelanspannung, dass ich mich nicht mehr aufrecht halten konnte und es mir regelrecht die Beine unter dem Körper wegzog. Das Ergebnis war ein komplizierter Oberschenkelbruch, der mich monatelang außer Gefecht setzte. Während dieser Zeit, die ich praktisch ausschließlich im Bett verbrachte, ließ ich endlich die Gedanken über meinen Zustand zu, und die Vorahnung, die ich insgeheim schon seit Langem hatte, nahm in meinem Kopf Formen an.

Aber erst, als Livi mich wegen der immer häufiger und auffälliger werdenden Zuckungen und Sprachschwierigkeiten fragte, ob ich verrückt würde wie der Vater eines Schulkameraden, der alkoholkrank war und sich täglich vor seiner Familie daneben benahm, wurde mir klar, dass sich mein Verdacht bestätigte.

Ich wusste, dass die Balewas nicht darüber sprechen wollten, aber mir wurde bewusst, dass dem Wahnsinn, dem Malia angeblich verfallen gewesen war, und vielleicht auch dem Tod von Bennos Bruder und dessen eigenem Selbstmord eine erbliche Nervenkrankheit zugrunde lag. Warum war mir das nicht schon vorher aufgefallen? Hätte ich es als Ärztin nicht schon zu Beginn der Symptome merken müssen? Oder hatte ich all die Zeit verdrängt, dass es in meiner Familie diese Krankheit ganz offensichtlich schon seit Generationen gab? Hatte ich es einfach nicht wahrhaben wollen?

## 28.

## Winter 2011, Oberursel, Deutschland

Es war ein eiskalter Tag Anfang Januar 2011, als mein Verdacht endgültig bestätigt wurde, nahzu vier Jahre nach dem Auftreten der ersten Symptome.

Ich räumte gerade die Weihnachtsdekoration in die entsprechenden Kartons, um sie auf dem Dachboden zu verstauen, wo sie fast ein Jahr lang auf ihren nächsten Einsatz warten sollten. Als ich einen goldenen Engel in der Hand hielt, den meine Mutter immer pünktlich zum ersten Advent auf das Fensterbrett in unserer alten Küche gesetzt hatte, stürmten wieder die Erinnerungen auf mich ein. Obwohl meine Mutter nun schon viele Jahre tot war, waren die Gedanken an sie manchmal so intensiv, dass es mir vorkam, als hätte ich gestern erst das letzte Mal mit ihr gesprochen. Noch immer war mir ihre Stimme vertraut, ich roch sie und hörte ihr Lachen, als stünde sie neben mir.

Als ich dort so saß und ihr Lieblingsstück aus der Sammlung ihrer Weihnachtsdekoration in der Hand hielt, fiel mir seit Langem wieder das kleine Kästchen mit den liebevollen Erinnerungen ein, das meine Mutter mir damals hinterlassen hatte. Behutsam wickelte ich den goldenen Engel in Packpapier und verstaute ihn in einer Schachtel.

Dann ging ich ins Schlafzimmer und zog den Karton, in dem ich das Kästchen aufbewahrte, aus den Tiefen des Kleiderschranks heraus. Ich legte alles, was sich sonst noch in dem Karton befand, auf den Boden neben mich, bis ich das Kästchen in den Händen hielt. Mit dem Daumen strich ich über die wunderschönen Schnitzereien. Eigentlich war es Verschwendung, es hier in einem Karton im Kleiderschrank zu verstecken. Das Kästchen war wirklich sehr hübsch, und ich beschloss, es hinter die Glastür der Anrichte im Wohnzimmer zu stellen. Vorher sah ich mir aber noch die Fotos und Kleinigkeiten an, die an meine Mutter und meine Kindheit erinnerten.

Und dann fand ich ihn. Er fiel plötzlich aus dem Büchlein, in dem ich damals die Adresse meines Vaters gefunden hatte. Warum war mir damals nicht aufgefallen, dass in dem Büchlein ein blauer Briefumschlag steckte, genau so einer, wie ich ihn damals in Südafrika von meiner Mutter bekommen hatte? Auf dem Umschlag erkannte ich sofort die Schrift meiner Mutter. *Für meine geliebte Tochter* stand da geschrieben. Mit zitternden Händen öffnete ich den Umschlag und zog ein Briefpapier in dem gleichen Blau heraus. Über sechzehn Jahre hatten vergehen sollen, bis ich diesen Brief endlich fand. Ich wunderte mich, warum ich so lange nicht an dieses Kästchen gedacht hatte. Obwohl ich sehr oft an meine Mutter dachte, war ich offenbar so mit meinem Leben, mit meiner Familie beschäftigt, dass ich es tatsächlich über Jahre vergessen hatte. Die Neugier, was mir meine Mutter damals sagen wollte, ließ mich keine Sekunde zögern. Ich begann, den Brief zu lesen.

*Meine geliebte Tochter,*

*wenn du diese Zeilen liest, hast du meinen Brief also gefunden. Ich weiß nicht, wie viel Zeit vergangen sein wird. Ein wenig hoffe ich, dass du das Kästchen nicht sehr bald, nachdem ich gegangen bin, gefunden hast, sondern dass dir noch ein paar Jahre ohne das Wissen über das, was du jetzt erfahren wirst, geblieben sind.*

*Jetzt, da ich weiß, dass ich nicht mehr lange auf der Welt sein werde, habe ich beschlossen, dir endlich die ganze Wahrheit zu sagen. Ja, ich weiß, ich hätte es schon viel früher tun sollen. Aber, meine liebe Nelly, wenn du in der Zwischenzeit selber Kinder haben solltest, und das hoffe ich (ist Timo ihr Papa?), dann wirst du vielleicht verstehen können, dass ich, seit ich die Wahrheit kenne, in meinem Inneren zerrissen war, ob du alles wissen solltest, oder ob es für dein Seelenheil besser wäre, in Unwissenheit zu leben. Wie du weißt, habe ich mich schließlich für Letzteres entschieden, weil ich nicht ertragen konnte, dass du in Angst leben musst. Der Preis dafür war, dass du mich verlassen und selbst versucht hast, die Wahrheit zu erfahren. Dass du an meiner Liebe und Ehrlichkeit dir gegenüber zweifeln musstest. Im Nachhinein weiß ich, dass es ein Fehler war, aber trotzdem bin ich mir nicht sicher, ob ich, müsste ich jetzt noch einmal entscheiden, wieder so handeln würde.*

*Liebe Nelly, mein einziges und über alles geliebtes Kind. Nun werde ich bald sterben, und da auch dein Vater nicht mehr unter den Lebenden weilt, bin ich zu dem Schluss gekommen, dass ich mein Wissen nicht mit ins Grab nehmen kann. Ich werde dir nun, mit diesem Brief hier, alles mitteilen, was ich weiß.*

*Was genau vorgefallen ist, als dein Vater damals, als du noch so klein warst, gegangen ist und uns hier allein zurückgelassen hat, kann ich dir leider bis heute nicht sagen. Ich kann es nur vermuten.*

*Kurz nach deinem fünfzehnten Geburtstag hat Benno bei uns zu Hause angerufen. Das weißt du bereits, wir haben darüber gesprochen. Aber was ich dir nicht gesagt habe, ist das, was er mir bei diesem Telefonat tatsächlich erzählt hat. Er berichtete mir, dass es in seiner Familie eine Erbkrankheit gibt. Seine Mutter und sein Großvater waren bereits daran erkrankt. Welche Krankheit es genau ist, konnte er mir nicht sagen. Er sagte, seine Familie glaube daran, dass ein Fluch über der Familie liege. Benno berichtete mir, wie er den langsamen Zerfall seiner eigenen Mutter mit ansehen hatte müssen und wie sie dann einfach, von einem Tag auf den anderen verschwunden war und keiner jemals erfuhr, was mit ihr passiert war. Benno glaubte, dass die Vererbung der Krankheit immer abwechselnd Mann und Frau treffe, daher seien seine Schwester Helena und deren Nachkommen verschont geblieben. Sein Bruder hatte die Krankheit ebenfalls und hatte beschlossen, sich das Leben zu nehmen, als sie ausbrach, um nicht das Gleiche erleben zu müssen wie seine Mutter. Nachdem du mir erzählt hattest, dass Benno sich auch umgebracht hatte, war mir sofort klar, dass auch er krank geworden war.*

*Ich selbst kann nichts zu der Art der Vererbung dieser Krankheit sagen, deren Namen ich leider nicht kenne. Aber Benno wusste, dass er betroffen sein würde, und er hat mir erst nach über fünfzehn Jahren erklärt, dass er uns verlassen hatte, nachdem er von seinem Vater von der Krankheit erfuhr. So wie er es glaubte, müsstest du diese Krankheit auch bekommen, da du ein Mädchen bist.*

*Er weinte am Telefon, bat mich um Verzeihung, uns alleingelassen zu haben. Aber er konnte es nicht ertragen, dass er dir diese*

Krankheit, diesen Fluch weitergeben würde.

Wahrscheinlich weiß ich bis heute nicht annähernd genug über Bennos Kultur, um all das wirklich verstehen zu können.

Aber es ist für mich Vergangenheit. Du warst das größte Geschenk für mich, und mein Leben war vollkommen durch dich.

Ich weiß nicht, was du nun mit diesem Wissen anfangen wirst, und ich kann dir auch keinen guten Rat geben, da ich selbst nicht genug weiß. Aber du bist ein schlaues Mädchen, und wie ich dich kenne, wirst du das tun, was für dich das Beste ist.

Mein liebes Kind, es tut mir aufrichtig leid, dass ich nicht eher offen mit dir gesprochen habe, und ich wünsche mir von tiefstem Herzen, dass du am Ende gesund bleiben und ein langes Leben haben wirst.

Aber wenn nicht, dann werde ich mit offenen Armen auf dich warten.

In tiefer Liebe,
deine Mama.

# 29.

## BENNO

### Spätsommer 1971, Frankfurt, Deutschland

Er kam gerade zurück von seiner Nachtschicht als Lagerhelfer bei einem großen Autohersteller. Im Frankfurter Bahnhofsgebäude herrschte reger Betrieb. Menschen hasteten eilig an ihm vorbei, wollten möglichst schnell zum Gleis kommen, um noch ihren Zug zu erwischen, oder waren auf dem Weg hinaus aus dem Gebäude, um ihren täglichen Geschäften nachzugehen. Auch nach fast drei Jahren hier in Deutschland war Benno noch immer erstaunt, wie wenig sich die Menschen hier um seine Hautfarbe kümmerten. Und das obwohl Deutschland die Schwere einer Vergangenheit mit sich trug, die in ihrer Unmenschlichkeit sogar noch grausamer war als das, was in seiner Heimat Südafrika passierte. Vielleicht waren die Menschen hier gerade deshalb so offen. Viele junge Menschen, denen Benno hier begegnet war, lebten ein wildes und tolerantes Leben. Auch seine Frau Silvia sprühte nur so vor Lebensfreude. Sie trug Schlaghosen und Blumen im Haar, und hin und wieder rauchte sie Marihuana, wovon auch Benno schon probiert hatte. Diese Lebensart, die hier in Deutschland herrschte, gefiel ihm.

Sein Vater hingegen war schockiert. Benno wusste, dass

er sich hier als Farbiger unwohl fühlte, was Benno widersprüchlich fand, weil es hier keinerlei Apartheidsgesetze gab und sie viel freier waren als zu Hause. Vermutlich hatte Jacob seinen Hass auf die Weißen so verinnerlicht, dass er auch hier ihnen gegenüber feindlich war. Hinzu kam wohl noch, dass der Anteil der Farbigen und Schwarzen in Deutschland natürlich um ein Vielfaches geringer war als in Südafrika und Benno und Jacob somit ein wenig mehr auffielen. Benno war das egal. Er fühlte sich hier wohl. Für Jacob schien das leider anders zu sein. Entsprechend behandelte er Bennos Frau, aber Benno war auch das egal. Er liebte Silvia sehr, sie war eine ganz besondere Frau und hatte sein Herz sofort erobert, als Benno sie kurz nach seiner Ankunft kennengelernt hatte. Sie hatte in dem Buchladen gearbeitet, in dem er sich sein erstes deutsches Wörterbuch gekauft hatte. Benno hatte sich eines ausgesucht, und Silvia hatte es ihm ausgeredet: „Mit diesem Buch wirst du nie Deutsch lernen. Nimm das hier. Oder lern die Sprache am besten, indem du dich mit Muttersprachlern unterhältst", hatte sie ihm in einem fast perfekten Englisch vorgeschlagen. *Seltsamer Verkaufsstil,* dachte Benno. Nach wenigen weiteren gewechselten Worten verabredeten sie sich für den Abend, und Silvia wollte ihm eine Deutschstunde geben. Schon bei dieser ersten Verabredung küssten sie sich zum ersten Mal, und von da an waren sie ein Liebespaar.

Und nun hatten sie beide ein Kind. Eine wunderschöne Tochter, die erst wenige Wochen alt war. Benno konnte sein Glück kaum fassen. Die Schwangerschaft war zwar nicht geplant gewesen, aber dass ihre Liebe in einem neuen Le-

218

ben gipfelte, fühlte sich einfach richtig an. Deshalb hatten sie auch noch vor der Geburt ihrer kleinen Cornelia geheiratet.

Als er oben an der Rolltreppe ankam, die von den Gleisen zu der Ebene im Erdgeschoss führte, wo sich alle möglichen Läden, eine Bäckerei, ein Café und ein Souvenirgeschäft befanden, entdeckte er an einem Stand vor dem Souvenirgeschäft kleine Babybodys. Er konnte nicht umhin, sie sich genauer anzusehen. Sie waren entweder hellblau oder hellrosa und waren mit niedlichen Bildchen bedruckt. Benno warf einen Blick in seinen Geldbeutel. Wenn er die Mark für den Bus vom Bahnhof nach Hause abzog, blieben ihm noch zwei Mark fünfzig. Ein Body kostete zwei Mark. Benno freute sich. Es würde reichen, um Silvia mit einem dieser niedlichen Bodys eine Freude zu bereiten. Er griff nach einem rosafarbenen Exemplar. Benno bezahlte und fuhr dann mit dem Bus nach Hause. Als er auf das Haus zulief, in dem sie eine kleine Wohnung gemietet hatten, musste er zweimal hinsehen, um sicher zu sein. Doch tatsächlich: Sein Vater Jacob saß auf der Treppe, die zur Haustür hinauf führte. Was wollte er hier? Sein Vater missbilligte die Beziehung zu Silvia, und seit ihrer Hochzeit und Cornelias Geburt war Jacobs Verhalten ihnen gegenüber noch distanzierter geworden. Benno bedauerte das und war wütend. Aber er hatte sich für Silvia entschieden und kehrte daher seinem Vater den Rücken. Pflichtbewusst besuchte er ihn hin und wieder in seiner Einzimmerwohnung, brachte ihm ein wenig zu essen und zu trinken, unterhielt sich eine Stunde mit ihm und machte sich dann wieder auf den

Heimweg. Dementsprechend überrascht war Benno, als Jacob so unerwartet hier auftauchte.

„Hallo Vater", begrüßte Benno ihn. „Welche Dämonen haben dich befallen, dass du dich hierher wagst?"

Jacob warf ihm einen strengen Blick zu. „Rede nicht so, Junge. Sonst beschwörst du sie noch herauf."

Benno verkniff es sich, die Augen zu verdrehen. Zwar war er selbst auch ein wenig abergläubisch, aber die westliche Welt hatte sein Denken ein wenig verändert. Anstatt auf die Ermahnung seines Vaters einzugehen, erkundigte er sich, ob sein Vater mit nach oben in die Wohnung kommen wollte.

Jacob drückte sich ein wenig um die Antwort. Schließlich fragte er, ob Silvia zu Hause sei. Bennos Wut über die Ablehnung seines Vaters seiner Frau und seiner Tochter gegenüber bahnte sich wieder ihren Weg, und er musste an sich halten, um seinen Vater wegen dieser Frage nicht direkt wieder wegzuschicken.

„Nein. Sie ist mit der Kleinen eine Freundin besuchen gegangen. Also, kommst du mit nach oben oder nicht? Mir wird langsam kalt."

Es war Ende September und das sommerliche Wetter hatte sich bereits verabschiedet.

Endlich erhob sich Jacob und folgte Benno in die Wohnung im zweiten Stock.

Nachdem Benno seinem Vater einen heißen Tee gekocht hatte, setzte er sich zu ihm an den kleinen, hölzernen Küchentisch. Silvia hatte eine Vase mit bunten Blumen daraufgestellt, und Benno dachte kurz darüber nach, ob Silvia bei den kühlen Temperaturen noch Blumen in der Natur gefunden hatte.

„Was führt dich zu mir, Dad? Brauchst du Geld? Ich habe dir doch erst letzte Woche zweihundert Mark gegeben, und deine Miete für diesen Monat ist auch beglichen. Wir müssen selbst zusehen, wie wir uns über Wasser halten. Gerade jetzt, da das Baby auf der Welt ist, brauchen wir jeden Pfennig", sagte Benno.

„Nein", sagte Jacob mürrisch. Dann nahm er einige Schlucke von seinem Tee.

„Ich kann deinen Plan, eine Familie mit dieser Frau zu gründen, nicht unterstützen, Benno."

Was sollte das jetzt wieder? Hatte Benno seinem Vater nicht oft genug gesagt, dass er in dieser Angelegenheit keinen Wert auf seine Meinung legte? Seufzend lehnte er sich in seinem Stuhl zurück. Er wartete einige Minuten, bevor er antwortete, nur um seine Stimme ruhig zu halten.

„Dad, wir haben darüber bereits gesprochen. Silvia und ich sind verheiratet und haben ein Kind. Unsere gemeinsame Zukunft ist sicher. Ich habe dich gebeten, mit aufs Standesamt zu kommen. Du wolltest nicht. Es ist entschieden, akzeptiere es endlich. Nur weil Silvia weiß ist, heißt das nicht, dass sie ein schlechter Mensch ist! Wir sind in Deutschland. Hier gibt es keine Apartheid. Begreif das endlich!" Während Benno sprach, wurde seine Stimme immer lauter. Er war es leid, mit seinem Vater über dieses Thema zu diskutieren. Wenn er sich und Silvia nur einmal die Chance gäbe, sich gegenseitig richtig kennenzulernen würde er einsehen, dass sie ein wunderbarer Mensch war.

Jetzt starrte Jacob in seine Tasse. Benno fragte sich, warum ihn sein Vater aufgesucht hatte. Nur um ihm wieder Vorwürfe zu machen? Oder hatte er ein anderes Anliegen? Als Jacob weiter schwieg, wurde Benno ungeduldig.

„Spuck es endlich aus, Dad. Was ist los? Warum sitzt du hier?"

Jacob hob den Blick und schaute ihn an. Sein mürrischer Blick war einer unendlichen Traurigkeit gewichen, was Benno erschreckte. So langsam bekam er es mit der Angst zu tun. Zu seiner Erleichterung sprach Jacob endlich.

„Ich hätte es dir schon viel früher sagen müssen. Es ist meine Schuld, dass es jetzt so weit gekommen ist und es dieses Kind gibt."

Benno verstand gar nichts mehr. Was wollte sein Vater nun damit wieder sagen? Aber er schwieg und wartete darauf, dass Jacob weitersprach.

„Du weißt ja, dass deine Mutter dem Wahnsinn verfallen war."

Jetzt war Benno endgültig verwirrt. Was hatte der Wahnsinn seiner Mutter mit seinem Kind zu tun? Fragend blickte er seinen Vater an. Es fiel Jacob sichtlich schwer, darüber zu sprechen.

„Nicht nur deine Mutter ist wahnsinnig geworden und wäre irgendwann daran gestorben, wäre sie nicht vorher spurlos verschwunden. Auch ihr eigener Vater ist an diesem Wahnsinn zugrunde gegangen. Ich habe es bisher nicht geschafft, es dir und deinen Geschwistern zu sagen. Ich hätte dich früher aufklären müssen, bevor du ein Kind in die Welt setzt. Als du gesagt hast, dass deine Frau schwanger ist, habe ich zuerst gehofft, es wäre ein Junge, weil der Fluch offensichtlich Männer und Frauen von Generation zu Generation abwechselnd befällt. Aber jetzt, da wir wissen, dass es ein Mädchen ist und dieses Mädchen damit den Fluch weiterträgt, wusste ich, dass ich es dir sagen muss. Mein Sohn, es tut mir aufrichtig leid. Nicht nur du wirst irgendwann genauso wahnsinnig werden wie deine Mutter, sondern auch deine Tochter."

Benno war erstarrt vor Entsetzen. Was erzählte ihm sein Vater da? Ein Fluch? Ihm selbst sollte es genauso ergehen wie seiner Mutter? Er hatte den Zerfall seiner Mutter mit ansehen müssen, und es war das Grauenhafteste gewesen, was ein junger Mensch ertragen konnte. Erst war sie immer mehr verwirrt gewesen und hatte seltsame Dinge getan oder halbe Sätze vergessen. Das war alles noch nicht weiter schlimm gewesen, aber als sie anfing, mit ihrem Gesicht und ihrem Körper Bewegungen zu machen, die an den Teufel höchstpersönlich erinnerten und ihr Gang aussah, als wäre sie sturzbetrunken, obwohl alle wussten, dass sie nie Alkohol auch nur angerührt hatte, fühlte sich die ganze Familie hilflos. Ja, sie schämten sich regelrecht vor den Nachbarn für das Verhalten der Mutter, und obwohl Benno sich bis heute zutiefst dafür grämte, war er fast erleichtert, als sie eines Tages spurlos verschwunden war und nie wieder auftauchte.

Wie sollte er nun mit dieser Neuigkeit umgehen, dass nicht nur seine Mutter diesem Wahnsinn verfallen war, sondern dass der Fluch wohl in seiner ganzen Familie grassierte und immer wiederkehrte? Und vor allem, dass seine kleine Tochter genauso davon betroffen sein würde? Wie sollte er dieses Wissen ertragen? Entsetzliches Grauen vor seiner eigenen Zukunft und vor der Zukunft seines Kindes erfüllte mit einem Schlag seinen Körper und seinen Geist.

Das Gepäckband setzte sich endlich in Bewegung. Wie schon wenige Jahre zuvor, als Benno mit seinem Vater Kapstadt verlassen hatte, fühlte er sich schlagartig wieder wertlos.

Wie alle anderen Farbigen und Schwarzen, die im Flugzeug gesessen hatten, mussten Benno und sein Vater ihr Gepäck an einer für Nicht-Weiße gekennzeichneten Stelle entgegennehmen. In Deutschland war alles anders gewesen, besser. Rassentrennung hatte dort keine Bedeutung, nicht mehr. Deutschland hatte sich, im Gegensatz zu ihrer Heimat Südafrika, bereits von diesen Fesseln gelöst.

Doch Benno freute sich auf seine Familie. Seine Schwester Helena hatte ihm immer sehr nahe gestanden, besonders seit dem Verschwinden der Mutter. Wie sich die Kinder wohl in der Zwischenzeit entwickelt hatten? Edward war jetzt zwölf, Miriam neun. Das letzte Mal hatte er sie vor über zwei Jahren gesehen.

Aber trotz der Vorfreude auf seine Familie vermisste er Silvia und Cornelia bereits so sehr, dass sein Herz zerbrach. Der Traum von einer Familie, die in Frieden und ohne die Zwänge der Apartheid leben konnte, war nur von kurzer Dauer gewesen.

Wenig später kamen Benno und Jacob zu Hause an und wurden von Helena und den Kindern fast überrannt. Die

224

Freude war groß.

Helena wollte sofort alles wissen. Nachdem ihre Mutter verschwunden war, die Familie ohne Vorwarnung ihr Zuhause wegen Zwangsumsiedlung verlassen musste, weder Benno noch Jacob weiter ihrer Arbeit in der Stadt nachgehen konnten und der Bruder immer mehr auf die kriminelle Schiene geraten war, wollte die Familie ganz neu anfangen. Benno und sein Vater reisten nach Europa, landeten in Deutschland. Benno fand schnell eine Arbeit, und sobald alles geregelt gewesen wäre und die beiden ihre Zukunft in Deutschland gesichert hätten, wollten sie Helena und die Kinder nachholen. Doch dazu war es nun ja nicht mehr gekommen. Außerdem war der Vater von Helenas Kindern bei einem bewaffneten Kampf des ANC, dem er angehörte, vor einigen Jahren ums Leben gekommen.

Benno und seine verwitwete Schwester Helena setzten sich zusammen auf die Stufe vor der kleinen Hütte, in der die Familie wohnte, und Benno erzählte ihr von Silvia.

„Wir begegneten uns das erste Mal, kurz nachdem wir in Deutschland angekommen waren." Er erzählte seiner Schwester von der ersten Begegnung im Buchladen. „Da war sofort ein Feuer zwischen uns. Sie war Studentin, und ich war vom ersten Moment an unsterblich in sie verliebt. Mir ist so etwas vorher noch nie passiert, Helena. Ich wusste einfach, dass ich sie für immer lieben würde."

Helena freute sich für ihren Bruder. Doch dann schlug ihre Freude in Mitleid um.

„Warum seid ihr zurückgekommen, Benno? Warum habt ihr uns nicht nachgeholt? Was ist in Deutschland passiert?"

So erzählte Benno seiner Schwester von der Schwangerschaft, von der spontanen, standesamtlichen Trauung und der Geburt seines kleinen Mädchens. Helenas Augen leuchteten.

Dann sagte sie: „Aber dann verstehe ich es erst recht nicht, Benno. Warum hast du sie im Stich gelassen? Wie konntest du die beiden bloß sitzen lassen? Bist du von allen guten Geistern verlassen?"

Benno berichtete ihr von dem Fluch, der auf der Familie lastete. Während er erzählte, wurden Helenas Augen vor Entsetzen immer größer.

„Heißt das, dass ich auch wahnsinnig werde? Und meine Kinder? Was ist mit Edward und Miriam?" Ihre Stimme überschlug sich fast.

„Da kann ich dich beruhigen, Schwester. In unserer Generation sind nur Männer betroffen. Du bleibst verschont und damit auch deine Kinder."

Benno konnte sehen, wie Helena ein Stein vom Herzen fiel. Doch dann nahm sie ihn fest in den Arm.

„Mein armer Benno. Das ist furchtbar. Wie kann ich dir helfen?"

Erschöpft schüttelte Benno den Kopf. „Ich fürchte, da kann mir niemand helfen. Ich werde mich meinem Schicksal fügen müssen."

„Aber glaubst du wirklich, es ist die beste Lösung, deine Frau und deine Tochter im Ungewissen über dieses Schicksal zu lassen und einfach wegzurennen?"

Da fing Benno an zu weinen. Sein ganzer Körper wurde

vom Schluchzen geschüttelt. Helena drückte seinen Kopf an ihre Brust und wiegte ihn sanft hin und her.

Als er wieder einigermaßen zu sich kam, versuchte er, sich für sein Verhalten zu rechtfertigen.

„Ich konnte es einfach nicht ertragen. Was habe ich meiner Tochter und Silvia bloß angetan? Als Vater mir von diesem Fluch erzählte, konnte ich ihr nicht mehr in die Augen schauen. Natürlich weiß ich, wie feige es von mir war, wegzulaufen. Aber was würde ich ihnen nützen, wenn ich in einigen Jahren genauso verrückt würde wie Mutter? Soll meine Tochter zusehen und dabei wissen, dass ihr das gleiche Schicksal droht? Meinst du nicht, es wäre besser für sie, in Unwissenheit zu leben? Zumindest so lange, bis sie selbst daran zugrunde geht? Auch wenn sie ohne ihren Vater groß werden muss, und auch wenn ich Silvia zutiefst verletzt habe. Ich habe diese Entscheidung für sie getroffen. Dafür, dass sie ein unbekümmertes Leben führen können, bis es so weit ist. Den Kummer über mein Weggehen werden sie irgendwann verkraften. Es ist besser so."

Helena gab zu, dass sie Benno verstehen konnte. Er hatte keinen anderen Ausweg gesehen, als mit Jacob zurückzukehren, um Silvia und das Kind vor diesem Wissen zu bewahren. Trotzdem schlug in ihr ein Mutterherz. Auch sie hatte den Vater ihrer Kinder verloren und wusste, welch großen Kummer so etwas sowohl für eine Mutter als auch für ein Kind bedeuten konnte. Aber sie wollte versuchen, Bennos Entscheidung zu akzeptieren.

Benno jedoch zerbrach an seiner Entscheidung. Helena,

Edward und Miriam versuchten immer wieder, ihn dazu zu ermuntern, Kontakt zu seinem Kind aufzunehmen. Aber Bennos Angst davor, ihr sagen zu müssen, was ihr bevorstand, war zu groß.

So gingen die Jahre ins Land, manchmal war Helena selbst kurz davor, nach ihrer Nichte zu suchen und ihr die Wahrheit zu sagen.

„Vielleicht wäre es doch besser, wenn sie es weiß, Benno! Sie muss die Möglichkeit bekommen, selbst zu entscheiden, ob sie ihrem Schicksal entgegengeht oder dem Leben vorzeitig entflieht um sich vor der Qual zu schützen. Und vor allem sollte sie es wissen, um zu verhindern, dass sie selbt Kinder bekommt", flehte Helena ihren Bruder an, wenn sie mal wieder an seiner Entscheidung zweifelte. Manchmal hielt sie Benno für feige und klein. Aber Benno ließ sich nicht erweichen. Und Helena war sich auch selbst nicht immer sicher, ob sie so ein Wissen ihren eigenen Kindern hätte mitteilen können.

Erst als Bennos Krankheit wie erwartet ausbrach und er beschloss, genau wie sein Bruder zuvor, sein Leben zu beenden, rang er sich dazu durch, seinem einzigen Kind die Wahrheit zu sagen.

Als Tag der Wahrheit wählte er den fünfzehnten Geburtstag seiner Tochter.

## 30.

**Winter 2011, Oberursel, Deutschland**

Ich war zwar Unfallchirurgin und keine Genetikerin, aber mir war sofort klar, dass die Theorie der Familie Balewa über die Vererbung des „Fluchs" nicht stimmen konnte. Dass die Erbkrankheit, die ich offensichtlich in mir trug, abwechselnd bei Männern und Frauen innerhalb der Familie auftrat, war purer Zufall gewesen.

Nachdem ich den Brief von meiner Mutter viel zu spät gefunden hatte, war es mir wie Schuppen von den Augen gefallen. All die Probleme, die ich bereits seit Jahren hatte, die mal schwächer und mal stärker auftraten, im Großen und Ganzen aber stetig zugenommen hatten, fügten sich jetzt zu einem ganz klaren Bild zusammen.

Ohne Timo einzuweihen, ließ ich mir einen Termin bei einem Neurologen geben. Mit Nervenkrankheiten kannte ich mich nicht aus, und um meinem Leiden einen Namen geben zu können, entschied ich, einen Spezialisten aufzusuchen. Die Tatsache, dass ich Trägerin der genetischen Mutation war, bezweifelte ich zu keinem Zeitpunkt. Trägerin einer Mutation, die in den Augen meiner Familie ein Fluch war. Die Frage war nicht *ob*, sondern *was*?

Timo und die Kinder wollte ich erst dann aufklären,

wenn ich ihnen genau sagen konnte, was mit mir passieren würde.

Im Wartezimmer blätterte ich in einer Zeitschrift, ohne wirklich zu wissen, was ich mir ansah. Ich dachte darüber nach, was das Testergebnis für mich bedeuten würde, für meine Familie, für meine Kinder. Auch sie konnten Träger sein. Ich hatte Angst, aber ich versuchte, ruhig zu bleiben, denn ich würde es sowieso nicht ändern können. Immer wieder fragte ich mich, wie ich vier Jahre lang nicht hatte sehen können, was mit mir los war. Ich war Ärztin, zumindest hatte ich diesen Beruf einmal gelernt. Und ich dachte auch, dass ich kein blauäugiger, naiver Mensch war. Dass ich die Symptome nie richtig deuten konnte, konnte ich mir nur damit erklären, dass ich es aus irgendeinem Grund verdrängt hatte. Dass ich mir nicht eingestehen wollte, ernsthaft krank zu sein. War das nicht sogar typisch für Ärzte? Dass sie glaubten, selbst nie krank werden zu können?

Für den Test wurden mir ein paar Milliliter Blut abgenommen. Anschließend brachte mich eine junge, blonde Dame in das Sprechzimmer des Arztes. Wieder musste ich warten. Nervös klopfte ich mit dem Finger auf die Stuhllehne. Ich dachte daran, wie sich meine Mutter gefühlt haben musste, als mein Vater anrief. Als er ihr sagte, dass er todkrank sei und dass ihre Tochter womöglich die gleiche Krankheit bekommen werde. Obwohl ich sie damals dafür gehasst hatte, dass sie mir seinen Anruf verschwiegen hatte, konnte ich es heute als fast Vierzigjährige nachvollziehen. Sie musste entscheiden, ob ich wissen sollte, dass ich möglicherweise eine Mutation in meinen Genen trug, die mich früher oder später töten würde. Wie soll eine Mutter eine solche Entscheidung treffen? Hatte es damals überhaupt schon einen Test gegeben wie den, den ich gerade machen ließ? Hätte ich damals den Test machen wollen? Jetzt wusste ich schließlich schon, dass die Krankheit bereits ausgebrochen war. Ich wusste nur noch nicht, was sie mit mir anstellen würde. Wie hätte ich mit fünfzehn Jahren entscheiden sollen, ob ich über dieses Wissen verfügen wollte oder nicht?

Als ich darüber nachdachte, was mit meinen Kindern war, was ich ihnen sagen sollte und ob sie jetzt oder erst später, wenn sie etwas älter waren, wissen sollten, was auch ihnen blühte, kam der Arzt herein. Er war ein hochgewachsener, schlaksiger Mann mit dicken Brillengläsern, schwarzem, dichtem Haar und feinen Händen, die er mir zum Gruß reichte.

Er setzte sich mir gegenüber, tippte ein paar Minuten etwas in seinen Computer und schaute mich dann mit seinen stark vergrößerten Augen an.

„So, Frau Geller. Sie haben ja bereits ihr Blut für den Test abgegeben. Sie nehmen also an, dass Sie an einer Erbkrankheit leiden? Darf ich fragen, welche das sein soll?"

So gut ich konnte, schilderte ich ihm meine Situation. Grob skizzierte ich ihm die Familiengeschichte der Balewas, erzählte, dass meine Großmutter an einer Krankheit gelitten hatte, die sie nach außen hin wirken ließ, als wäre sie verrückt geworden. Dass sie Dinge vergaß, ihre Sprache nicht mehr richtig beherrschte und dass die Nachbarschaft darüber tuschelte, dass sie ein Alkoholproblem hatte. Weiter berichtete ich von dem Selbstmord meines Vaters, als ihm das gleiche Schicksal zu drohen schien. Die Geschichte schien den Arzt etwas zu verwirren.

„Sie sagen also, dass Sie gar nicht wissen, welche Krankheit in ihren Genen liegt, aber dass Sie sich sicher sind, dass es eine gibt?"

Unbeholfen nickte ich. Dann beschrieb ich ihm die Symptome, die mich seit Längerem plagten.

Als ich fertig war, nahm er seine Brille ab, putzte gemächlich die Gläser und setzte sie dann wieder auf seinen breiten Nasenrücken.

„Frau Geller, so wie Sie es beschreiben, klingt es für mich ganz nach Chorea Huntington. Das ist eine Erbkrankheit, die vom Träger zu fünfzig Prozent an die Nachkommen vererbt wird. Bei dieser Krankheit sterben Nervenzellen im Gehirn ab. Das führt zu verschiedenen Symptomen, wie den von Ihnen beschriebenen Zuckungen, Persönlichkeitsveränderung, Launenhaftigkeit oder auch Vergesslichkeit. Aber warten wir erst einmal das Testergebnis ab, dann können wir über alles Weitere sprechen. Darf ich Sie noch etwas fragen, Frau Geller? Haben Sie Kinder?"

Das, was mir der Arzt erzählte, war mir nichts Neues. Schon nachdem er den Namen der Krankheit, Chorea Huntington, ausgesprochen hatte, wusste ich sofort, dass es das war, worunter ich litt. Warum war ich nicht schon selbst darauf gekommen? Ich hatte im Studium davon gehört und das, was die Balewas über Malia erzählt hatten, passte genau auf den Krankheitsverlauf. Wenn die Krankheit weiter fortgeschritten war, etwa zehn bis fünfzehn Jahre nach dem Auftreten der ersten Symptome, wirkten die Betroffenen auf Außenstehende oft, als wären sie betrunken. Sie konnten nicht mehr klar sprechen, lallten geradezu. Der Gang konnte seltsam schwankend wirken. Die Persönlichkeit veränderte sich oft so sehr, dass Angehörige das Gefühl hatten, jemand Fremdes stünde vor ihnen. Und am Ende führte diese Krankheit zwangsläufig zum Tod. Es gab keine Heilung. Der Tod trat meist etwa zwanzig Jahre nach Auftreten der Krankheit ein, manchmal früher, manchmal später. Ich rechnete nach: Wenn es gut lief, hatte ich vielleicht noch fünfzehn Jahre zu leben. Dann wäre ich 55. Dann wären meine Kinder ohne Mutter, Timo wäre ohne Frau. Meine Kinder wären dann etwa so alt, wie ich es war, als meine Mutter starb. Ich war entsetzt und mir wurde kalt. Ich fing an zu zittern.

„Frau Geller, haben Sie mich gehört?"

Erst jetzt merkte ich, dass ich die Frage des Arztes nicht beantwortet hatte. Mit Tränen in den Augen nickte ich und sagte: „Ja, ich habe drei Kinder."

Auch er nickte, in seinen Augen konnte ich Betroffenheit sehen.

„Gut, kommen Sie in drei Tagen wieder. Dann werden die Ergebnisse vorliegen. Wenn der Test positiv ausfällt, müssen wir über das weitere Vorgehen sprechen. Am besten bringen Sie beim nächsten Mal jemanden mit, der mit der Angelegenheit vertraut ist und Ihnen beistehen kann."

Wie ich nach dem Gespräch aus dem Wartezimmer und aus dem Gebäude gekommen bin, konnte ich später nicht mehr wiedergeben. Plötzlich stand ich auf der Straße, der starke Regen prasselte auf meinen unbedeckten Kopf, ließ meine Haare in meinem Gesicht kleben. Oder waren es die Tränen?

In den nächsten drei Tagen überlegte ich, ob ich Timo einweihen sollte, um nicht allein zur Ergebnisverkündung zu gehen, oder ob es besser wäre, es ihm erst zu sagen, wenn ich es schwarz auf weiß hätte, dass ich nicht mehr lange für meine Familie da sein konnte.

Während ich darüber nachdachte, dachte ich an die Balewas. Sie hatten es die ganze Zeit gewusst. Und nach dem, was sie glaubten, mussten sie sogar sicher gewesen sein, dass ich die Krankheit, geerbt hatte. Mit einem Mal fühlte ich mich von der ganzen Welt verraten. Wer hatte alles von meinem Schicksal gewusst und mich im Dunkeln gelassen? Mein Vater, seine Familie, meine Mutter!

Ohne zu zögern, wählte ich die Nummer in Kapstadt.

Helena hob ab, und ohne sie zu begrüßen, ließ ich sofort meiner Wut freien Lauf.

„Du hast es gewusst, ihr habt es alle die ganze Zeit gewusst, nicht wahr?", fuhr ich sie scharf an.

Es überraschte mich nicht, dass Helena sofort wusste, wovon die Rede war.

„Oh Nelly, es tut mir so leid. Ich wollte es dir so oft sagen, aber, aber …"

„Aber was, Helena? Nicht nur mein Vater und meine Mutter haben mich mein Leben lang belogen, sondern auch ihr!" Meine Stimme überschlug sich vor Zorn. „Ich habe

234

drei Kinder in die Welt gesetzt, die genauso wie ich an dieser Krankheit sterben könnten!"

Helena fing an zu weinen. Dann erinnerte ich mich an diesen ominösen Anruf vor Jahren, kurz nach Hannas Geburt. Ich sagte: „War es das, was du mir damals sagen wolltest, als Hanna geboren wurde? Als du mir ausreden wolltest, noch weitere Kinder zu bekommen?"

Helena schluchzte. „Ja, Nelly, ich wollte es dir sagen. Und jetzt gibt es einen weiteren Menschen, der den Fluch in sich trägt … Der arme kleine Jacob …"

Ich holte tief Luft, um nicht wieder loszuschreien.

„Nein, Helena. Nicht einen Menschen, sondern drei. Alle meine Kinder könnten es haben", erklärte ich ihr wie jemandem, der nicht ganz richtig im Kopf ist. Völlige Verständnislosigkeit über die Naivität der Balewas machte sich in mir breit.

Helena war verstummt.

„Was redest du da, Nelly? Erst hatte es mein Großvater, dann meine Mutter, dann meine Brüder und jetzt du. Es wechselt sich doch immer ab?" Ich spürte, dass sie sich jetzt selbst nicht mehr darüber sicher war.

„So ein Blödsinn, Helena. Es ist völlig egal, ob Mann oder Frau. Jeder Nachkomme eines Betroffenen kann es bekommen."

Helena fing wieder an zu weinen.

Plötzlich hörte ich ein Geräusch hinter mir. Erschrocken drehte ich mich um und sah direkt in Timos verzweifelte Augen.

Ohne großes Mitleid teilte ich Helena mit, dass ich mich

wieder melden würde, und legte auf. Dann drehte ich mich um, ließ mich in Timos Arme fallen und löste mich in stumme Tränen der Trauer auf.

# 31.

Timo kam mit, um mir beizustehen, als ich das Ergebnis erfuhr. Obwohl ich es schon geahnt hatte, schnürte mir die Wahrheit die Kehle zu. Ich hatte das Gefühl, die Stimme des Humangenetikers von ganz weit weg zu hören, als er mir sagte, dass ich an Chorea Huntington erkrankt war und jedes einzelne meiner Kinder eine fünfzigprozentige Chance hatte, es auch zu bekommen. Das Damoklesschwert schwebte über uns. Timo drückte meine Hand, und ich konnte sein Entsetzen körperlich spüren. Es war ein Albtraum.

Der Arzt sprach noch lange mit uns. Er erklärte uns, wie der Krankheitsverlauf war.

Während er sprach, konnte ich nur an meine Kinder denken. Sie könnte nicht nur das gleiche Schicksal ereilen, sie müssten auch mit ansehen, wie sich ihre Mutter so sehr verändern würde, dass sie Angst bekommen könnten. Dann dachte ich an meinen Vater und seinen Bruder, die ihre Mutter haben zerfallen sehen und dass das offenbar so schlimm für sie gewesen war, dass sie sich das Leben nahmen, als die Krankheit bei ihnen selbst ausbrach. Wie schlimm war es für ein Kind, einen Elternteil so zu erleben?

Ich hörte, dass der Arzt gerade vom Endstadium sprach.

„Am Ende werden Sie ans Bett gefesselt sein. Die überladenden Bewegungen weichen schließlich der völligen Unfähigkeit, sich zu bewegen. Oft sterben die Patienten durch eine Lungenentzündung oder aber eben dadurch, dass die Herzmuskulatur versagt. Es gibt leider bislang kein Heilmittel. Wir können aber die Beschwerden zumindest ein klein wenig durch Medikamente lindern. Was besonders hilft, ist eine positive Lebenseinstellung, so wenig Stress wie nur möglich und viel Entspannung. Am besten suchen Sie sich so schnell wie möglich einen Psychologen, der sie betreut. Und lassen Sie sich von Ihrem Hausarzt Massagen und Physiotherapie verschreiben."

Dann stand der Arzt auf und verabschiedete uns.

Als er Timos zitternde Hand schüttelte, hielt er sie noch einen Moment länger und sah ihm fest in die Augen.

„Machen Sie sich Gedanken darüber, wie es für ihre Kinder weitergehen soll. Auch sie können Träger sein. Entscheiden Sie, ob und wann Sie es ihnen mitteilen. Aber bedenken Sie, dass jeder die Chance haben sollte, über sein Wissen selbst zu entscheiden. Ich wünsche Ihnen viel Kraft, Herr Geller."

Dann wandte er sich noch einmal mir zu. „Alles Gute, Frau Geller."

Als wir zu Hause waren, die Kinder hatten wir an diesem Tag zu Timos Bruder gebracht, lagen wir uns stundenlang in den Armen und ließen unserem Kummer freien Lauf.

Es folgten viele stundenlange Gespräche. Wie sollten wir mit meiner Krankheit umgehen? Was sollten wir den Kindern erzählen? Waren sie überhaupt schon alt genug, um zu verstehen, was mit ihrer Mutter passieren würde?

Timo entschloss sich relativ schnell dazu, die Kanzlei zu verkaufen und seine Zeit ausschließlich mir und den Kindern zu widmen.

„Ich werde dafür sorgen, dass keinerlei Stress an dich herankommt und dass du viel Entspannung bekommst", versprach er mir, und in seinen Augen war Hoffnung zu sehen. Keine Hoffnung auf ein Wunder, sondern Hoffnung auf mehr Zeit für uns.

Ich hingegen machte mir große Sorgen auch um ihn. Was würde diese Krankheit mit ihm machen? Würde er sich ab jetzt nur noch um mich und die Kinder kümmern und sich selbst dabei vergessen? Es gab in diesen ersten Tagen Momente, in denen ich völlig verzweifelt war.

Nach einigen Wochen wurde es aber besser, ich straffte die Schultern und sagte mir, dass ich das Beste aus der Situation machen musste, schon allein wegen meiner Familie.

Timo und ich beschlossen, den Kindern zu sagen, dass ich krank war und wahrscheinlich nicht so alt würde wie ihr Vater, aber noch eine ganze Weile bei ihnen sein würde. Wir erklärten ihnen, dass ich mich verändern würde, sie sich aber keine Sorgen machen müssten, wenn das passiere, weil das nur die Krankheit sei, die meinen Körper belaste, und ich niemals aufhören würde, sie zu lieben.

Die drei machten große Augen, als sie das hörten. Sie weinten und lagen mir in den Armen.

„Aber wo gehst du denn dann hin, wenn du weggehst?", fragte der fast sechsjährige Jacob.

„Ich bin dann an einem anderen Ort, von dem ich nicht zurückkommen kann. Aber irgendwann, wenn ihr ganz alt und grau seid, dann werdet ihr auch dorthin kommen, und wir sind alle wieder zusammen. Das verspreche ich dir, mein Schatz."

Jacob drückte mich ganz fest.

„Dann komm ich lieber ganz schnell zu dir!"

Aber ich hob sein Kinn, sodass er mich ansehen musste.

„Nein, Jacob. Du bleibst noch sehr, sehr lange hier und erlebst viele, tolle Dinge. Und wenn du die ganze Welt gesehen hast, dann darfst du kommen, okay?"

„Darf Leo denn auch kommen?", fragte Livi.

„Klar, er gehört doch auch zu unserer Familie."

Hanna sagte gar nichts. Nach diesen Neuigkeiten wurde sie noch stiller und in sich gekehrter, als sie sowieso schon war. Aber ich drängte sie zu nichts.


„Wir werden ihnen später sagen, dass sie sich testen lassen können, wenn sie wollen. Dann, wenn wir der Meinung sind, dass sie es verstehen und für sich selbst entscheiden können", sagte ich später zu Timo. Ich dachte dabei an mein eigenes Schicksal und daran, wann der richtige Zeitpunkt sein sollte, so etwas zu erfahren. Auf keinen Fall wollte ich den gleichen Fehler machen wie meine eigene Mutter, aber das Wann und Wie musste wahrhaftig gründlich überlegt sein. Timo sah das auch so.

Im Sommer 2011 kauften wir das Ferienhaus an der Ostsee, in dem Ort, in dem ich meine Kur verbracht hatte. Dreimal jährlich fuhren wir in den folgenden Jahren dorthin und verbrachten ein paar Wochen in der Abgeschiedenheit.

Die Krankheit schritt nur langsam voran. Timos Bemühungen, mir so viel Entspannung wie möglich zu verschaffen, zeigten Wirkung. Das Fachpersonal, das mich begleitete, ein Neurologe und ein Psychologe sowie der Physiotherapeut, sagte mir oft, wie milde die Krankheit bei mir verlaufe und dass ich mit Sicherheit noch viele gute Jahre vor mir hätte.

Dann gab es aber wieder die Tage, an denen die Symptome nicht zu übersehen waren. Die Zuckungen wurden stärker und häufiger. Nicht selten kam es dann vor, dass sich die Kinder erschrocken in ihre Zimmer zurückzogen. Aber Timo kümmerte sich liebevoll um sie, erklärte ihnen, was gerade mit mir geschah, und sorgte dafür, dass sie sich besser fühlten. Manchmal aber verspürte ich ihm gegenüber ein so großes Schuldbewusstsein dafür, dass ich ihm diese Bürde aufgeladen hatte, dass ich ihn im Stich ließ, wie einst mein Vater mich im Stich gelassen hatte. Die Persönlichkeitsveränderungen, die Chorea Huntington mit sich brachte, brachten Timo häufig an seine Grenzen.

Eines Abends, fast zwei Jahre nach der Diagnose, nahm ich gerade ein heißes Bad, das Timo mir eingelassen hatte, um die Kinder ins Bett zu bringen, während ich mich von den Strapazen meines Alltags erholte. Wenn ich in der Badewanne lag, gingen die Zuckungen meist vollständig zurück. Der Schaum türmte sich vor mir auf, und ich hob gerade ein wenig davon mit der Hand hoch und pustete kleine Schaumflöckchen in die Luft, als ich hörte, wie Timo vor der Tür leise sprach. Offensichtlich telefonierte er mit jemandem. Automatisch fing ich an zu lauschen.

„Nein, so ist sie nicht …", sagte er leise. „Ja … okay. Ich bin mir sicher, sie wird das verkraften … Sie wird klarkommen… Sie muss einfach klarkommen … Nein, sie hat nichts mitbekommen, und ich werde auch dafür sorgen, dass es so bleibt … Okay, super … Alles klar, dann komme ich … Schön, ich freue mich …"

Dann war es still. Trotz des warmen Wassers stellten sich die Härchen auf meinen Unterarmen auf. Hatte Timo eine andere? Es klang ganz danach, oder? Tränen stiegen in meine Augen. Trauer überkam mich. Natürlich hatte er eine andere! Was wollte er auch noch mit mir? Ich war nicht mehr die, in die er sich verliebt hatte. Er brauchte eine junge, eine gesunde Frau. Dann schlug die Traurigkeit in Wut um. Mit einem Satz sprang ich aus der Wanne, warf mir meinen Bademantel über und rannte mit nassen Füßen ins Wohnzimmer, ignorierte die Zuckungen meiner linken Hand, die sofort wieder eintraten. Da saß er auf dem Sofa und las eine Zeitung, als ob nichts gewesen wäre.

Er blickte auf: „Hey, Schatz. Schon fertig? Ich hätte dir doch geholfen, wenn du was gesagt hättest."

Ich funkelte ihn böse an.

„Du brauchst mir gar nicht mehr helfen! Geh doch zu ihr, und dann brauchst du nie wieder kommen!"

Große Verwunderung machte sich auf Timos Gesicht breit.

„Wie bitte?"

„Ich hab genau gehört, was du gerade am Telefon gesagt hast. Vielleicht wäre es besser, wenn du die Telefonate mit deiner Geliebten nicht vor der Badezimmertür abhältst, wenn ich in der Wanne liege!"

Timos Mund verzog sich, als würde ihm übel werden. Klar, er war ertappt. Er hatte seine kranke Frau betrogen. Natürlich fühlte er sich jetzt schlecht.

Doch dann grinste er breit.

„Was grinst du so? Findest du das etwa witzig?"

Timo sprang auf. „Pssssschhh!!", machte er. „Die Kinder schlafen doch. Nelly, mein Liebling. Da hast du was gründlich missverstanden!"

Er kam auf mich zu, aber ich wich zurück. „Missverstanden?"

Er nahm meinen Arm, so als wüsste er nicht, ob ich mehr zulassen würde. Dann überlegte er kurz.

„Okay. Dann sag ich es dir eben."

Mir wurde schlecht. Jetzt würde ich es erfahren.

„Ich habe eben mit Edward telefoniert. Sie werden uns nächste Woche besuchen kommen. Er, Wanda, Zola, Leya und Akos mit ihren Partnern und Kindern, Miriam mit Simon und dem kleinen Ben, und sogar Helena nimmt den Flug auf sich. Wir wollten dich überraschen. Tut mir leid, wenn ich dich erschreckt habe, Schatz."

Jetzt nahm er mich doch in die Arme, und ich ließ es erleichtert geschehen.

„Sie kommen wirklich alle?"

Er strich mir sanft übers Haar.

„Ja, alle!"

Dann löste ich mich von ihm. „Aber wo sollen sie alle übernachten? Oh je, ich muss so viel vorbereiten."

Timo hielt mich fest.

„Nein, Nelly. Ich habe mich schon um alles gekümmert. Sie übernachten in einem Hotel hier in der Nähe. Es soll ganz entspannt für dich werden. Du sollst einfach nur genießen, deine Familie um dich zu haben."

Die Aufregung und die Wut, die ich vor wenigen Minuten noch verspürt hatte, wurden von purer Vorfreude abgelöst..

Nach dem Telefonat, das ich kurz vor meiner Diagnose mit Helena geführt hatte, hatte ich mehrere Monate nichts von mir hören lassen. Einige Male klingelte das Telefon, und ich sah die Kapstädter Nummer auf dem Display. Aber ich konnte mich nicht dazu durchringen, einen der Anrufe entgegenzunehmen.

„Gib ihnen eine Chance, Schatz," hatte Timo immer wieder gesagt. Aber erst ein halbes Jahr nach der alles verändernden Diagnose brachte ich es übers Herz und rief in Kapstadt an.

Jeder einzelne von ihnen kam an den Apparat und entschuldigte sich persönlich bei mir dafür, dass sie mir niemals die Wahrheit gesagt hatten. Simon hatte die Familie inzwischen aufgeklärt und ihnen gezeigt, wie diese Krankheit vererbt wurde.

Edward versuchte, sich und die Familie zu verteidigen: „Wir waren uns sicher, dass es besser ist, wenn man sein eigenes Schicksal nicht kennt, wenn man nicht weiß, dass man nicht alt wird und unter der Last der Verrücktheit zerbricht. Helena war die Einzige, die dir immer wieder die

Wahrheit sagen wollte. Aber wir hatten als Familie entschlossen, es geheim zu halten. Vielleicht war es die falsche Entscheidung, Nelly."

Bitter erwiderte ich, dass es eine Krankheit war und man nicht *verrückt* wurde. Aber dann besann ich mich und rief mir ins Gedächtnis, wie unaufgeklärt meine Familie in der Vergangenheit gelebt hatte und dass es schwer sein würde, manche ihrer Ansichten zu ändern. Also beließ ich es dabei.

Nach diesem Telefonat konnte und wollte ich ihnen schließlich verzeihen und es herrschte wieder ein reger Austausch zwischen Südafrika und Deutschland. Nun freute ich mich auf ihren Besuch.

## 32.

## Weihnachten 2016, Oberursel, Deutschland

Mittlerweile sitze ich im Rollstuhl. Zwar kann ich an ruhigen Tagen noch laufen, aber man kann nie wissen, wann sich meine Beine selbstständig machen und mich zu Boden werfen. Um weitere Knochenbrüche zu vermeiden, von denen ich durch die häufigen Stürze in den letzten Jahren Dutzende erleiden musste, habe ich mich vor einigen Monaten für den Rollstuhl entschieden.

Diesen Sommer haben wir auf Usedom verbracht, wo unser Ferienhaus steht. Erst Anfang September sind wir zurückgekehrt, weil die Kinder wieder zur Schule mussten.

Mein Körper ist mittlerweile richtig ausgemergelt, weil die zuckenden Bewegungen viele Kalorien verbrauchen und ich seit einiger Zeit Schluckbeschwerden habe, die mir das Essen erschweren.

Außenstehende haben Timo immer wieder vorgeschlagen, mich in ein Pflegeheim zu geben. Aber im Großen und Ganzen kommen wir trotz allem sehr gut zurecht. Timo kümmert sich mit großer Fürsorge um die Kinder, und weil wir um die begrenzte Zeit wissen, die uns noch bleibt, genießen wir jede Stunde, die wir als Familie zusammen verbringen können.

Trotzdem ist es schwer für die Kinder, all das mit ansehen zu müssen. Manchmal verstehe ich, warum mein Vater sich umgebracht hat. Das Leben mit Chorea Huntington ist nicht nur schwer, es ist oft unerträglich. Besonders dann, wenn man merkt, dass wieder ein Symptom dazu kommt und man gleichzeitig weiß, dass man sich von all dem nie wieder erholen wird. Benno wollte diesem Schicksal entgehen, und ich kann das nachvollziehen. Aber ich will bis zum Schluss durchhalten, will bei meiner Familie sein, so lange es geht.

Heute ist der 23. Dezember, und so wie jedes Jahr hoffe ich, dass es nicht mein letztes Weihnachten ist.

Die Balewas sind in den letzten Jahren immer zu Weihnachten nach Deutschland gekommen, außer im Jahr 2013. Da ist kurz zuvor Nelson Mandela gestorben, und weil dieser Mann der Retter und somit fast ein Heiliger für meine Familie war, entschieden sie in jenem Jahr, zu Hause zu bleiben. Helena ist in der Zwischenzeit auch verstorben. Die anderen versuchen, jedes Jahr nach Deutschland zu reisen. Nicht immer schaffen sie es alle, aber einige von ihnen sind immer da, um Zeit mit uns zu verbringen.

Ich sitze im Wohnzimmer und schaue mit glänzenden Augen den Weihnachtsbaum an, den Timo mit den Kindern geschmückt hat. Er reicht bis hoch zur Decke und ächzt fast unter der Last der roten Glaskugeln, Schleifen und des goldenen Lamettas.

Olivia kommt herein und umarmt mich. Dann schauen wir gemeinsam den Baum an, während Jacob zwischen den

Geschenken herum hopst, die schon unter dem Baum bereitliegen. Ich habe Timo gesagt, was er für die Kinder besorgen kann, und er ist losgezogen, weil ich mich mittlerweile in der Öffentlichkeit nicht mehr sonderlich wohlfühle.

Hanna ist vor einer halben Stunde mit Timo zum Flughafen gefahren, um die Balewas abzuholen. Dieses Jahr kommen nur Edward, Wanda und Zola, aber ich freue mich, dass überhaupt jemand von ihnen den Flug auf sich nimmt, um bei uns zu sein. Es geht ihnen gut, alle haben Arbeit, das Haus, in dem jetzt nur noch Edward und Wanda leben, konnten sie grundsanieren. Der Garten ist hübsch angelegt worden, und in allen Räumen stehen neue Möbel. Letztes Jahr hat Wanda mir Fotos gezeigt.

Zola geht es nach wie vor hervorragend. Sie ist jetzt 32 und sehr glücklich mit ihrem Mann, auch wenn sie keine Kinder bekommen wollen, um sie nicht der Gefahr einer HIV-Infektion auszusetzen. Als sie mir das erzählt hat, habe ich mich gefragt, ob ich selbst Kinder bekommen hätte, wenn ich von meinem Erbgut gewusst hätte.

Am nächsten Tag, dem Heiligen Abend, sitzen wir alle gemeinsam am Tisch und machen uns über die von Timo zubereitete Gans her. Ich selbst kann leider nur wenig davon essen, aber den gesunden Appetit meiner Familie zu sehen, reicht mir.

Ich sehe meine Kinder an, die fröhlich mit Wanda und Zola plappern. Sie sind selten so ausgelassen, und ich weiß, dass das meine Schuld ist. Was wird erst mit ihren zarten Seelen passieren, wenn sie erfahren, dass sie möglicherweise

248

selbst diese schreckliche Krankheit in ihrem Blut tragen und ihnen das gleiche Schicksal droht? Timo und ich haben beschlossen, es ihnen bald zu sagen. Sie sind nun alt genug, um sich zu entscheiden. Und wir werden sie dabei unterstützen. Trotz allem bin ich froh, dass die drei da sind. Denn wie könnte ich an ihrer Daseinsberechtigung zweifeln? Sie sind alle drei auf ihre eigene Weise etwas ganz Besonderes. Hanna ist sehr still und bedacht bei allem, was sie tut. Sie liebt Tiere über alles, und manchmal glaube ich, dass sie deren Sprache spricht, denn die Tiere scheinen durch Hannas Anwesenheit oft besänftigt zu werden. Sie geht häufig in das örtliche Tierheim, um dort auszuhelfen, und erzählt mir immer wieder, dass sie einen Hund beruhigen konnte, der alle anderen nur anknurrt und verbellt, und ihn ausführen durfte. Sie will Tierärztin werden.

Olivia ist anders. Sie ist laut, wild und unzähmbar. Sie steckt voller Temperament, spielt ihrem Vater ständig Streiche, was ich persönlich oft sehr kreativ finde, Timo aber manchmal zur Verzweiflung bringt. Außerdem redet sie fast pausenlos.

Jacob ist eine Mischung aus den Temperamenten seiner beiden älteren Schwestern. Er kann mit Olivia toben, sitzt aber oft auch einfach mit Hanna vor Leos Körbchen, und dann kuscheln die drei innig. Jacob ist sehr intelligent und hat für sein Alter eine enorme Beobachtungsgabe. Er sieht und bemerkt oft Dinge, die keinem anderen auffallen würden. Ich glaube, dass er einmal einen Beruf wählt, in dem er sehr erfolgreich werden wird.

Also, wie sollte ich es bereuen, Kinder bekommen zu

haben? Unsere Familie ist voll von Liebe. Sogar meine Krankheit und mein sich verändernder Charakter haben diese Liebe nicht trüben können. Wir sind zusammen, und das ist das, was zählt. Ich habe einmal darüber gelesen, dass es einen gewaltigen Unterschied zwischen Dingen gibt, die wichtig sind und denen, die zählen. Was das bedeutet, habe ich während des ständigen Aufs und Abs meines Lebens gelernt. Nichts von dem, was passiert ist, bereue ich. Trotzdem frage ich mich oft, wie sich mein Leben entwickelt hätte, wenn manche Dinge anders gelaufen wären. Hätte ich gerne wissen wollen, welches Schicksal mich ereilen wird? Wie hätte ich mein Leben gestaltet, wenn ich es gewusst hätte?

Alle, mein Vater, meine Mutter, die ganze Familie Balewa, haben davon gewusst. Mein Vater hat uns deshalb sogar im Stich gelassen, weil er es nicht ertragen konnte, dass er derjenige war, der mir diese Bürde auferlegt hatte. Und die Balewas wussten die ganze Zeit, dass Benno ein Kind in Deutschland hatte, das mit dem *Fluch* belastet ist.

Trotzdem haben sie alle es vorgezogen, mich in Unwissenheit zu lassen. Sie haben alle in dem Glauben gelebt, es nur gut mit mir zu meinen, indem sie mir die bittere Wahrheit über Jahre hinweg verschwiegen. Heute kann ich ihnen verzeihen, denn hin und wieder frage ich mich, ob sie damit vielleicht sogar recht hatten.

Wir werden es unseren Kindern bald sagen, denn wir wollen sie nicht belügen. Doch ist es nicht vielleicht doch besser, sie in Unwissenheit zu lassen? Selbst wenn sie sich nicht testen lassen, werden sie sich ihr Leben lang fragen, ob sie die Krankheit in sich tragen oder nicht. Sie werden vor einem Problem stehen, das praktisch unlösbar ist: wissen oder nicht wissen?

Was wäre gewesen, wenn ich es gewusst hätte? Wenn mein Vater es mir damals, an meinem fünfzehnten Geburtstag, gesagt hätte? Hätte ich dann überhaupt Kinder bekommen? Was wäre anders gelaufen in meinem Leben? Und vor allem, wäre es wirklich besser gewesen?

# 2. Leben

# 1.

## Sommer 1986, Oberursel, Deutschland

Wir saßen zu zweit auf meinem Bett, krümelten mit dem Kuchen auf die Matratze, plauderten und ließen den Tag ganz gemütlich angehen.

Plötzlich klingelte das Telefon. Meine Mutter tätschelte mir den Rücken und sagte: „Na los, am besten nimmst gleich du den Anruf entgegen. Es ist bestimmt die Verwandtschaft, die dir gratulieren will."

Ich verdrehte die Augen beim Gedanken an die öde Tante Edda und wischte mir die Kuchenkrümel vom Mund, als ich die Treppe zum Büro meiner Mutter hinunterlief, absichtlich langsam, um den ausschweifenden Geschichten über die letzte Darm-OP aus dem Weg zu gehen. Aber das Telefon klingelte schrill weiter. Also nahm ich widerwillig den orangefarbenen Hörer von der Gabel.

„Cornelia Balewa!", sagte ich und machte mich schon auf die nervtötende Stimme von Tante Edda gefasst.

Zuerst hörte ich gar nichts. Nur Atmen. Doch dann räusperte sich jemand. Ein Mann.

„Cornelia, hier ist dein Vater."

Mein Puls beschleunigte sich, und mein Gesicht wurde heiß. In meinem gesamten Leben hatte ich nichts gehört von meinem Vater, der in Südafrika lebte. Und jetzt, hier und heute, an meinem fünfzehnten Geburtstag, hörte ich zum ersten Mal seine Stimme. Ich hatte das Gefühl, dass meine Beine unter mir nachgaben, also setzte ich mich rasch auf den Bürostuhl, der neben mir stand, und atmete tief durch. Ich versuchte, das Durcheinander, das auf einmal in meinem Kopf herrschte, binnen Sekunden zu ordnen. *Du kannst später darüber nachdenken,* befahl ich mir selbst. *Jetzt sag etwas zu ihm!*

„Cornelia? Bist du noch dran?"

Mit Mühe widerstand ich dem Impuls, einfach aufzulegen. Irgendetwas tief in mir sagte, dass ich das nicht tun sollte.

Endlich fand ich meine Stimme wieder: „Ja, ich bin noch dran."

Nachdem ich aufgelegt hatte, hörte ich, wie meine Mutter sachte an die Tür klopfte, die ich zu Beginn des Gesprächs sorgsam geschlossen hatte, damit meine Mutter nicht auf die Idee kam, hereinzuplatzen.

„Nelly? Alles in Ordnung da drin?", fragte sie.

Aber ich konnte ihr nicht antworten. Das, was mir mein Vater soeben berichtet hatte, hatte innerhalb weniger Sekunden alles verändert.

Meine Mutter öffnete die Tür und steckte ihren Kopf durch den Spalt.

„Wer war das, Liebling? Ist etwas passiert?" Sie schien sich große Sorgen zu machen, das konnte ich an ihrem Gesichtsausdruck sehen.

Noch immer saß ich auf dem Stuhl vor dem Schreibtisch, die Hand noch auf dem Hörer, der jetzt wieder auf der Gabel lag. Genau da, wo er vor wenigen Minuten gelegen hatte, als meine Welt noch in Ordnung gewesen war.

Meine Mutter kam näher und kniete sich vor mich auf den Boden. Sie sah mir tief in die Augen. Und da konnte ich nicht anders:

Ich brach in Tränen aus, wurde von meinen Schluchzern geschüttelt und fiel in ihre Arme. Sie streichelte mir sanft übers Haar und wiegte mich hin und her.

Nach einer kleinen Ewigkeit konnte ich mich ein wenig beruhigen. Den Kopf noch immer auf ihrer Schulter ruhend, sagte ich: „Das war mein Vater."

Ich spürte, wie sie scharf Luft holte und ahnte, was dieser Anruf auch für sie bedeuten würde.

„Dein Vater? Benno? Er hat … Er hat …" Mehr brachte te sie nicht heraus.

Also richtete ich mich auf und sah sie an. Wie sollte ich ihr erzählen, was mir mein Vater gerade gesagt hatte? Wie sollten wir das verkraften? Aber ich musste es ihr sagen, es gab keinen anderen Weg. Ich atmete tief ein, und dann sprudelte es aus mir heraus. „Er hat eine Krankheit, irgendetwas, wodurch man verrückt wird. Und er hat gesagt, dass ich diese Krankheit geerbt habe. Man stirbt an dieser Krankheit, Mama. Ich hab solche Angst!"

Wieder löste ich mich in Tränen auf, und wieder tröstete mich meine Mutter mit einer Ruhe, die sie in diesem Moment all ihre Kraft kosten musste.

Eine Stunde später saßen wir in dem kleinen Café in der Stadt, in das wir immer gingen, wenn ein besonderer Tag war. Wir aßen süße Teilchen, ich trank einen Kakao und meine Mutter einen starken Kaffee.

„So, jetzt erzähl mir, was dein Vater genau gesagt hat", sagte sie.

Zu Hause hatte ich mich nicht mehr beruhigen können, und da hatte meine Mutter vorgeschlagen, in dieses Café zu fahren, um in aller Ruhe reden zu können. Der kleine Ausflug sorgte tatsächlich dafür, dass meine Tränen endlich versiegten und sich das Chaos in meinem Kopf wieder etwas löste. Also wiederholte ich, was mein Vater am Telefon gesagt hatte.

„Zuerst hatte ich einen totalen Schock, dass er sich bei mir meldet. Aber irgendwie hab ich mich auch gefreut."

Meine Mutter nickte.

Für sie musste das damals eine absolute Katastrophe gewesen sein, als mein Vater sie mit einem winzigen Baby sitzengelassen hatte. Anfang der Siebzigerjahre war es noch nicht üblich, alleinerziehend zu sein, der Mann über alle Berge.

„Jedenfalls hat er geweint und sich dafür entschuldigt, uns damals alleingelassen zu haben, und gesagt, dass er sich das selbst niemals verzeihen konnte. Dass er aber Angst hatte, weil er, als ich ein paar Wochen alt war, von seinem Vater erfahren hatte, dass er mir etwas Schlimmes vererben würde. Er sagte, es gibt einen Fluch, der seit vielen Generationen auf seiner Familie liegt. Immer abwechselnd sind Männer und Frauen betroffen. Sein Großvater hatte es, seine Mutter und jetzt sein Bruder und er. Sein Bruder hat sich deswegen sogar das Leben genommen! Und die nächste Generation bin ich. Weil ich ein Mädchen bin, bekomme ich es. Man wird irgendwann verrückt, verändert sich total, vergisst alles, magert ab und bewegt sich wie jemand, der sich nicht mehr unter Kontrolle hat. So war es wohl bei seiner Mutter. Und am Ende stirbt man daran. Mama, was soll das bedeuten? Ich meine, es gibt doch keine Flüche, oder?"

Zu meiner Erleichterung schüttelte sie den Kopf.

„Nein, Nelly, so etwas gibt es nicht. Aber vielleicht gibt es in den Genen seiner Familie eine Erbkrankheit, die sich von einer Generation auf die nächste überträgt. Was hat er noch gesagt, Nelly?" Ihre Stimme bebte.

Ich schluckte und fuhr fort: „Er möchte, dass ich nach Südafrika komme, so schnell ich kann, damit wir uns kennenlernen können. Wahrscheinlich wird er nicht mehr lange leben, weil die Krankheit bei ihm ausgebrochen ist. Deshalb wünscht er sich, dass wir uns kennenlernen und dass er mich auf das vorbereiten kann, was mich erwartet."

„Und möchtest du das?"

Ich überlegte kurz, kam aber schnell zu dem Schluss, dass ich wissen wollte, wer mein Vater war.

„Ja, ich möchte ihn gerne kennenlernen. Aber ich hab auch Angst davor, was er mir über diese Krankheit erzählen wird."

Meine Mutter nahm meine Hand und drückte sie.

„Wir werden sofort einen Termin bei einem Spezialisten machen und uns aufklären lassen, was dieser *Fluch* in Wahrheit ist und ob du wirklich davon betroffen sein könntest.

259

Einverstanden?"

Ich war froh, dass meine Mutter so stark war. Niemals gab sie auf, und sie versuchte immer alles, um Probleme zu lösen.

Zuerst versuchten wir es bei unserem Hausarzt. Doch der druckste nur herum und versuchte, sein Unvermögen, dieser Krankheit einen Namen zu geben, mit ausschweifendem Gerede zu übertünchen. Er brachte Schizophrenie, frühe Demenz und Alkoholismus zur Sprache. Doch damit wollten wir uns nicht zufriedengeben und suchten schließlich einen Neurologen auf.

Eine Woche später saßen wir in seinem Wartezimmer. Es war überfüllt, und wir richteten uns auf eine längere Wartezeit ein. Von Minuten zu Minute wurde ich nervöser.

Nach dem Anruf von meinem Vater hatte meine Mutter vorgeschlagen, die Geburtstagsfeier, die am Nachmittag stattfinden sollte, abzusagen. Doch das wollte ich nicht. Obwohl mein Leben plötzlich völlig aus den Fugen geraten war – oder vielleicht gerade deswegen – wollte ich zumindest ein wenig Normalität beibehalten. Wollte nach außen hin den Schein bewahren, dass alles in Ordnung war. Die Ablenkung, die mir meine Freundinnen verschafften, tat mir gut, und ich vergaß an diesem Abend fast, was passiert war und was ich erfahren hatte.

Am darauffolgenden Tag buchte meine Mutter einen Flug für uns beide von Frankfurt nach Kapstadt. Mein Vater hatte mir seine Adresse und die Telefonnummer eines

Nachbarn gegeben, unter der ich ihn im Notfall erreichen konnte. Er selbst besaß kein Telefon.

Die Reise sollte in einem Monat beginnen, zwei Wochen wollten wir dort verbringen. Als Unterkunft hatte meine Mutter ein Hotelzimmer in der Kapstädter Innenstadt reservieren lassen.

Wir hofften, dass uns der Neurologe heute mehr sagen konnte und wir bis zu unserer Reise nach Südafrika mehr über diesen ominösen *Fluch* wissen würden.

Nach fast zwei Stunden Wartezeit durften wir endlich in das Sprechzimmer des Arztes.

Abwechselnd erklärten wir ihm unsere Situation, was ihn ein wenig zu verwirren schien. Aber das konnte man ihm wohl nicht verdenken. Zwar erwähnten wir nicht das Wort *Fluch*, aber dass wir keine Ahnung hatten, von welcher Krankheit die Familie befallen war, und dass mein Vater vermutete, dass diese Krankheit stets abwechselnd bei Männer und Frauen zuschlug, ließ ihn sogar ein wenig schmunzeln.

„Also in dieser Hinsicht, kann ich Sie schon mal beruhigen, Frau Balewa. Wenn es tatsächlich eine Erbkrankheit ist, von der wir hier sprechen, ist eine abwechselnde Übertragung zwischen den Geschlechtern ausgeschlossen. Dann muss das bisher Zufall gewesen sein. Es gibt in der Tat Erbkrankheiten, die sich vorwiegend auf eines der beiden Geschlechter weitervererben, aber einmal Mann, einmal Frau, das gibt es nicht. Und da die Schwester Ihres Vaters offenbar nicht erkrankt ist, können wir auch ausschließen, dass die Vererbung jeden Nachkommen betrifft."

Ich ließ mich in dem gepolsterten Stuhl zurückfallen. So weit, so gut. Zumindest wusste ich jetzt, dass ich nicht mit Sicherheit an dieser Krankheit sterben würde.

In den folgenden zehn Minuten beschrieben wir dem Neurologen die Symptome, die mein Vater erwähnt hatte. Außerdem erzählten wir, dass der Bruder meines Vaters ebenfalls Symptome hatte und sich daraufhin das Leben genommen hatte.

Als wir mit unserer Schilderung fertig waren, nahm der Arzt seine Brille von der Nase, putzte sie kurz mit einem Taschentuch, rieb sich über die Augen und setzte die Brille wieder auf. Dann sah er uns mit offenem Blick an. Meine Mutter und ich starrten zurück. Ich spürte, wie meine Mutter meine Hand nahm. Wir wussten, dass er dem *Fluch* gleich einen Namen geben würde.

„Frau Balewa, die Symptome, die sie beschreiben, passen ziemlich eindeutig zu einer Krankheit, die sich *Veitstanz* nennt. Mittlerweile ist aber auch der Name *Chorea Huntington* üblich, da diese erbliche Krankheit von einem Arzt Namens George Huntington beschrieben wurde. Wenn ein Mensch Träger ist, und dabei können die Nachkommen eines Betroffenen zu fünfzig Prozent ebenfalls Träger sein, verkümmern Nervenzellen im Gehirn, lösen sich also mehr oder weniger auf, und das führt dann zu Problemen wie Vergesslichkeit, Sprachstörungen, Veränderung der Persönlichkeit und zu Zuckungen der Muskeln, was später zu enormen Bewegungsstürmen einzelner Teile des Körpers, wie Gesicht, Beine oder Arme, führen kann. Auch der

Selbstmord ihres Onkels passt zu dem Gesamtbild, denn oft sind die Betroffenen selbstmordgefährdet, vor allem dann, wenn sie die Krankheit bei einem Elternteil miterlebt haben und wissen, was auf sie zukommt."

Erst als der Arzt endlich verstummte, merkte ich, dass ich so intensiv an meinem Fingernagel gekaut hatte, dass er schon ganz blutig war. Ich wusste nicht, was ich sagen sollte. Auch meine Mutter schien in Schockstarre verfallen zu sein. Der Arzt räusperte sich.

„Leider muss ich Ihnen sagen, dass es bisher weder eine Möglichkeit gibt, den Veitstanz zu heilen, noch festzustellen, ob Sie Trägerin sind oder nicht. Die ersten Symptome treten meist zwischen dem 30. und 40. Lebensjahr auf. Wenn bis es bei Ihnen so weit ist, keine Genanalyse entwickelt worden ist, also das Gen, das für den Veitstanz verantwortlich ist, entdeckt wurde, müssen Sie wohl oder übel abwarten, bis Sie in das entsprechende Alter kommen."

## 2.

## Sommer und Winter 1986, Oberursel, Deutschland, und Kapstadt, Südafrika

Schweigend saßen meine Mutter und ich uns gegenüber und stocherten lustlos in unserem Essen herum. Sie hatte gedacht, dass sie mir eine Freude machen würde, wenn sie mich nach diesen furchtbaren Neuigkeiten schick zum Essen ausführen würde. Wir waren in die Frankfurter Innenstadt gefahren und in ein teures Restaurant gegangen, in dem ich mich sofort unwohl fühlte. Aber ich sagte nichts, ich war zu sehr mit meinen Gedanken beschäftigt. Was sollte ich nun mit dieser Information anfangen? Würde ich noch vor meiner Rente sterben? Würde ich in zwanzig Jahren verrückt werden, die Kontrolle über mich verlieren? Oder war ich möglicherweise gar nicht betroffen?

Meine Mutter unterbrach meine Gedanken.

„Schatz, vielleicht ist es ja gut so, dass du nicht weißt, ob du das Gen von deinem Vater geerbt hast oder nicht."

Ich starrte sie an.

„Warum sollte das gut sein?"

Sie schluckte, ich merkte, wie hart sie mit diesen jüngsten Ereignissen zu kämpfen hatte.

„Nun ja, stell dir vor, du weißt, dass du nicht alt wirst

und eines Tages diese schrecklichen Symptome bekommst. Wie, in aller Welt, sollst du denn mit diesem Wissen leben? Meinst du nicht, dass Unwissenheit ein Segen ist?"

Ich legte mein Besteck auf den Teller, auf dem das Essen langsam kalt wurde. Kurz dachte ich nach. Doch dann schüttelte ich energisch den Kopf.

„Nein, das denke ich nicht. Ich muss doch wissen, was auf mich zukommt. Vielleicht würde ich mein Leben dann komplett anders gestalten!"

Dann kam mir ein grausamer Gedanke.

„Ich darf keine Kinder kriegen!"

Jetzt legte auch meine Mutter ihr Messer und ihre Gabel auf den Tisch und nahm einen kräftigen Schluck Weißwein. Offenbar hatte auch sie noch nicht darüber nachgedacht.

„Schon allein deswegen muss ich es wissen!"

Einige Minuten schwiegen wir, jeder hing seinen eigenen, quälenden Gedanken nach. Irgendwann sagte meine Mutter: „Es ist müßig, darüber nachzudenken, ob du es wissen sollst oder nicht. Schließlich gibt es keinen Test, und solange das so bleibt, müssen wir damit leben, dass es nur eventuell so sein wird."

Damit wir meinen Vater in Südafrika besuchen konnten, hatte meine Mutter für mich einen Antrag auf Schulbefreiung gestellt, und so standen wir Ende September am Flughafen von Kapstadt und hielten Ausschau nach Benno, der uns abholen wollte.

Meine Gefühle fuhren seit Stunden Achterbahn, und ich ahnte, dass es meiner Mutter genauso ging. Benno war ihre große und einzige, richtige Liebe gewesen. In meinem ganzen Leben hatte ich kein Mal mitbekommen, dass sie sich mit einem anderen Mann getroffen hatte. Wahrscheinlich wusste sie, dass sie nie wieder jemanden so lieben könnte wie ihn.

Sie war nervös, offensichtlich noch nervöser als ich, als wir von der Gepäckausgabe zum Ausgang gingen. Alle drei Sekunden zählte sie unsere Koffer und Taschen nach, kontrollierte, ob wir auch wirklich alles bei uns hatten. Ständig fuhr sie sich mit der Hand durch die Haare. Ich dachte daran, was wäre, wenn mein Vater eine neue Frau hätte. Ich ging davon aus, dass er keine weiteren Kinder hatte, nachdem er meine Mutter und mich alleingelassen hatte. Aber eine neue Frau an seiner Seite war nicht ausgeschlossen. Ich befürchtete, dass dies meiner Mutter einen Stich versetzen würde.

Plötzlich merkte ich, dass sie neben mir anfing, wie wild zu winken. Anscheinend hatte sie meinen Vater entdeckt. Mein Puls beschleunigte sich. Jetzt würde ich ihn zu ersten Mal sehen. Ich folgte ihrem Blick und entdeckte ihn schnell, weil ich ihn von Fotos kannte. In Wirklichkeit sah er noch besser aus als auf den wenigen Fotos. Er war sehr groß, bestimmt einen Meter neunzig, hatte dichtes schwarzes Haar und einen Teint, der mich an Vollmilchschokolade erinnerte. Seine dunklen Augen suchten die Menschenmenge nach uns ab, und als er meine winkende Mutter entdeckte, sah ich, obwohl er bestimmt noch zwanzig Meter von uns entfernt war, einen Ausdruck auf seinem Gesicht, der zugleich Schmerz und Liebe verriet. Mein Herz flog ihm augenblicklich zu.

Die folgende Begrüßung war seltsam. Am liebsten wollten wir uns glücklich in die Arme fallen, aber die Hemmschwelle war zu groß. Sofort war eine Nähe zwischen uns zu spüren, auf der anderen Seite aber auch eine Beklommenheit, die uns daran erinnerte, dass wir doch Fremde waren. Selbst mein Vater und meine Mutter schienen diesen Zwiespalt zu spüren, sie gaben sich zögerlich die Hand, sahen sich lange an und umarmten sich dann unbeholfen.

Als sich mein Vater mir zuwendete, stiegen Tränen in seine Augen.

„Es tut mir so leid", murmelte er in gebrochenem Deutsch und zog mich in seine Arme. Ich war überwältigt von meinen Gefühlen. Das war also mein Vater … Mein Vater, den ich mein Leben lang vermisst hatte, von dem ich so oft geträumt und mir vorgestellt hatte, wie er wohl war. Mein Vater, den ich aber auch gehasst hatte, dafür, dass er meine Mutter mit ihrem Baby hatte sitzen lassen und dafür, dass er niemals für mich da gewesen war. Und jetzt, da ich den Grund für sein Verschwinden kannte, wusste ich nicht, ob es dieses Gefühl besser oder schlechter machte.

Doch für den Moment wollte und konnte ich nicht weiter darüber nachdenken. Mein Vater legte den Arm um meine Schulter und führte meine Mutter und mich zu einem Taxi. Dann half er uns, das viele Gepäck im Kofferraum zu verstauen und erklärte uns, dass er selbst mit dem Bus fahren würde. Verwirrt sah ich ihn an. „Warum fährst du nicht mit uns?", fragte ich. „Wir passen doch alle in das Taxi!"

Er schüttelte den Kopf und warf meiner Mutter einen seltsamen Blick zu, so als schämte er sich.

„Das geht leider nicht. Ihr könnt mit diesem Taxi fahren, ich muss den Bus nehmen. Ich werde dir das später erklären, Cornelia. Deine Mutter hat die Adresse von eurem Hotel. Ich komme auch dorthin und warte, bis ihr euch eingerichtet habt und dann fahren wir zu meinem Haus, einverstanden?"

Ich nahm das erst einmal so hin, war aber gespannt auf die Erklärung für sein seltsames Verhalten.

Bevor ich die Taxitür zuschlug, hielt ich kurz inne.

„Benno? Du kannst mich Nelly nennen", sagte ich schüchtern. Er lächelte mich an.

„Okay, Nelly, und du kannst mich Dad nennen, wenn du das möchtest."

„Okay, Dad." Dann schloss ich die Tür, und das Taxi fuhr los.

Kapstadt war wunderschön. Die Stadt lag zwischen dem Meer mit seinen gigantischen Wellen und einer Bergkette, die sich steil hinter den Häusern nach oben zog.

„Das dort ist der Tafelberg", sagte meine Mutter und deutete auf den beeindruckenden Berg, der oben ein riesiges, flaches Plateau hatte, das bis in die Wolken reichte. Meine Mutter fuhr mit ihren Erläuterungen fort: „Der Berg wird Tafelberg genannt, weil sein Plateau fast immer tief in Wolken getaucht ist und es dadurch so wirkt, als sei der Berg ein Tisch mit einem Tischtuch, wie eine feine Tafel."

Die Stadt wirkte auf mich sehr grün, überall ragten Bäume auf, und große Grünflächen waren angelegt worden.

268

Doch plötzlich sah ich etwas, das im harten Gegensatz zu dieser Schönheit stand: Eine gigantische, staubige Fläche, die mit hunderten von Hütten aus Schrott bedeckt war. Ohne jeglichen Platz dazwischen standen diese Hütten dort und wirkten, als würden sie jeden Moment in sich zusammenfallen. Die Menschen, die sich an diesem Ort herumtrieben, waren ohne Ausnahme schwarzer Hautfarbe.

Anscheinend bemerkte meine Mutter meinen Blick. Sie nahm meine Hand und sagte: „Das sind die Townships. Hier in Südafrika herrscht leider seit vielen Jahren Rassentrennung, was zur völligen Verarmung von schwarzen und farbigen Menschen geführt hat. Ich habe dir früher einmal ein wenig davon erzählt. Aber ich hatte keine Ahnung, wie stark man die Apartheid, so nennt sich dieses Regime, vor Ort bemerken würde."

Ich konnte nicht antworten und starrte nur voller Entsetzen auf dieses Armenviertel. So etwas kannte ich nicht, so etwas hatte ich noch nie zuvor gesehen.

Meine Mutter fuhr fort: „Das war auch, was dein Vater vorhin gemeint hat. Soviel ich weiß, ist es schwarzen und farbigen Menschen hier in Südafrika nicht erlaubt, mit den gleichen Taxis oder Bussen zu fahren wie die weißen Menschen. Daher wollte er, dass wir allein fahren."

„Also ist Dad auch arm? Lebt er auch in so einem Viertel?"

Meine Mutter zuckte nur mit den Schultern.

„Das weiß ich leider nicht, Schatz. Ich hoffe nicht."

Sie schaute aus dem Fenster, und ich verstand, dass sie selbst versuchte, ihre Erschütterung über den Anblick der

Townships und ihre Angst, dass auch Benno dort leben könnte, in den Griff zu bekommen.

Zu unserer großen Erleichterung lebte mein Vater mit seiner Familie nicht in den Townships. Zwar glich das Haus, in dem sie zu neunt wohnten, ebenfalls einer Bruchbude und stand im krassen Gegensatz zu dem, was ich von zu Hause gewohnt war, aber es war in Ordnung. Es hatte ein richtiges Dach, eine Haustür und sogar einige Zimmer sowie eine zweckmäßig ausgestattete Küche.

Gleich am ersten Abend lernte ich die Familie meines Vaters und somit auch meine Familie kennen.

Tante Helena, meine Cousins Edward und Miriam, Wanda und die Kinder schloss ich sofort in mein Herz. Mein Großvater Jacob war eher distanziert, und man merkte sofort, dass er ein Problem mit meiner Mutter und mir hatte. Aber er war trotzdem höflich, und da er zusammen mit meinem Vater ein paar Jahre in Deutschland gewesen war, sprach er sogar in unserer Muttersprache mit uns.

An diesem ersten Abend wollte keiner über die Krankheit sprechen, die Freude des gegenseitigen Kennenlernens überwog. Meine Mutter und ich erzählten viel von unserem Leben in Deutschland, und die anderen hingen förmlich an unseren Lippen. Oft erwischte ich meinen Vater dabei, wie er mich oder meine Mutter anstarrte, so als könne er nicht glauben, dass wir endlich wieder bei ihm waren. Bei diesem Gedanken wurde mir ganz warm ums Herz. Schon nach wenigen Stunden spürte ich, dass es ein starkes Band zwischen uns drei gab.

Nach dem Abendessen verabschiedeten wir uns, und mein Vater versprach, uns am nächsten Nachmittag, gleich nach der Arbeit an unserem Hotel abzuholen.

In den folgenden Tagen erkundeten meine Mutter und ich Kapstadt. Teilweise begleitete uns mein Vater, zumindest soweit ihm das zeitlich und auch in Hinsicht auf die Beschränkungen durch die Apartheid möglich war. Ich genoss es so sehr, meinen Vater endlich kennenlernen zu dürfen, dass ich für eine ganze Weile vergaß, was ich noch vor Kurzem erfahren hatte.

Mein Vater war ein bemerkenswerter Mann. Trotz des schweren Schicksals, das er und alle anderen nicht weißen Menschen in Südafrika tragen mussten, hatte er immer gute Laune, schwärmte von seinem Heimatland und war optimistisch, dass sich die politische Lage bald ändern würde. Doch gerade weil er solch eine Stärke ausstrahlte, verstand ich nicht, warum er uns damals verlassen hatte. Ich konnte zu diesem Zeitpunkt noch nicht erahnen, was es für einen Menschen bedeutete, mit ansehen zu müssen, wie jemand, der einem sehr nahestand, an dieser Krankheit zerbrach.

An unserem letzten Abend in Kapstadt luden wir die Familie in ein Restaurant ein. Obwohl die Balewas uns vorwarnten, dass farbige Menschen nicht in jedem Restaurant bedient wurden, wagten wir es dennoch. Zu unserem großen Glück fanden wir ein kleines Fischrestaurant, in dem die Bedienung aufgeschlossen war und uns zuvorkommend gegenübertrat. Vermutlich waren auch viele der Weißen mittlerweile gegen die Apartheid.

Die zweijährige Zola, die vierjährige Leya und der sechsjährige Akos benahmen sich, als hätten sie ihr Leben lang nichts anderes getan, als in Restaurants zu Abend zu essen.

„Wahrscheinlich fühlen sie sich wie im Märchen," sagte Wanda, ihre Mutter. Dann blickte sie mich an, und auf einmal wurden ihre Augen traurig. „Es tut mir so leid, dass du niemals Kinder bekommen kannst." Sie tätschelte meine Hand.

Da brach das, was wir nun zwei Wochen lang verdrängt hatten, aus meiner Mutter heraus: „Es ist überhaupt nicht gesagt, dass Nelly diese Krankheit bekommen wird. Wir waren bei einem Spezialisten, und der erklärte uns, dass jeder Nachkomme eines Betroffenen die Krankheit zu fünfzig Prozent erben kann. Egal ob Frau oder Mann. Und woher weißt du überhaupt, dass du die Krankheit hast, Benno? Du bist doch kerngesund!" Sie schaute ihn erwartungsvoll an, und mir wurde bewusst, dass sie sich an die Hoffnung klammerte, dass mein Vater sich getäuscht hatte und selbst nicht Träger des Gens war.

Alle schwiegen betreten, nur mein Großvater wurde plötzlich ganz rot im Gesicht. Er öffnete den Mund und wollte etwas sagen, aber dann schloss er ihn wieder und starrte auf seinen leeren Teller.

Es kam mir wie eine Ewigkeit vor, in der niemand ein Wort sprach. Endlich räusperte sich mein Vater.

„Nelly, ich habe bei meiner Mutter gesehen, wie all das angefangen hat. Und ich habe es auch bei meinem Bruder gesehen, der wenige Jahre, nachdem es angefangen hatte, beschloss, seinem Leben ein Ende zu setzen, bevor er die gleichen Qualen leiden musste. Ich werde zunehmend vergesslicher, habe starke Stimmungsschwankungen und vor allem, und das ist das eindeutigste Zeichen, bekomme ich kleine Zuckungen in meiner Hand und in meinem Gesicht. Euch mag es vielleicht nicht aufgefallen sein, aber ich weiß genau, wie sich der Fluch anfänglich bemerkbar macht. Jeder Mann meiner Generation hat es bekommen, und in der nächsten Generation wird es die Frauen treffen. So ist das seit vielen Jahren in dieser Familie."

Plötzlich schämte ich mich fast für die törichte Naivität meiner Familie.

„Der Arzt hat uns gesagt, dass jedes Kind eines Erkrankten es bekommen kann."

Alle Blicke waren auf mich gerichtet, und ich sah, wie meine Tante Helena kreidebleich wurde.

„Willst du damit sagen, dass ich es auch bekommen kann?"

Ich erschrak, als mein Großvater aufsprang und rief: „Ihr seid doch schon verrückt. Wenn ihr weiter so sprecht, werden wir den Fluch nie los!"

Mit diesen Worten verließ er das Restaurant.

Helena beachtete ihn nicht weiter und hakte nach. „Nelly? Bitte sag mir, was genau du weißt! Du und deine Mutter, ihr stammt aus einem aufgeklärten Land. Haben wir den Fluch falsch verstanden?"

Mir war das plötzlich alles zu viel. Wie sollte ich diesen Menschen, die seit Jahrzehnten glaubten, verflucht zu sein, erklären, dass sie es mit einer biologisch erklärbaren Krankheit zu tun hatten?

Zum Glück rettete mich meine Mutter, indem sie das Wort ergriff. Sie beschrieb in aller Ruhe, wie die menschliche Vererbung funktionierte und dass hin und wieder Fehler an einem Gen vorkamen, die zu solchen Krankheiten führen konnten. Dass die Medizin in diesem Bereich bereits viel geforscht hatte und man die Vererbungsregeln kannte.

„Daher ist es bewiesen, dass diese Krankheit, die eure Familie in jeder Generation belastet, sowohl auf die Töchter als auch auf die Söhne übertragbar ist. Es ist nur Zufall, dass es in den letzten Generationen bei euch immer nur eine Seite abbekommen hat."

Als meine Tante Helena zu zittern begann und Wanda ihre drei Kinder an sich drückte, fügte ich schnell hinzu.

„Wir können euch aber beruhigen. Die ersten Symptome treten normalerweise zwischen dem dreißigsten und vierzigsten Lebensjahr auf. Da du schon Ende vierzig bist, Tante Helena, ist es ziemlich unwahrscheinlich, dass du die Krankheit, die sich übrigens Chorea Huntington nennt, geerbt hast. Und damit habt ihr es alle nicht."

Ich warf meinem Vater einen Blick zu. Da wurde mir klar, dass er und ich zusammenhalten mussten, um dieses schwere Schicksal, das wir vermutlich teilten, zu meistern.

Meinen Großvater sahen wir an diesem Abend nicht mehr. Aber mir war das egal. Sollte er glauben, was er wollte. Da er so oder so etwas gegen uns zu haben schien, legte auch ich keinen Wert auf seine Freundschaft.

Dafür passierte noch ein kleines Wunder, bevor wir nach Deutschland zurückflogen.

Der Abschied von der Familie war schwer. Meine Mutter und ich hatten sie alle lieb gewonnen, und es fiel uns nicht leicht, sie zurückzulassen.

Mein Vater brachte uns am Mittag zum Flughafen. Wieder fuhren wir nicht zusammen und trafen uns stattdessen vor dem Eingang des Flughafengebäudes. Schon auf der Hinfahrt hatte ich bemerkt, dass meine Mutter mit den Tränen kämpfte. Ich ahnte, weswegen.

Ich lag meinem Vater minutenlang in den Armen, und er musste mir versprechen, dass wir uns bald wiedersehen würden.

„Wir haben noch so viel nachzuholen, mein Kind. Und das werden wir auch", flüsterte er mir ins Ohr und wischte mir mit seinem Daumen zärtlich die Tränen von den glühenden Wangen. Als ich mich endlich von ihm lösen konnte, küsste er mich auf die Stirn. Dann bat er mich, schon einmal vorzugehen, da er mit meiner Mutter noch kurz unter vier Augen sprechen wollte. Ich gehorchte, warf meinen Rucksack über die linke Schulter und entfernte mich langsam Richtung Gate. Als ich mich kurz danach umdrehte, um nachzusehen, ob sie nachkam, sah ich, dass meine Mutter und mein Vater sich küssten.

# 3.

## Frühling und Herbst 1989, Oberursel, Deutschland, und Kapstadt, Südafrika

„Auf Nelly!", rief meine Mutter, und die Gläser klirrten, als sie gegeneinanderstießen. Sie drückte mir einen feuchten Kuss auf die Wange, und ich war mir sicher, dass ihr roter Lippenstift einen Fleck auf meiner Haut hinterlassen hatte.

„Ich bin so stolz auf dich, mein Schatz. Eine 1,4! Richtig toll!" Das Abitur war bestanden. Und ich war froh, solch einen guten Notendurchschnitt bekommen zu haben. Schließlich wollte ich meine Eltern stolz machen.

Unser kleiner Garten war fast vollständig mit einem Festzelt zugebaut, in dem mehrere Biertischgarnituren standen. Hier sollte heute eine große Feier für mich stattfinden. Meine Oma und meine Tanten waren natürlich eingeladen, aber auch Svenja und Meike würden mit ihren Familien kommen, um gemeinsam unseren Erfolg zu feiern.

Als ich gerade einige Sektgläser und -flaschen hübsch auf dem kleinen Stehtisch anordnete, der am Zelteingang für den Empfang bereitstand, standen plötzlich mein Vater und meine Mutter hinter mir und schauten mich feierlich an.

Nachdem sich die beiden am Flughafen von Kapstadt

geküsst hatten, waren meine Mutter und ich vorerst allein zurück nach Deutschland geflogen. Sie gestand mir, dass ihr in dem Augenblick, als sie Benno wiedergesehen hatte, klar geworden war, dass sie ihn noch genauso liebte wie damals.

Viele Briefe, Telefonate und einen weiteren Besuch in Kapstadt später, beschloss mein Vater, zu uns zurückzukehren. Es fiel ihm zuerst schwer, seine Familie dortzulassen. Aber Edward versprach, sich um alle zu kümmern, und Tante Helena redete Benno immer wieder zu, dass er nun endlich bei seiner Frau und seiner Tochter sein musste. Obwohl Großvater Jacob dagegen war, entschied sich Benno schließlich und kam nach Frankfurt, fast ein Jahr, nachdem ich ihn kennengelernt hatte. Meine Eltern waren überglücklich, wieder zusammen zu sein. Auch mir gegenüber zeigte sich mein Vater von seiner besten Seite, und ich merkte deutlich, dass er sein schlechtes Gewissen zu bereinigen versuchte, indem er mich mit Liebe überschüttete.

Aber seine Krankheit wurde mit der Zeit immer deutlicher. Hin und wieder schien er verwirrt zu sein, vergaß deutsche Wörter und wechselte daher immer öfter ins Englische. Er wurde ungeschickt, und die Zuckungen in Armen, Beinen und im Gesicht waren nicht mehr zu übersehen. Dennoch gelang es uns, die Zeit zu genießen, die uns geschenkt war. Wir unternahmen viel und holten nach, worauf wir so lange hatten verzichten müssen: ein Familienleben. Benno fand trotz seiner Krankheit eine Anstellung im Lager einer großen Firma. Er verdiente dort nicht viel, aber es tat ihm gut, etwas zur Familienkasse beizutragen, obwohl meine Mutter als Redakteurin einer bekannten Zeitschrift gut verdiente.

„Wir wollten dir das hier geben. Noch einmal herzlichen Glückwunsch zum bestandenen Abitur!"

Mein Vater reichte mir ein kleines, hölzernes Kästchen. Es war wunderschön. Das Holz war dunkel und hatte eine auffällige Maserung. Ich strich mit dem Finger über die samtweiche Oberfläche, die mit vielen hübschen Schnitzereien bearbeitet worden war.

„Mein Großvater hat es geschnitzt. Als er starb, hat er es meiner Mutter geschenkt. Sie hat es an mich weitergegeben, als sie immer kränker wurde. Und jetzt gebe ich es dir. Es ist aus Ebenholz. Bewahre darin Dinge auf, die dir am Herzen liegen."

Ich war hingerissen. Ein weiteres Erbstück der Familie Balewa, ein schönes diesmal, kein kaputtes Gen.

„Danke, Dad. Das ist … Wow, ich weiß gar nicht, was ich sagen soll."

„Mach es auf!", sagte meine Mutter erwartungsvoll.

Vorsichtig öffnete ich das Kästchen, das mir jetzt, da ich seine Herkunft kannte, sehr wertvoll erschien.

Darin lag ein Foto von uns dreien: mein Vater, meine Mutter und ich, lachend auf einem großen Felsen sitzend. Das war im vergangenen Sommer bei einem Ausflug in den Taunus gewesen. Man sah uns an, wie froh wir waren, einander wieder zu haben.

„Da ist noch was drin!", sagte meine Mutter ungeduldig.

Also nahm ich das Foto heraus und fand ein Flugticket

von Frankfurt nach Kapstadt.

„Oh toll! Wir besuchen die Familie wieder?", fragte ich und trampelte aufgeregt mit den Füßen.

Mein Vater strahlte mich an, und meine Mutter nickte heftig. „Ja, und nicht nur das. Wir fliegen zusammen nach Kapstadt und besuchen Bennos Familie. Außerdem werden wir gemeinsam den Kruger Nationalpark besuchen. Und danach darfst du allein weiterreisen. Von Südafrika geht es für dich nach Malaysia und Singapur. Und am Ende fliegst du nach Ibiza, wo du Svenja und Meike treffen wirst. Dort verbringt ihr noch eine Woche zusammen und könnt euer Abitur richtig feiern. Ist alles gebucht. Nächste Woche geht's los! Was sagst du?"

Ich fiel meinen Eltern um den Hals. Mit solch einem riesigen Geschenk hatte ich nicht gerechnet. Es musste meine Mutter ein Vermögen gekostet haben.

„Kannst du dir das überhaupt leisten?" Doch meine Mutter winkte ab.

„Ich habe dein ganzes Leben gespart, um dir etwas Schönes ermöglichen zu können. Andere bekommen ein Auto zum Abitur. Aber ich halte es für wichtiger, wenn du etwas von der Welt siehst und dir klar wirst, was du mit deinem Leben machen willst. Okay, ich gebe zu, dass ich mir schon ein wenig Sorgen mache, dich allein loszuschicken. Aber du wirst viel dabei lernen, und da dein Vater und ich schon die Reiseroute geplant haben und alles im Voraus gebucht haben, sollte nichts schiefgehen. Aber du musst uns versprechen, dass du da draußen keinen Blödsinn machst und auf dich aufpasst."

Sie drohte mir mit dem Finger, schaute mich dabei jedoch liebevoll an. Ich war dankbar, nicht nur für das Vertrauen, das mir meine Eltern entgegenbrachten, sondern besonders dafür, dass sie für mich da waren. Das Schicksal, das uns wiedervereint hatte, war ein schweres, und hin und wieder holte mich die Angst vor der Zukunft ein. Aber im Moment zählte nur, dass wir zusammen waren. Ich wusste, dass ich sie während meiner Reise schrecklich vermissen würde.

Eine Woche später hievten wir bereits zum dritten Mal unsere Koffer vom Gepäckband am Flughafen von Kapstadt. Wie immer sahen uns die Menschen etwas schief an, normalerweise traf man hier keinen Farbigen, der mit einer Weißen unterwegs war und offensichtlich ein Kind mit ihr hatte. Aber das war uns egal. Früher war eine solche Verbindung verboten, aber glücklicherweise waren die Apartheidsgesetze bereits etwas gelockert worden, und so waren wir geduldet.

Ich freute mich auf die kommenden Wochen. Einen ganzen Monat lang würde ich unterwegs sein. Entsprechend vollgepackt war mein Koffer, und ich hatte Schwierigkeiten, ihn hinter mir herzuziehen. Meine Eltern waren schon einige Meter vor mir, als mir die zwei Bücher, die ich mir für den Flug mitgenommen hatte, herunterfielen. Als ich sie wieder aufheben wollte, stieß ich mit dem Kopf gegen etwas Hartes.

„Autsch!", schrie ich auf und rieb mir die schmerzende Stelle am Schädel. Da sah ich einen jungen Mann vor mir stehen, der ebenfalls seine Stirn hielt.

„Kannst du nicht aufpassen?", fuhr ich ihn an und merkte erst dann, dass ich deutsch sprach, was hier wohl keiner verstehen konnte. Doch zu meiner Überraschung antwortete er auch auf Deutsch: „Entschuldigung, ich wollte dir nur helfen."

„Schon gut", erwiderte ich mürrisch, schnappte meine Bücher und zerrte den Koffer hinter mir her, um meine Eltern einzuholen.

Plötzlich war er wieder neben mir. „Kann ich dir mit dem Koffer helfen?"

Eigentlich wollte ich das nicht, aber der Koffer war so schwer, dass meine Schulter schon wehtat, also überließ ich ihn ihm. Er selbst hatte einen riesigen Reiserucksack auf dem Rücken, und ich dachte, dass ich mir auch einen solchen hätte besorgen sollen; er wäre für meine Reise wohl etwas praktischer gewesen.

Er blieb kurz stehen, reichte mir seine freie Hand und stellte sich vor: „Ich bin übrigens Timo."

## 4.

### Herbst 1989, Kapstadt, Südafrika und Singapur

Timo und ich freundeten uns während der Woche, die wir in Kapstadt verbrachten, an. Er kam aus Stuttgart und hatte nach dem Abitur erst einmal gearbeitet, um sich ein Jahr in Südafrika leisten zu können. Er war zwei Jahre älter als ich, und wir verstanden uns vom ersten Tag an, als ob wir uns schon ewig kannten. Zu Hause hatte ich mit Jungs nichts zu schaffen, weil ich eher der schüchterne Typ war und es sogar peinlich fand, wie Svenja und Meike sich an schmierige Jungs heranschmissen und sich ihnen anboten.

Aber Timo war anders. Er machte keinerlei Anstalten, mir näherzukommen, wir waren einfach nur Freunde. Während meine Eltern bei Bennos Familie blieben und halfen, sich um Großvater Jacob zu kümmern, der vor einiger Zeit einen Schlaganfall erlitten hatte, erkundete ich mit Timo die Stadt. Wir besuchten alle Sehenswürdigkeiten, bestaunten die beeindruckende Landschaft, in die Kapstadt eingebettet war, und machten Streifzüge durch die Shopping Malls. Da ich bereits zweimal dort gewesen war, konnte ich Timo einige schöne Ecken der Stadt zeigen. Mein Lieblingsort war vom ersten Besuch vor fast drei Jahren an der hellgelbe Strand von Camps Bay gewesen. Aber neben all den hübschen Seiten, die diese Stadt zu bieten hatte, sahen wir auch die noch immer sehr deutliche Rassentrennung und die hässliche Maske, die das Land durch diese Politik aufsetzte. Timo nahmen diese Zustände sehr mit, und nach nur wenigen Tagen in Kapstadt entschied er sich, Jura zu studieren und später dort als Anwalt der Schwarzen und Farbigen zu arbeiten, um sich für ihre Rechte einzusetzen.

Als unsere Abreise zum Kruger Nationalpark bevorstand, fragte Timo meine Eltern, ob er uns begleiten dürfe. Ich freute mich über diesen Vorschlag. Timo war mir in der kurzen Zeit sehr ans Herz gewachsen, und ein paar mehr Tage mit ihm würden großartig sein. Ohne zu zögern, waren meine Eltern einverstanden, und so buchte Timo ein Ticket für den Flug von Kapstadt nach Johannesburg.

Alles drehte sich, aber es fühlte sich trotzdem angenehm an. Der Alkohol ließ mich ausgelassen werden.

„Wo fahren wir jetzt hin?", fragte ich Timo erwartungsvoll.

Wir hatten in einem Hawker Center in Chinatown von Singapur zu Abend gegessen und uns dort jeder zwei große Gläser Bier gegönnt. Da ich keinen Alkohol gewöhnt war, entfaltete er in meinem Kopf bereits seine volle Wirkung. Ich hatte Lust, weiterzuziehen, zu tanzen und noch mehr zu trinken.

„Clarke Quay soll ein ausgezeichnetes Ausgehviertel sein, habe ich gehört."

Da ich mich in Singapur nicht auskannte und Timo sich

souverän im Großstadtdschungel bewegte, ließ ich mich einfach von ihm führen. Wir nutzten die U-Bahn, um nach Clarke Quay zu gelangen. Wie schon viele Male zuvor war ich beeindruckt von dieser Stadt. Das Viertel, in dem eine Bar neben der anderen lag, leuchtete in allen Farben. Jede Hauswand war anders bemalt, sogar die Tische und Stühle der Bars waren bunt. Es herrschte reges Treiben, nicht eine Bar war leer. Die Musik, die überall gespielt wurde, vermischte sich in unseren Ohren zu einem Klangsalat. Ich fühlte mich noch berauschter als zuvor. Die Atmosphäre, die hier herrschte, verstärkte die Wirkung des Alkohols. Wir setzten uns an einen leeren Tisch in einer Bar, die direkt an dem kleinen Fluss lag, der sich durch die Stadt schlängelte. Von unserem Tisch aus konnten wir die hübschen Boote betrachten, die am Ufer ankerten.

Singapur war bereits die vorletzte Station meiner Reise und die letzte gemeinsame für Timo und mich. Der Kruger Park, den wir noch mit meinen Eltern besucht hatten, war herrlich gewesen. Noch nie zuvor hatte ich so viele wilde Tiere gesehen. Wir vier unternahmen jeden Tag Pirschfahrten und bekamen sogar die Big Five zu sehen: Nashörner, Elefanten, Wasserbüffel, Löwen und Leoparden.

Als wir nach einer Woche zurück in Johannesburg waren, verabschiedeten wir uns von meinen Eltern, die zurück nach Frankfurt flogen. Timo und ich hatten uns immer mehr angefreundet. Er hatte auf einige Monate, vielleicht ein Jahr in Kapstadt gespart. Aber als ich ihm von meiner geplanten kleinen Weltreise erzählte, beschloss er kurzerhand, mich zu begleiten. „Für was ich mein Geld ausgebe, ist letztendlich ja egal. Ich wollte etwas von der Welt sehen, und zusammen macht das doch noch mehr Spaß", sagte er, und ich sah das genauso.

In zwei Tagen sollte ich nun weiter nach Ibiza fliegen, wo ich Svenja und Meike treffen würde. Timo wollte einen weiteren Monat in Kapstadt verbringen. Wenn dann noch etwas von seinem Ersparten übrig sein sollte, wollte er es in sein Jurastudium investieren, das er in Deutschland beginnen wollte.

„Wie wäre es mit einem leichten Cocktail?", fragte Timo. Ich schlug die Getränkekarte zu, die ich in der Hand hielt, und nickte.

„Gern."

Nachdem der Kellner unsere Cocktails serviert hatte, begann eine junge Frau wenige Meter von uns entfernt, *Eternal Flame* von The Bangles zu singen. Ein Mann, der neben ihr saß, begleitete sie auf der Gitarre. Die sanften Klänge schufen sofort eine romantische Atmosphäre. Ich ließ mich in meinem gepolsterten Sitz zurückfallen, schlürfte meinen Cocktail und genoss den Moment. Die Luft, die um die späte Uhrzeit noch immer sehr warm war, der Alkohol und die Musik versetzten mich in eine sentimentale Stimmung. Da spürte ich, wie Timo meine Hand nahm. Ich drehte mich zu ihm und lächelte ihn an.

„Es ist so schön, dass du mitgekommen bist, Timo. Ohne dich wäre diese Reise nur halb so schön gewesen."

Auch er lächelte.

„Was hat dir am besten gefallen?", fragte er.

Darüber musste ich nicht lange nachdenken.

„Tauchen auf Tioman!"

In Malaysia, wo wir nach Südafrika und vor Singapur gewesen waren, hatten wir auf einer kleinen Insel mit dem Namen Tioman, einen Tauchkurs gemacht. Schon nach dem ersten Tauchgang hatte ich eine große Leidenschaft für diesen Sport entwickelt. Die Ruhe unter Wasser, die nur durch ein geheimnisvolles Knistern und das Blubbern der Blasen beim Ausatmen durchbrochen wurde, hatte eine meditative Wirkung auf mich. Dort unten war man ganz bei sich. Beim langsamen Schwimmen knapp über dem Meeresgrund und beim Beobachten von Rochen, Schildkröten, kleinen Haien und jeder Menge Fische war ich ehrfürchtig geworden. In diesen Momenten wurde mir bewusst, welch gewaltige Schönheit die Natur besaß.

„Ja, das war wirklich der Wahnsinn. Das müssen wir auf jeden Fall irgendwann wieder zusammen machen", sagte Timo. Dann wurde sein Blick auf einmal eindringlicher.

„Möchtest du denn noch einmal etwas mit mir machen?"

Verwirrt schaute ich Timo an.

„Wie meinst du das? Wieso sollte ich nichts mehr mit dir machen wollen? Morgen schon machen wir wieder was zusammen, wir wollten nach Sentosa gehen, schon vergessen?"

Sentosa war eine kleine vorgelagerte Insel, die für die Singapurer als Naherholungsgebiet galt und viele Freizeitangebote hatte.

Ich lachte.

„Nelly, ich meine das ernst. Ich mag dich, und ich würde dich wirklich gerne weiter treffen, auch wenn wir wieder in Deutschland sind."

Damit hatte ich nun gar nicht gerechnet. Plötzlich schlug mein Herz schneller. Durch die Stimmung des Abends geleitet und durch seine Zuneigung, die er mir soeben gestanden hatte, spürte ich den Drang, ihn zu küssen. Ohne weiter darüber nachzudenken, drückte ich meine Lippen auf seine. Von mir selbst überrascht, zog ich meinen Kopf aber gleich wieder zurück. Timo schaute mich etwas überrumpelt an. Dabei sah er so süß aus, dass ich lachen musste.

„Tut mir leid, ich weiß nicht, warum ich …" Weiter kam ich nicht, denn Timo fasste mit seiner Hand in mein Haar am Hinterkopf und zog mich sanft wieder an sich. Dann berührten sich unsere Lippen abermals, diesmal nicht mehr so stürmisch, sondern zaghaft und zärtlich. Ich konnte den fruchtigen Cocktail, den er kurz zuvor getrunken hatte, auf seinen Lippen schmecken. Als er meinen Mund schüchtern mit seiner Zunge öffnete, platzte etwas in mir. Plötzlich überrollte mich eine Lawine der Gefühle. Mit einem Mal wollte ich nichts mehr, als mit Timo zusammen zu sein.

An diesem Abend, den ich noch Jahre später so intensiv nachempfinden konnte, als wäre er erst gestern gewesen, saßen wir stundenlang nebeneinander in dieser Bar, lauschten der wunderschönen Stimme der Sängerin und hielten uns an den Händen. Jedes Mal, wenn Timo mit seinem

Daumen über meinen Handrücken streichelte, durchfuhr mich ein Gefühlsschauer. Jedes Mal, wenn Timo mich küsste, wusste ich, dass es absolut richtig war.

Später gingen wir noch tanzen und drückten uns inmitten der Masse aneinander. Den gesamten Abend über fühlte ich mich wie in einem Rausch, und ich wusste, dass es Timo genauso ging.

Ähnlich verlief der nächste Tag. Sentosa war wunderschön. Wir schlenderten umher, schleckten Eiscreme, sahen uns Shows an, die auf dem zentralen Platz dargeboten wurden, und entspannten schließlich am gelben Tanjong Beach im Süden der Insel. Als es dämmerig wurde, aßen wir Meeresfrüchte in einem gemütlichen Restaurant nahe am Wasser. Alles wäre perfekt gewesen, wenn nicht der Abreisetag bevorgestanden hätte und somit unsere Trennung.

Am liebsten hätte ich die Woche auf Ibiza abgesagt und wäre mit Timo zurück nach Kapstadt geflogen.

„Wir sehen uns, sobald wir beide wieder in Deutschland sind", sagte Timo und verschaffte mir somit ein wenig Erleichterung.

Wir standen mit unseren Koffern am Changi Airport. Wie eine Katze schmiegte ich mich an seine Brust. Obwohl ich wusste, dass die Singapurer es möglichst vermeiden, sich in der Öffentlichkeit zu küssen, drückte ich meine Lippen auf Timos. Ich versuchte, mir den Geschmack und das Gefühl einzuprägen, damit ich noch lange von den Erinnerungen daran zehren konnte. Ich füllte meine Lungen mit dem Geruch seines Aftershaves. Es mussten viele Minuten vergangen sein, bis wir es schafften, uns voneinander zu lösen. Da Timos Ziel Kapstadt war, musste er an ein anderes Terminal, um dort einzuchecken.

Als ich durch die Sicherheitskontrolle lief, drehte ich mich noch einmal nach ihm um. Er stand noch immer an derselben Stelle und warf mir einen Kuss zu. Dann waren plötzlich so viele Menschen um mich herum, dass ich ihn aus den Augen verlor.

## 5.

**Sommer 1989, Sant Antoni de Portmany, Spanien, und Oberursel, Deutschland**

Die Woche auf Ibiza verging viel zu langsam. Zwar hatten Svenja, Meike und ich viel Spaß und genossen es, stundenlang am Strand zu liegen, unsere Haut zu bräunen und zu plaudern, aber die Gedanken an Timo, die ständig in meinem Kopf kreisten, ließen die Minuten zäh wie Kaugummi werden.

Ich war fast achtzehn Jahre alt, und noch nie zuvor in meinem Leben hatte ich diese Art von Gefühlen für jemanden empfunden. Sie waren gleichzeitig herrlich und schmerzvoll. Die Vorfreude auf unser Wiedersehen ließ mein Herz springen, aber die Sehnsucht nach ihm fraß mich auf. Sobald ich die Augen schloss, sah ich seine blauen Augen und sein blondes Haar, das im Kontrast zu seinem gebräunten Teint so unfassbar gut aussah.

Als wir in Frankfurt ankamen, wurden wir abgeholt, Svenja und Meike von ihren Freunden, ich von meinen Eltern. Ich freute mich, sie wiederzusehen. Am liebsten wäre ich sofort nach Hause gerannt, um Timo anzurufen, aber weil er noch in Kapstadt war und erst drei Wochen später zurück nach Deutschland kommen sollte, musste ich mich wohl oder übel noch gedulden. Ich konnte es kaum abwarten, endlich wieder seine Stimme zu hören.

Nachdem ich zu Hause meinen Koffer ausgepackt hatte, luden mich meine Eltern in ein kleines italienisches Restaurant ein. Ich bestellte eine große Portion Spaghetti Carbonara und trank Cola dazu. Meine Eltern aßen Pizza und tranken ein Glas Wein. Die Art, wie sie miteinander umgingen, hatte sich irgendwie verändert. Zwar wirkten sie noch immer glücklich, endlich wiedervereint zu sein, aber ich spürte eine gewisse Vorsicht, die sie an den Tag legten.

„Ist etwas mit euch?", fragte ich.

Meine Mutter schaute mich fast erschrocken an.

„Was soll sein, Schätzchen?"

„Ich merke doch, dass ihr irgendetwas habt."

Die beiden warfen sich einen kurzen Blick zu, der mir bestätigte, dass ich recht hatte.

„Nelly, ich hab meine Arbeit verloren", sagte mein Vater. Ich merkte sofort, wie sehr ihn das belastete.

„Warum denn?"

Er räusperte sich. „Tja, also, ich …", begann er, doch meine Mutter legte sanft ihre Hand auf seine und übernahm das Reden.

„Die Krankheit ist wieder schlimmer geworden. Benno hat deshalb während der Arbeit mehrmals etwas fallen gelassen, was dadurch zu Bruch gegangen ist, und konnte den Gabelstapler im Lager nicht mehr richtig lenken. Die Zuckungen haben sich jetzt auf Arme und Beine ausgebreitet."

Ich starrte meinen Vater an. Für einen kurzen Augenblick hatte ich mich selbst vor Augen, etwa zwanzig Jahre älter, im Rollstuhl sitzend und durch starke Zuckungen außer Gefecht gesetzt. Mein Vater saß allerdings ganz ruhig auf seinem Stuhl.

„Ich sehe gar nichts", sagte ich deshalb.

„Es passiert ja auch nicht ständig. Nur hin und wieder. Aber ich merke, dass es häufiger wird", sagte er. Ich sah, dass er Angst hatte.

Während des Urlaubs in Südafrika waren die Symptome stark zurückgegangen. Nur wenn man es wusste, konnte man im Verhalten meines Vaters ab und an ein kleines Anzeichen von Chorea Huntington erkennen. Es schien, als hätte ihm diese Zeit gutgetan. Oder hatte sich die Krankheit einfach nur kurz zurückgezogen, um dann mit neuer Kraft zuzuschlagen?

„Dass Benno nicht mehr arbeiten kann, ist natürlich nicht schlimm. Mein Gehalt reicht für uns alle. Aber wir wollten, dass du weißt, dass die Krankheit schlimmer geworden ist, und dass du darauf vorbereitet bist."

Wie sollte ich darauf vorbereitet sein? Zusehen, wie mein Vater, den ich vor Kurzem erst kennengelernt hatte, langsam aber sicher den Verstand und die Kontrolle über seinen Körper verlor? Und dabei wissen, dass mich früher oder später das gleiche Schicksal ereilen könnte? Darauf würde ich niemals vorbereitet sein … Ich nickte aber stumm, denn ich wollte meinen Eltern nicht noch mehr Kummer bereiten. Für die beiden würde es kaum weniger schlimm werden.

In den nächsten Tagen sollte ich das, was meine Mutter beschrieben hatte, immer wieder zu Gesicht bekommen. Mein Vater war auffällig oft verwirrt. Einmal beobachtete ich ihn dabei, wie er in der Küche stand, eine Tasse in der Hand hielt und sie anstarrte. Es war offensichtlich, dass er darüber nachdachte, was er mit dieser Tasse machen wollte, dass er vergessen hatte, dass er sie mit Kaffee füllen und diesen trinken wollte. Außerdem waren die Zuckungen um einiges deutlicher geworden. Manchmal bewegte sich sein ganzer Arm einfach aus dem Nichts. Wenn er gerade auf dem Sofa lag, sprang er plötzlich wieder auf, legte sich aber sofort wieder hin. Wenn man den Hintergrund dieser Bewegungen nicht kannte, hätte man manchmal wirklich darüber lachen können, so albern sah er dabei aus. Doch weder meine Mutter noch ich fanden es zum Lachen. Manchmal musste ich mich sogar abwenden, weil ich ihn so nicht sehen konnte und weil mir dann die Angst vor meinem eigenen Schicksal die Brust eng werden ließ. Ich schämte mich dafür, denn ich wollte doch für meinen Vater da sein. Dass das in solchen Momenten so schwer war, hatte ich nicht kommen sehen.

Trotz alledem waren meine Gedanken immer wieder bei Timo. Ich wünschte mir, dass er mich in den Arm nähme und mir sagte, dass alles gut würde.

Als nur zwei Wochen nach meiner Heimkehr das Telefon klingelte und ich zu meiner großen Überraschung und Freude Timos Stimme hörte, hatte ich für einen kurzen Augenblick das Gefühl, dass nun wirklich alles gut würde.

„Warum bist du schon zurück?", fragte ich ihn.

„Um ehrlich zu sein, wollte ich dich endlich wiedersehen, Nelly", sagte er, und eine Woge des Glücks durchfuhr
meinen Körper.

„Wann treffen wir uns?", fragte er.

Ich überlegte kurz.

„Also, ich hab frei." Noch hatte ich mich für kein Studium beworben.

„Wie wäre es, wenn ich dich in Frankfurt besuche?"

Ohne zu zögern, stimmte ich seinem Vorschlag zu, und
so machten wir aus, dass Timo drei Tage später mit dem
Zug von Stuttgart kommen würde. Jetzt musste ich nur
noch meine Eltern dazu überreden, dass er einige Tage bei
uns übernachten durfte. Ich hoffte, dass sie trotz des Zu-
standes meines Vaters einverstanden waren.


Als ich Timo nach drei Tagen unendlichen Wartens endlich vom Bahnhof abholte, war ich so nervös, dass ich mir
Sorgen machte, mich übergeben zu müssen. Mein Herz raste, als der Zug in den Bahnhof einfuhr. Als ich Timo in der
Menschenmenge erkennen konnte und er mir strahlend zu-
lächelte, fing ich an zu laufen und fiel in seine Arme.

Timo drückte mich fest an sich und strich mir durch die
Haare. Als er mir in die Augen sah und mich dann so zärtlich küsste, dass meine Beine drohten nachzugeben, spürte
ich für einen Moment pures Glück.

Auf dem Weg nach Hause berichtete Timo mir von den
letzten beiden Wochen in Kapstadt. Das Ende der Apartheid schritt mit großen Schritten voran. Der Präsident Pieter Willem Botha, der vor einigen Wochen einen Schlagan-

fall erlitten hatte, wurde gerade von seinem Nachfolger, Frederik Willem de Klerk abgelöst. Ich freute mich, darüber zu hören, und war sicher, dass diese Entwicklung große Erleichterung für die Familie Balewa und dadurch natürlich auch für meinen Vater bringen würde. Allerdings hatte ich in diesem Moment nur Augen für Timo. Ich schmiegte mich an ihn, hielt seine Hand und genoss die Gänsehaut, die er verursachte, indem er mir unentwegt über die Handinnenflächen streichelte, während er sprach.

Glücklicherweise hatten meine Eltern zugestimmt, und Timo durfte bei uns übernachten. Ihn bei mir zu Hause zu haben und zu merken, dass wir hier mindestens genauso verliebt waren wie draußen in der Welt, machte mich zufrieden.

Es war Mitte Juli, und das gute Sommerwetter ließ uns in diesem Jahr nicht im Stich. Die Vögel zwitscherten, die Blätter raschelten entspannt im sanften Wind, und man hörte die Kinder der Nachbarschaft auf der Straße Rollschuhe fahren.

Timo und ich lagen im Garten auf einer Decke, schauten in den Himmel und lachten über das, was wir in die Wolkenbilder hineininterpretierten.

„Also, das dort ist doch eindeutig der Weihnachtsmann," sagte ich und deutete mit dem Finger zu einer großen Wolke direkt über uns, die sich jeden Moment vor die Sonne schieben würde.

„Der Weihnachtsmann? Wie alt bist du denn? Fünf? Nein, nein. Ich weiß, wer das ist! Das ist dieser Typ aus Malaysia, der dich verflucht hat, weil du eine kurze Hose getragen hast."

Bei dem Wort *Fluch* zuckte ich kurz zusammen, weil ich sofort an die Krankheit denken musste. Aber ich schob die trüben Gedanken schnell beiseite. Bei der Erinnerung an diesen alten Mann, der in malaiischer Sprache auf mich eingeredet und immer wieder auf meine nackten Beine gezeigt hatte, musste ich auch lachen.

„Der war wirklich ein bisschen durchgeknallt. Es waren mindestens fünfunddreißig Grad dort. Wie hätte ich das in langen Hosen denn bitte aushalten sollen?"

Timo drehte sich auf die Seite, stützte den Kopf auf die Hand und grinste mich an.

„Ich hab dich so vermisst, Nelly Balewa. Kapstadt ohne dich war furchtbar langweilig. Am liebsten würde ich einfach hier bei dir bleiben. Was hältst du davon, wenn ich mich hier in Frankfurt für Jura einschreibe?"

In diesem Moment spürte ich einen kleinen Stich bei dem Gedanken an eine gemeinsame Zukunft mit Timo. Aber ich konnte nicht weiter darüber nachdenken, denn plötzlich hörten wir ein lautes Poltern aus dem Inneren des Hauses und unmittelbar darauf das Krachen von zerbrechendem Glas. Erschrocken sahen wir uns an. Wir sprangen auf und rannten ins Haus. Mein Vater lag vor der Treppe, eines seiner Beine war seltsam verdreht, und er stöhnte vor Schmerzen. Neben ihm war alles voller Scherben und Flüssigkeit, offenbar waren Getränkeflaschen zerbrochen. Ich stand schockiert da und konnte mich nicht bewegen. Glücklicherweise reagierte Timo sofort und rief den Krankenwagen. Dann hockte er sich neben meinen Vater und redete beruhigend auf ihn ein. Meine Mutter war noch bei der Arbeit, und ich wusste nicht, was ich ohne Timo gemacht hätte. Während sich Timo um meinen verletzten Vater kümmerte, stand ich weiterhin wie angewurzelt da und konnte nichts tun. Ich wusste, warum er da lag: Zuckungen haben ihn mitten auf der Treppe erwischt und zum Fall gebracht. So wie sein Bein aussah, war es sicher mehrfach gebrochen. Endlich traf der Krankenwagen ein. Timo kam zu mir und legte den Arm um mich.

„Wie konnte das passieren? Er muss schlimm gestolpert sein, dass er sich so verletzen konnte", fragte Timo, und seine Stimme war voller Erschütterung. Ohne zu antworten, drehte ich mich um und ging hinaus. Vor der Haustür kam mir meine Mutter entgegen. Das Entsetzen war ihr ins Gesicht geschrieben.

„Nelly, was ist hier los? Warum steht der Notarzt vor unserer Tür? Ist was mit Benno?" Sie schüttelte mich, und als hätte sie die Tränen aus mir heraus geschüttelt, fing ich an zu weinen. Das machte meiner Mutter noch mehr Angst. „Oh mein Gott, Nelly, sag schon: Was ist passiert?"

„Es ist alles okay, Frau Balewa", sagte Timo hinter mir. „Herr Balewa ist die Treppe hinuntergestürzt und hat sich womöglich das Bein gebrochen. Aber die Sanitäter kümmern sich schon um ihn." Seine Worte nahmen meiner Mutter den ersten Schrecken. Sie ließ uns beide stehen und hastete ins Haus, um bei meinem Vater zu sein. Kurz darauf kamen die Sanitäter durch die Tür. Sie trugen eine Trage, auf der mein Vater lag. Sein Gesicht war noch immer verzerrt vor Schmerz, aber das unerträgliche Stöhnen war zum Glück verstummt. Meine Mutter lief hinter den Sanitätern her. Ihr Gesicht war tränenüberströmt. Sie stieg mit in den Krankenwagen und schien Timo und mich völlig vergessen zu haben.

## 6.

### Sommer 1989, Frankfurt, Deutschland

Es regnete in Strömen. Man konnte kaum durch das Fenster hinausblicken, das Wasser hatte sich wie ein Schleier auf das Glas gelegt. Nur vage konnte ich die Umrisse der Bäume erkennen, die im Garten des Krankenhauses wuchsen. Ich trommelte mit Zeige- und Mittelfinger gegen die Scheibe und starrte hinaus. Mein Vater lag nun schon vier Wochen in diesem Zimmer. Er hatte sich einen komplizierten Wadenbeinbruch zugezogen, und außerdem waren ein paar Rippen gebrochen. Die Tatsache, dass sein Körper weiterhin unkontrolliert in Bewegung geriet, trug nicht gerade zu seiner Heilung bei. Meine Mutter und ich kamen also jeden Tag ins Krankenhaus, um ihm ein wenig Gesellschaft zu leisten. Mittlerweile langweilte es mich etwas, jeden Tag mehrere Stunden in diesem sterilen Raum zu sitzen. Aber meine Mutter brauchte diese Besuche. Zu Hause wurde sie nur unleidig und ließ oft ihren Kummer an mir aus. Also begleitete ich sie lieber hierher. Sie saß dann die ganze Zeit an der Seite meines Vaters, redete leise mit ihm, versuchte, ihm Mut zu machen. Aber kaum schlossen wir die Tür des Krankenzimmers hinter uns, fing sie an zu weinen. Ich wusste nicht, wie ich mich ihr gegenüber verhalten sollte, was ich tun konnte, um ihr zu helfen.

„Ich hol mir mal eben etwas zu trinken. Soll ich was mitbringen?", fragte ich meine Eltern und schwang mich von dem Hocker am Fenster, auf dem ich gesessen hatte. Meine Mutter schüttelte den Kopf.

„Ich brauche auch nichts, danke, Nelly", antwortete mein Vater.

Also verließ ich das öde Zimmer und spazierte zum nächsten Getränkeautomaten. Dort zog ich eine Dose Cola, öffnete sie und nahm einen großen Schluck. Weil ich noch keine Lust hatte, wieder in diesem Zimmer zu sitzen und mich weiter zu langweilen, ging ich langsam den Korridor entlang und versuchte, einen Blick in das eine oder andere Krankenzimmer zu erhaschen. Gerade überlegte ich, ob ich die Neugeborenenstation suchen sollte, um mir ein paar Babys anzusehen, als ich hörte, wie sich zwei Krankenschwestern unterhielten.

„Die arme Frau muss wirklich einiges mitmachen mit diesem Dunkelhäutigen."

Mir war sofort klar, dass sie über meine Eltern sprachen. Ich drückte mich eng an die Wand, sodass sie mich nicht sehen konnten, und lauschte weiter ihrer Unterhaltung.

„Wirklich, die Gute ist jetzt schon total fertig. Ihr Mann hat Chorea Huntington. Das hab ich letztens aufgeschnappt. Jetzt wundert es mich nicht mehr, dass der sich ständig so seltsam bewegt und damit die Heilung seines Beines schrecklich verlangsamt."

„Chorea Huntington? Das ist doch so eine Erbkrankheit, oder? Hat der Kerl nicht eine Tochter? Oh mein Gott, wie furchtbar. Stell dir vor, du müsstest mit der Angst leben, diese Krankheit zu bekommen. Noch dazu, wenn man zusehen muss, wie der eigene Vater daran krepiert, langsam und qualvoll."

Kurz sagte keine der beiden Schwestern etwas. Dann meldete sich die erste wieder zu Wort.

„Wirklich grausam. In meinem Bekanntenkreis gibt es eine Frau, die das hat. Ihr Mann hat es nicht mehr mit ihr ausgehalten. Jahrelang hat er ihre Depressionen, ihre Aggressivität und all das, was diese Krankheit noch so mit sich bringt, ertragen. So ein Beinbruch wegen eines Sturzes ist ja erst der Anfang. Das Ganze ist wirklich kein Spaß. Jedenfalls hat mein Bekannter seine Frau jetzt verlassen und sie in ein Heim gegeben. Ich sag dir eines: Ich kann ihn absolut verstehen."

Mehr konnte ich nicht aushalten. Ich presste die Hände auf meine Ohren und rannte durch den Korridor zurück zum Zimmer meines Vaters. Dort holte ich nur meine Jacke und sagte meinen Eltern, dass ich schon mal nach Hause fahren werde. Dann rannte ich durch den Regen. Rannte ohne Ziel, rannte, um nicht denken zu müssen.

Irgendwann, als ich vollständig durchnässt war und am ganzen Leib vor Kälte zitterte, obwohl es mitten im August war, blieb ich stehen und setzte mich unter einen Baum. Und dort im Regen, über den Wurzeln einer riesigen Eiche, wurde mir bewusst, dass es nur eine Entscheidung geben konnte.

Zwei Tage nach dem Unfall meines Vaters war Timo

wieder zurück nach Stuttgart gefahren. Er hatte das Gefühl, im Weg zu sein, und wollte uns nicht zur Last fallen.

„Du fällst uns nicht zur Last, Timo. Du kannst gerne noch bleiben." Das war mein schwacher Versuch gewesen, ihn zum Bleiben zu bewegen. Obwohl es mir das Herz brach, ihn schon wieder gehen lassen zu müssen, sagte bereits zu diesem Zeitpunkt eine Stimme tief in mir drin, dass es so für alle am besten sei, auch für ihn. Denn den Kummer, den meine Mutter in dieser Zeit aushalten musste, konnte und wollte ich ihm nicht zumuten. Aber es wäre wohl unausweichlich, dass er ihn ertragen müsste, wenn er bei mir bliebe und ich in einigen Jahren diese grausame Krankheit meines Vaters bekommen würde.

Das Gespräch der Krankenschwestern, das ich belauscht hatte, bestätigte mir, dass es nicht völlig abwegig war, so zu denken. Meine Zukunft war mehr als ungewiss, und ich wollte Timo nicht in diese Sache hineinziehen, wollte ihn nicht zum gequälten Ehemann machen. Und ich hatte Angst davor, am Ende als Pflegefall von ihm verlassen zu werden.

Als Anfang September Frederik Willem de Klerk zum nächsten südafrikanischen Präsidenten gewählt wurde, erreichte mich der erste Brief von Timo, in dem er mich verzweifelt darum bat, ihm zu erklären, warum ich seit Wochen nicht auf seine Anrufe reagierte. Nachdem er wieder abgereist war und ich zusehen musste, wie meine Mutter unter der Krankheit meines Vaters litt und wie viel Angst sie davor hatte, ihn zu verlieren, hatte ich entschieden, mich von Timo zurückzuziehen. Timo war solch ein lebenslustiger Mensch. Er hatte große Ziele, wollte die Welt sehen und viel erleben. Wie konnte ich mit ihm zusammenbleiben, wenn es möglich war, dass ich ihn in Zukunft vollkommen einschränken würde? Mir fiel diese Entscheidung schwer, und in den ersten Tagen sehnte ich mich nach ihm. Aber mein Verstand sagte mir, dass es so sein musste.

Viele Tage folgten, in denen er versuchte, mit mir zu sprechen. Ich nahm das Telefon nicht mehr an, wenn es klingelte, und meine Mutter musste für mich lügen. Irgendwann hörte er auf anzurufen, und ich dachte schon, er hätte aufgegeben. Doch dann kam dieser Brief. Timo konnte nicht begreifen, warum ich mich ohne Erklärung von ihm abgewendet hatte. Aber ich wollte ihm keine Erklärung geben. Denn wenn er den Grund gewusst hätte, hätte er mir gesagt, dass es ihm egal sei, ob ich krank würde oder nicht. Dass er für mich da sein wollte. Obwohl wir uns noch nicht lange kannten, wusste ich instinktiv, dass er genau das machen würde. Also hüllte ich mich lieber in Schweigen.

Als es meinem Vater besser ging und er aus dem Krankenhaus entlassen worden war, konnte er wieder mit Krücken im Haus umhergehen. Er tat das jedoch nur äußerst vorsichtig, weil er fürchtete, eine Zuckung könnte ihn erneut zum Fall bringen. Meine Mutter hatte sich für längere Zeit von der Arbeit freistellen lassen, um für Benno da zu sein. Er schimpfte immer wieder mit ihr und beteuerte, dass er keine Hilfe brauche, dass meine Mutter sich für ihn nicht verbiegen solle und dass ich ja für ihn da sein könne. Aber meine Mutter konnte nicht anders. Wahrscheinlich wäre sie durchgedreht, wenn sie stundenlang im Büro gesessen und gearbeitet hätte. Ich kam mir in dieser Zeit so nutzlos vor, dass ich mich entschloss, mich für ein Praktikum in einem Krankenhaus zu bewerben. Die Hilflosigkeit, die ich empfunden hatte, als mein Vater gestürzt war, wollte ich nicht noch einmal erleben. Das nächste Mal wollte ich vorbereitet sein.

Anfang November begann ich mein Praktikum in dem Krankenhaus, in dem mein Vater wegen seines gebrochenen Beines wochenlang gelegen hatte. Nur wenige Tage später fiel die Berliner Mauer, und der Weg zur Wiedervereinigung Deutschlands war geebnet. An diesem geschichtsträchtigem Tag, am 9. November 1989, schrieb Timo mir seinen dritten und letzten Brief.

*Stuttgart, 09.11.1989*

*Meine liebste Nelly,*

*heute ist ein bedeutender Tag. Der Fall der Berliner Mauer kennzeichnet das Ende einer Ära und gibt Hoffnung auf eine bessere Zukunft. Meine ganze Familie ist außer sich über diese Entwicklung, und ich hätte große Lust gehabt, nach Berlin zu fahren, um die Stimmung mitzuerleben. Aber stattdessen habe ich heute den ganzen Nachmittag in unserem Wohnzimmer gesessen und mit meiner buckligen Verwandtschaft Kuchen gegessen. Ja genau, vielleicht erinnerst du dich, dass ich heute zwanzig Jahre alt geworden bin. Wie gerne hätte ich diesen Tag mit dir gefeiert …*

*Ich sitze jetzt hier an meinem Schreibtisch in meinem Zimmer und genieße es, dass die Verwandtschaft endlich abgereist ist und ich wieder meine Ruhe habe. Und ich muss wie jeden Tag, wie jede Stunde, an dich denken. Ich habe keine Ahnung, was du mit mir angestellt hast. Seit ich dich das erste Mal gesehen habe, wusste ich, dass ich mit dir zusammen sein will. Und daran hat sich nichts geändert. Aber du hast offensichtlich Gründe, es anders zu sehen. Vielleicht ahne ich deine Gründe sogar. Hat es möglicherweise etwas mit der Krankheit deines Vaters zu tun? Du hast mir ja auf unseren gemeinsamen Reise davon erzählt, und natürlich habe ich es bei meinem Besuch bei euch auch selbst miterlebt. Viel hast du mir darüber ja nicht berichtet, nur dass er an einer Nervenkrankheit leidet. Aber ich kann mir vorstellen, dass es etwas mit deinem Rückzug zu tun hat.*

*Nun ja, du willst es mir nicht sagen, und ich werde das akzeptieren. Ich denke, ich habe lange genug versucht, dich zurückzugewinnen. Du willst nicht, und ich kann dich nicht zwingen.*

*Mit diesem Brief möchte ich dir Lebewohl sagen. Ich hoffe, dass du deinen Weg gehst und dass für dich und deine Familie alles gut wird.*

*Du weißt, wie du mich erreichen kannst, wenn du mich brauchst. Du wirst immer in meinem Herzen bleiben.*

*Alles Gute.*
*Timo*


Sein Brief brach mir das Herz. Ich konnte die Traurigkeit in seinen Worten regelrecht spüren. Aber auf der anderen Seite war ich auch erleichtert: Er hatte den Schlussstrich endlich akzeptiert, und ich konnte beginnen, die Zeit mit ihm hinter mir zu lassen.

Im Februar wurde in Südafrika das Ende der Apartheid angekündigt. Mein Vater hatte sich gut von seinem Sturz erholt und Chorea Huntington schien mal wieder eine Pause eingelegt zu haben, sodass er sich entschloss, mit meiner Mutter nach Kapstadt zu fliegen, um die Freilassung Nelson Mandelas mit seiner Familie zu feiern.

Da ich während meines Praktikums keinen Urlaub nehmen durfte, blieb ich allein zu Hause. Außerdem wollte ich mich für eine Ausbildung zur Krankenschwester bewerben, und der Bewerbungsschluss war in wenigen Wochen. Natürlich hatte ich auch darüber nachgedacht, mich für ein Medizinstudium einzuschreiben. Aber angesichts der Tatsache, dass ich vielleicht nicht sehr viele Jahre haben würde, in denen ich den Beruf ausüben konnte, dachte ich, es sei besser, nicht allzu viel Zeit in ein langwieriges Studium zu investieren.

An einem Tag, kurz bevor meine Eltern wieder zurückkommen sollten, klingelte das Telefon. Meine Mutter war am anderen Ende der Leitung.

„Schätzchen, wir müssen noch ein bisschen länger hier bleiben. Dein Großvater, Jacob, ist gestern verstorben. Er hatte einen weiteren Schlaganfall, und dieses Mal hat er ihn nicht überlebt. Deinem Vater geht es sehr schlecht, und er möchte an der Beerdigung teilnehmen und für seine Familie da sein. Schaffst du es noch ein paar Tage allein? Du weißt ja, wo die Haushaltskasse ist. Nimm dir ruhig, so viel du zum Einkaufen brauchst."

Ich hatte Mitleid mit meinem Vater. Aber ich hatte weder meinen Großvater noch den Rest der Familie intensiv kennengelernt, sodass ich keine wirkliche Trauer empfinden konnte.

„Ja klar, kein Problem, Mama. Sag Dad und den anderen herzliches Beileid von mir, ja? Geht es Dad denn sonst einigermaßen gut? Also, ich meine …"

„Es geht ihm recht gut, Nelly. Ich hoffe, dass der Verlust seines Vaters die Symptome nicht wieder verschlimmert. Aber im Moment ist er sehr ruhig und kommt gut klar. Bei dir auch alles gut so weit?"

„Ich hab gestern eine Zusage für den Ausbildungsplatz zur Krankenschwester bekommen. In einem Monat geht es los. Ich bin furchtbar aufgeregt!"

„Ach, wie schön, Nelly. Das freut mich zu hören. Schatz, ich bin in einer Telefonzelle, und mein Kleingeld ist bald alle. Ich melde mich noch einmal, wenn ich weiß, wann wir genau zurückkommen, okay? Mach dir noch eine schöne Zeit. Ich hab dich lieb."

Dann klickte es in der Leitung, das Gespräch war beendet.

# 7.

## Herbst 1993, Oberursel, Deutschland

Dann kam alles anders. Manchmal hat man das Gefühl, dass sich Schicksalsschläge gerne zusammentun. Wenn einer kommt, kommt auch meist gleich noch ein weiterer. Der Herbst des Jahres 1993 brachte nicht nur dunkles, stürmisches und ungemütliches Wetter, sondern schob auch finstere Gewitterwolken über das Leben meiner Familie.

Meinem Vater war es in den letzten Jahren einigermaßen gut gegangen. Zwar hatte er sich durch weitere Stürze noch einen Arm gebrochen sowie ein Band gerissen, aber die Krankheit selbst schritt nur langsam voran. Es wurde wellenartig immer wieder mal schlimmer, aber diese Phasen ebbten rasch ab. Sein Gesamtzustand wurde allerdings nach jeder dieser Phasen ein klein wenig besorgniserregender. Wir konnten aber nach wie vor recht gut damit leben.

Meine Mutter arbeitete wieder, blieb aber meist zwei Tage die Woche zu Hause und arbeitete von dort aus, damit sie für meinen Vater da sein konnte. Ich selbst war mit meiner Ausbildung beschäftigt.

Das alles führte wohl dazu, dass alle Augen immer nur auf meinen Vater gerichtet waren und dabei die ersten Anzeichen niemandem auffielen. Als meine Mutter unter der

308

Dusche einen Knoten zwischen Achselhöhle und Brust entdeckte, war es wahrscheinlich schon zu spät.

Der Arzt diagnostizierte Brustkrebs und gab ihr nicht allzu große Hoffnung auf baldige Genesung. Sie bekam Chemotherapie und wurde bestrahlt. Als nichts davon anschlug, entfernten sie die befallene Brust. Dieses Mal war es mein Vater, der wochenlang am Krankenbett meiner Mutter saß. Ich empfand es als Erleichterung, dass die beiden einander hatten und sich gegenseitig beistehen konnten. Allerdings fragte ich mich oft genug, ob es nicht einfacher für sie gewesen wäre, wenn sie sich nicht wieder getroffen hätten und so das Leid des anderen nicht hätten ertragen müssen. In dieser Zeit dachte ich wieder oft an Timo. Ich hatte lange nicht mehr an ihn gedacht. Dennoch konnte ich ihn nicht vergessen. Seit ich ihn hatte gehen lassen, hatte ich keinen anderen Mann an mich herangelassen. Sobald einer Interesse an mir zeigte, zog ich mich zurück, um mich vor meinen Gefühlen zu schützen.

Jetzt, da es meiner Mutter so schlecht ging und mein Vater und ich uns große Sorgen um sie machten, sehnte ich mich nach einem Mann, der mich in den Arm nahm, mich aufs Haar küsste und mir sagte, dass alles gut würde. Und wenn ich diese Gedanken hatte, hatte ich stets Timos Gesicht vor Augen. Ich hoffte, dass es ihm gut ging. Besser als mir.

Eines Abends saß ich mit meinem Vater beim Abendessen. Es war Ende November, und der erste Schnee war bereits gefallen. Obwohl es draußen schon lange dunkel war, leuchtete der Schnee im Garten hell im Mondschein. Ich aß ein Käsebrot und betrachtete die Doppelschaukel, die meine Mutter in meiner Kindheit hatte aufstellen lassen. Dort hatte sie mir das erste Mal ausführlich von meinem Vater erzählt. Damals musste ich etwa neun gewesen sein.

„Woran denkst du, Schatz?", fragte mein Vater.

„Ach, ich hab mich gerade nur daran erinnert, wie Mama mir damals, ein paar Jahre, bevor ich dich kennengelernt habe, zum ersten Mal von dir erzählt hat."

Er legte sein mit Salami belegtes Brot beiseite und nahm meine Hand.

„Du weißt, wie unglaublich leid mir das tut, dass ich euch damals im Stich gelassen habe?"

Ich nickte. „Ja, du hast dich oft genug dafür entschuldigt, Dad. Die Dinge sind, wie sie sind, nicht wahr?"

„Richtig." Er seufzte. „Ich kann mir heute wirklich nicht mehr erklären, warum ich damals abgehauen bin. Hatte ich geglaubt, dass dir die Krankheit erspart bliebe, wenn du und deine Mutter niemals davon erfahren würden? Ach Nelly, unsere Familie hat es echt nicht leicht. Diese furchtbare Erbkrankheit und nun auch noch der Krebs deiner Mutter. Was soll ich nur tun ohne sie?"

Plötzlich liefen ihm Tränen über die Wangen. Bisher hatte mein Vater kein einziges Mal wegen meiner Mutter vor mir geweint. Aber ich hatte schon geahnt, dass das alles nur Fassade war, dass ihn seine Vergangenheit und seine Zukunft in Wahrheit quälten. Dass er jetzt, hier vor meinen Augen, weinte, bestätigte diese Annahme nur.

Ich stand auf, ging um den Tisch herum und umarmte

ihn. Auch mir kamen die Tränen. Was, wenn meine Mutter es nicht schaffen würde?

„Dad? Kannst du mir etwas versprechen?"

Er schaute auf. Seine Augen waren blutunterlaufen. Mit einem Mal sah er viel älter aus.

„Alles, was du willst, mein Kind."

„Versprich mir, dass wir bis zum Schluss zusammenhalten. Bitte lass mich nicht allein."

Er nickte bekümmert. „Ich verspreche es dir."

Dass das Einhalten dieses Versprechens das Schwerste würde, was mein Vater jemals machen musste, ahnte zu diesem Zeitpunkt noch keiner von uns beiden.


Zu Beginn des Jahres 1994 wurde meine Mutter aus dem Krankenhaus entlassen. Mein Vater und ich hatten ein einsames Weihnachten zu zweit gefeiert und uns an die Hoffnung geklammert, dass meine Mutter das folgende Weihnachten wieder mit uns am Tisch sitzen, eine Weihnachtsgans essen und Weihnachtslieder singen würde, die mein Vater immer nur mitsummte, weil er die Texte nicht konnte. An diesem Weihnachten gab es lediglich Suppe aus der Dose, und mein Vater trank für meinen Geschmack ein wenig zu viel Rotwein.

Ende Januar kam dann der Anruf des Onkologen. Meine Mutter konnte endlich nach Hause kommen. Die erste Freude über diese Nachricht wurde aber rasch zerstört. Der Arzt sagte, der Krebs sei stark gestreut und habe in sämtlichen Organen bereits Metastasen gebildet, sodass die Ärzte entschlossen hätten, die Therapie abzubrechen, weil eine

Heilung ausgeschlossen sei. Durch eine Therapie gewinne meine Mutter lediglich ein paar mehr Monate Lebenszeit – schmerz- und leidvolle Monate. Sie solle lieber nach Hause gehen und die Zeit, die ihr noch bleibe, bei ihrer Familie sein.

Das Erste, was ich tat, nachdem ich den Hörer wieder auf die Gabel gelegt hatte, war, dass ich zur Toilette rannte und mich übergab. Meine geliebte Mutter würde sterben. Meine Augen brannten und mein Schädel dröhnte. Die letzten Wochen hatten wir alle das Schlimmste befürchtet. Aber dann zu hören, dass es wirklich eintreten würde, war viel grausamer, als ich gedacht hatte. Mein ganzer Körper schmerzte vor Angst.

Als meine Mutter nach Hause kam, ging es ihr den Umständen entsprechend gut. Dafür hatte mein Vater wieder einmal einen Schub, der vermutlich auf seinen großen Kummer zurückzuführen war. Das Leben zeigte sich von seiner dunkelsten Seite.

Wenige Wochen später hatte sich mein Vater wieder einigermaßen gefangen. Seine Stimmungsschwankungen waren jetzt zwar sehr schlimm geworden, aber die Zuckungen hatte er so weit im Griff, dass er sich zutraute, Ausflüge zu machen. Das ganze Frühling über fuhren wir immer, wenn es meine Zeit zuließ, mit dem Auto weg. Mal fuhren wir in den Taunus, um dort in einem schönen Café zu sitzen und die Aussicht auf die hügelige Landschaft zu genießen, und spazierten anschließend langsam und gemächlich, so wie es die Kräfte meiner Eltern zuließen. Oder wir besuchten ein Thermalbad, wo sie sich entspannen konnten. Wir schauten

312

uns Filme im Kino an, gingen schick essen, und als ich mir eine Woche freinehmen konnte, fuhren wir gemeinsam ans Meer. Wir nutzten die Zeit, so gut es uns möglich war. Leider war diese Zeit viel zu schnell vorbei. Anfang des Sommers ging es meiner Mutter sehr schlecht, so dass ein Krankenbett in unserem Wohnzimmer aufgestellt wurde und sie kaum noch aufstand. Das Ende kam so schnell, dass mein Vater und ich gar nicht wussten, wie uns geschah. Ich ließ mich von der Arbeit freistellen, und wir saßen stundenlang bei ihr und unterhielten uns. Meine Mutter sprach in ihren letzten Wochen am liebsten über meine Kindheit. Ich hatte das Gefühl, sie wollte meinem Vater noch so viel wie möglich darüber berichten und dadurch irgendwie unsere verlorene Zeit als Familie nachholen.

An einem stürmischen Vormittag Ende September 1994 schlief meine Mutter friedlich ein. Mein Vater und ich waren die Einzigen, die bei ihr waren, als sie starb, hielten sie in den Armen und halfen ihr, loszulassen.

# 8.

## Winter 1994, Oberursel, Deutschland

Wahrscheinlich lag es daran, dass wir in diesem letzten Lebensjahr meiner Mutter nicht viel anderes im Sinn gehabt hatten als unseren Schmerz und unseren Kummer. Dass wir die Zeit, die uns zusammen blieb, möglichst schön gestalten wollten und wir voll und ganz damit beschäftigt waren, uns voneinander zu verabschieden.

Jedenfalls erfuhr ich erst ein paar Monate nach dem Tod meiner Mutter, dass es bereits seit weit über einem Jahr einen Gentest gab. Dieser Test konnte feststellen, ob jemand Träger des Chorea-Huntington-Gens war.

Als ich davon hörte, konnte ich mich geradeso noch davon abhalten, sofort einen Termin auszumachen. Ich hatte schon die Nummer des Arztes gewählt, der diesen Test anbot, als mir schlagartig bewusst wurde, was das Ergebnis für mich bedeuten würde. Wollte ich es denn wirklich wissen? Jahrelang hatte ich geglaubt, dass ich darüber überhaupt nicht nachzudenken bräuchte. Ich würde mein Leben ja gänzlich anders gestalten, wenn ich es wüsste. Wenn ich nämlich keine Genträgerin wäre, könnte ich nach meiner Ausbildung noch studieren, könnte Pläne für die Zukunft machen, und ich könnte wieder Liebe in mein Leben lassen.

Das alles wäre großartig. Aber was, wenn der Test positiv ausfiele? Was, wenn ich Trägerin war und in zehn bis fünfzehn Jahren die ersten Symptome zu erwarten hatte? Was dann?

Ich legte den Hörer wieder zurück auf die Gabel und ging zu meinem Vater, der auf der Couch im Wohnzimmer lag und fernsah. Niedergeschlagen ließ ich mich neben ihm auf das Polster fallen. Eine Weile schaute ich die Sendung mit ihm. Es war eine Dokumentation über Astronauten. Schließlich drehte ich mich ihm zu.

„Es gibt einen Test", sagte ich.

Benno schaute mich fragend an. Die Falten um seine Augen waren nach dem Tod meiner Mutter noch tiefer geworden. Die kleineren Zuckungen in seinem Gesicht waren jetzt so häufig, dass ich sie kaum noch wahrnahm.

„Test?"

„Ja, einen Test, der das Chorea-Huntington-Gen feststellen kann."

Mein Vater sah mich verblüfft an, und dann machte sein linker Arm eine derartig ausladende Bewegung, dass ich mich ducken musste, um nicht von ihm ins Gesicht geschlagen zu werden. Als er sich wieder beruhigt hatte, fragte er ungläubig: „Du kannst testen lassen, ob du die Krankheit bekommst oder nicht?"

Ich nickte und wartete darauf, dass er mir sagen würde, dass ich diesen Test sofort machen sollte.

Aber er schwieg. Einen kurzen Moment glaubte ich, dass er doch nicht verstanden hatte, was ich ihm soeben gesagt hatte. Er schaute in den Fernseher und wirkte, als würde er in aller Seelenruhe die Sendung zu Ende schauen. Als ich ihn schon auffordern wollte, endlich etwas dazu zu sagen, sprudelte es wie ein Wasserfall aus ihm heraus: „Tu das nicht, Nelly. Als ich damals erfahren habe, dass ich den Wahnsinn meiner Mutter geerbt habe, hat mich das völlig aus der Bahn geworfen. Damals glaubte meine Familie ja noch, dass jeder Mann meiner Generation und jede Tochter dieser Männer diese verdammte Krankheit mit Sicherheit bekommen würde. Ich war völlig außer mir, ich war von Sinnen. Ich hatte meine Mutter daran kaputtgehen sehen, und als mein Vater mir sagte, dass ich genauso leiden müsste, war meine Angst und mein Schmerz so groß, dass ich an nichts anderes mehr denken konnte. Ich fing an zu trinken, und vor lauter Angst, deiner Mutter sagen zu müssen, dass du es auch bekommen wirst, bin ich sogar weggelaufen. Ich habe die Liebe meines Lebens und mein eigenes Kind im Stich gelassen, nur um der Verantwortung aus dem Weg zu gehen. So viele gemeinsame Jahre haben wir verloren, nur wegen meiner Feigheit. Ich weiß, dass du nicht solch einen schweren Fehler begehen würdest, und du bist momentan ja in einer ganz anderen Situation. Ich möchte dir nur klar machen, was dieses Wissen mit dir anstellen kann."

Mit weit aufgerissenen Augen starrte er mich an. Ich war völlig perplex.

„Aber Dad! Du hast mich doch damals an meinem fünfzehnten Geburtstag sogar angerufen, um mir von der Krankheit zu erzählen. Und damals dachtest du sogar, ich würde sie auf jeden Fall bekommen. Dabei musst du dir doch etwas gedacht haben? Dass es vielleicht besser wäre, wenn ich es wüsste?!"

Auf der Stirn meines Vaters hatten sich Schweißperlen gebildet, die er sich mit der Hand wegwischte.

„Ja, ich weiß. Mein Gewissen hatte mich in all den Jahren fast aufgefressen. Es verging kein Tag, an dem ich nicht darüber nachgedacht hatte, was ich euch mit meinem Weggehen angetan hatte. Und dass du diese grausame Krankheit bekommen würdest, ohne dass du vorher darüber Bescheid wusstest. Aber ich wusste es. Und irgendwann, als sich die Symptome bei mir selbst bemerkbar machten, dachte ich, dass es meine Pflicht wäre, dich endlich darüber zu informieren. Weißt du, seit deine Mutter tot ist, hab ich viel nachgedacht. Und da es ja nun nicht so ist, dass du mit Sicherheit Trägerin bist, sondern eine fünfzigprozentige Chance besteht, dass du das Gen nicht in deinem Blut hast, was ja wirklich nicht wenig ist, glaube ich, dass es besser für dich ist, im Ungewissen zu bleiben."

Soweit ich mich erinnern konnte, hatte mein Vater, seit ich ihn wieder bei mir hatte, nie so viel geredet wie an diesem Abend. Er wirkte fast besessen davon, mich von diesem Test abzuhalten. Dann fragte ich mich, wie es dazu kam, dass er sich bereits so viele Gedanken darüber gemacht hatte.

„Wusstest du schon, dass es diesen Test gibt, Dad?"

Er gab mir indirekt sofort eine Antwort auf diese Frage, indem er sein Gesicht in den Händen verbarg.

„Es tut mir leid, Nelly. Ich hab mir Sorgen gemacht, was mit dir passieren würde, wenn du erfahren würdest, dass es diesen Test gibt. Schließlich wusste ich ja, vor welch weitreichende Entscheidung du damit gestellt wirst. Wir hatten alle so schwer mit dem Schicksal deiner Mutter zu kämpfen. Ich dachte, es würde dich nur zusätzlich belasten. Ich wollte dich nur schützen."

Ich wurde wütend. Wütend darüber, dass mein Vater mir schon wieder eine Information verschwiegen hatte, die meine Zukunft, mein Leben betraf. Wütend darüber, dass er ein weiteres Mal an meiner Stelle entscheiden wollte. Dass er Gott spielen wollte. Als hätte er nichts aus seinen Fehlern gelernt.

„Seit wann weißt du es?"

Mein Vater verzog schmerzvoll das Gesicht. Erst dachte ich, es wäre einer seiner Zuckungen, aber dann merkte ich, dass ihm die Wahrheit unangenehm war.

„Sag schon! Seit wann?"

Er gab einen gurgelnden Laut von sich. Dann sagte er endlich: „Seit einem Jahr. Mein Arzt hat es mir gesagt, nachdem der Test auf den Markt gekommen ist. Er fragte, ob du dich möglicherweise testen lassen wolltest."

Ich schnappte nach Luft. Das konnte doch nicht wahr sein. Warum war er nur so ein Feigling?

„Du weißt von diesem Test seit einem Jahr und hast es mir nicht gesagt? Hast einfach gehofft, dass ich selbst nie an diese Information kommen würde? Meinst du nicht, ich bin mit meinen 23 Jahren alt genug, selbst zu entscheiden, ob ich über mein Schicksal Bescheid wissen will oder nicht? Dieser unfähige Arzt hätte mich direkt kontaktieren müssen!"

Er nickte, und ich bemerkte, dass er weinte.

**318**

„Glaub mir, Nelly, es tut mir unglaublich leid. Ich hab ihm gesagt, dass du dich nicht testen lassen willst. Warum verhalte ich mich immer wieder so? Was ist nur los mit mir? Nelly, ich kann dir einfach nicht sagen, warum ich das getan habe. Ich wusste, dass es falsch war, und trotzdem hab ich es nicht fertiggebracht, dir davon zu erzählen, ja ich hab sogar gelogen. Es tut mir so leid, bitte verzeih mir. Nur noch dieses eine Mal."

Ich hörte ehrliche Reue in seiner Stimme. Mir wurde klar, dass mein Vater so viel Schlimmes in seinem Leben erlebt hatte und dass er selbst den Rest davon so verpfuscht hatte, dass er offenbar gar nicht mehr klar entscheiden konnte, was richtig und was falsch war. Die Art, wie er aufgewachsen war, seine verrückte Mutter und dann deren plötzliches Verschwinden. Die Apartheid, der Selbstmord seines Bruders, das Wissen um seine eigene Zukunft, und dann sein Versagen, was mich und meine Mutter anbelangte. Und kaum hatte er uns wieder, starb seine große Liebe und verließ ihn für immer. Und dann war da noch die Krankheit, die sein Wesen völlig veränderte, sein Verhalten oft außer Kontrolle geraten ließ und deren Klauen ihn so im Griff hatten, dass ich, da ich ihn erst seit einigen Jahren kannte, nicht wusste, ob eine Handlung seine eigene war, oder ob sie von Chorea Huntington angetrieben wurde. Ich atmete einige Male tief ein und aus, schluckte meine Wut hinunter.

„Okay, Dad. Ich verstehe dich. Irgendwie. Und wahrscheinlich bleibt mir sowieso nichts anderes übrig."

Er nahm zaghaft meine Hand, starrte darauf und strich mit seinem Daumen über meinen Handrücken.

„Danke, Nelly. Mach den Test, wenn du möchtest. Versprich mir einfach nur, dass du gründlich darüber nachdenkst, was dieses Wissen für dein weiteres Leben bedeuten kann. Und mach nicht solche Fehler, wie ich."

Danach saßen wir sicher eine halbe Stunde lang schweigend nebeneinander. Im Fernsehen lief mittlerweile eine andere Dokumentation, ironischerweise über wilde Tiere in Südafrika. Aber ich glaubte, mein Vater nahm es gar nicht wahr. Wir beide waren tief in unseren Gedanken versunken. Er vielleicht in Gedanken über seine Vergangenheit und ich in Gedanken über meine Zukunft.

# 9.

## Winter 1999, Oberursel, Deutschland

*Song to the Siren* – dieses wunderschöne Lied von This Mortal Coil hatte ich für die Beerdigung ausgesucht. Die Urne meines Vaters wurde direkt neben der meiner Mutter in die Erde gesetzt. Als meine Mutter krank war und wusste, dass sie sterben würde, hatten sich meine Eltern einen Baum in einem Friedwald gekauft. Ein wunderschöner, friedlicher Ort, die Natur in ihrer absoluten Vollkommenheit. Ich fand diese Idee damals merkwürdig. Noch nie hatte ich vorher von solch einem Friedwald gehört. Eigentlich war es ein ganz normaler Wald. Nur an kleinen Messingschildchen, die an den Bäumen angebracht waren und die Namen der Verstorbenen trugen, konnte man erkennen, dass hier etwas anders war. Als die Urne meiner Mutter dort beigesetzt wurde, erkannte ich, wie tröstlich die Vorstellung war, dass sie an solch einem Ort ihre letzte Ruhe gefunden hatte und nicht auf einem bedrückenden, herkömmlichen Friedhof. Mein Vater und ich hatten nach ihrem Tod oft lange Spaziergänge dort gemacht, uns an „ihren" Baum gesetzt und die Geräusche der Natur und die frische Luft genossen. Jedes Mal, wenn wir dort waren, spürte ich den Geist meiner Mutter zwischen den Baumwipfeln, und ich glaubte, dieses Gefühl erleichterte mir die Trauer.

Jetzt lief die Trauergemeinde hinter der Rednerin her, die ich engagiert hatte, weil ich mich nicht im Stande fühlte, selbst etwas zu sagen.

Das Lied klang aus einem Lautsprecher und hüllte den ganzen Wald in seine sanfte Melodie. Die Trauergemeinde bestand nur aus einer Handvoll Menschen: ein paar ehemaligen Kollegen meines Vaters, meiner Oma und meinen Tanten mütterlicherseits sowie ein paar Nachbarn. Viele Leute hatte mein Vater in seinen letzten Jahren nicht mehr kennengelernt. Seine Krankheit hatte sich nach dem Tod meiner Mutter rapide verschlimmert. Ich wusste, dass er einzig und allein meinetwegen bis zum Ende durchgehalten hatte. Nicht nur einmal erwähnte er mir gegenüber, wie schwer es für ihn wäre, nicht den einfacheren Weg zu gehen und seinem Leben selbst ein Ende zu setzen, bevor ihm jegliche Kontrolle genommen würde. Aber er wollte durchhalten, meinetwegen. Weil er mir versprochen hatte, bei mir zu bleiben, so lange es ging. Hin und wieder war ich versucht, ihn von seinem Leid zu erlösen und ihn bei dem zu unterstützen, was er dann hätte tun wollen. Aber so weit gingen unsere Unterhaltungen darüber nie. In seinen Augen sah ich eisernen Willen, und deshalb beließ ich es dabei. Ich spürte, dass er es schaffen wollte bis zum Ende. Vielleicht hatte er es nicht nur mir, sondern auch meiner Mutter versprochen. Hatte er ihr, bevor sie starb, sein Wort gegeben, möglichst lange bei mir zu bleiben? Hatte sie befürchtet, dass ich sonst ganz allein wäre und daran zerbrechen würde?

Nach ihrem Tod hatten mein Vater und ich nur noch einander. Seine Familie hatte nicht das nötige Geld, um uns in Deutschland zu besuchen, und mein Vater war die letzten Jahre nicht mehr in der Lage, sich stundenlang in ein beengtes Flugzeug zu setzen. Zur Verwandtschaft meiner Mutter hatten wir wenig Kontakt. Aber ich konnte ihre Schwestern schon früher nicht leiden, und meine Oma war dement und konnte sich sowieso kaum an mich erinnern. Daher klammerte ich mich an meinen Vater, auch wenn es manchmal grausam war, ihn so zu sehen. Besonders am Ende, als er völlig bewegungsunfähig war, wollte und konnte ich ihn nicht loslassen, bevor seine Zeit kommen sollte. Immer wieder huschte Timo in meine Gedanken, und wenn ich anfing, darüber nachzudenken, was gewesen wäre, wenn ich ihn nicht hätte gehen lassen, und mir wünschte, er wäre jetzt hier, um in dieser schweren Zeit bei mir zu sein, verdrängte ich diese Gedanken schnell. Ich hatte meine Gründe, mich nach den wenigen wundervollen Wochen, die wir zusammen gehabt hatten, von ihm zu trennen, und deshalb durfte ich die Sehnsucht nach ihm, die mich hin und wieder überkam, nicht zulassen. So schlimm diese Jahre waren, ich zwang mich dazu, sie allein durchzustehen.

Die körperlichen Einschränkungen meines Vaters, die ihn am Ende in den Rollstuhl zwangen, waren aber nicht das Schlimmste. Für mich selbst war sein geistiger Zerfall durchaus schwerer mit anzusehen. Manchmal verfiel er tagelang in Depressionen, redete kaum mit mir und schien sich gänzlich in seine eigene Welt zurückzuziehen. Dann schlug seine Stimmung wieder in pure Aggressivität um. In solchen Phasen kam es vor, dass er mich anbrüllte, und einmal schlug er sogar nach mir. An solchen Tagen dachte ich an die Krankenschwestern zurück, die ich belauscht hatte, als mein Vater mit einem gebrochenen Bein im Krankenhaus gelegen hatte. Unter anderen Umständen wäre ich möglicherweise weggelaufen. Ich hatte nicht nur an dem Verlust meiner Mutter zu knabbern, ich musste auch die Persönlichkeitsveränderungen meines Vaters ertragen. Aber ich hing mittlerweile so sehr an ihm, dass ich trotz allem bei ihm sein wollte. Zum Glück hatte er fast bis zum Schluss auch immer wieder gute Tage. Dann war er ganz klar, redete viel über die Vergangenheit, erzählte von Südafrika und von seiner Familie. Ich musste ihm versprechen, die Balewas in Kapstadt zu besuchen, sobald er nicht mehr da war und ich die Möglichkeit hatte, für zwei oder drei Wochen wegzufahren. Vorher wollte ich ihn auf keinen Fall so lange alleinlassen. Obwohl wir eine Pflegerin hatten, die sich um ihn kümmerte, wenn ich nicht da sein konnte, stand es zu keinem Zeitpunkt zur Debatte, die Balewas zu besuchen, so lange mein Vater noch bei mir war. Jeder Tag mit ihm war wertvoll.

Da Schreiben für ihn unmöglich geworden war, diktierte er mir lange Briefe an jedes einzelne Mitglied seiner Familie und trug mir auf, sie nach seinem Tod zu überbringen.

Obwohl all das so schwer zu ertragen war, war ich meinem Vater dankbar, dass er es nicht seinem Bruder gleichtat und seinem Leid durch Selbstmord aus dem Weg ging. Manchmal bekam ich Angst, weil mein eigenes Ende genauso aussehen konnte. Aber im Grunde war es gut, dass ich Chorea Huntington bis zum Schluss miterlebte, um zu wissen, was auf mich zukommen könnte.

Den Test machte ich nicht. Nachdem ich damals nach Mutters Tod mit meinem Vater darüber geredet hatte, dachte ich tagelang nach. Ich war hin und her gerissen, aber letztendlich entschied ich mich dafür, im Ungewissen zu bleiben. Die Gründe dafür waren recht einfach. Ich wusste, dass ich, sobald ich Klarheit hätte, mein Leben nur noch nach diesem Wissen ausrichten würde. Und zu diesem Zeitpunkt wollte ich das nicht. Benno ging es immer schlechter, und ich wollte für ihn da sein. Wenn ich gewusst hätte, dass ich ebenfalls Trägerin wäre, hätte ich möglicherweise ausbrechen wollen. Hätte mir dieses Leid nicht ansehen können, weil ich gewusst hätte, dass es mir irgendwann genauso gehen würde. Und ich hätte Bedenken gehabt, jahrelang zu Hause zu bleiben, nur für meine Arbeit im Krankenhaus fortzugehen und dann möglichst schnell wieder zu ihm zurückzukehren. Ich hätte die Welt sehen wollen, hätte verrückte Dinge tun wollen und hätte weder zu Hause sitzen noch arbeiten wollen. Deshalb dachte ich mir, dass ich den Test erst einmal sein lassen würde.

Allerdings gab es in den letzten Jahren immer wieder Situationen, in denen ich es doch gerne gewusst hätte. Jedes Mal, wenn ich vor einer wichtigen Entscheidung stand, die mein Leben in eine bestimmte Richtung führen würde, hatte ich die Frage im Hinterkopf, wie viele gesunde Jahre mir wohl noch blieben und ob meine Entscheidung nicht besser davon abhängig sein sollte. Beispielsweise wurde mir eine

Position in Berlin angeboten, in der Notfallchirurgie der Charité. Ein angesehener Arzt, der für einige Wochen in dem kleinen Frankfurter Krankenhaus hospitierte, in dem ich arbeitete, hatte wohl Gefallen an mir und meiner Arbeit gefunden und bot mir an, in seiner Abteilung in Berlin anzufangen. Das war nicht lange vor dem Tod meines Vaters. Dass ich deshalb nicht so weit wegwollte, war aber nicht der einzige Grund, warum ich ablehnte. Auch die Angst, dass ich diese Stelle nur einige Jahre machen könnte und ich dann, wenn die Krankheit ausbrach, weit weg wäre von meinen Freunden, die neben meinem Vater mein letzter Halt waren, und nicht in meiner gewohnten Umgebung, trug wesentlich zu dieser Entscheidung bei.

Ein anderes Mal, als ich kurz davor war, den Test doch machen zu lassen, war, als ich einen Mann kennenlernte, der mir gut gefiel und mit dem ich einige Dates hatte. Es war schön mit ihm. Sein Name war Paul, und er war Arzt in meinem Krankenhaus. Sämtliche Schwestern und Patientinnen hatten ein Auge auf ihn geworfen. Dass er sich ausgerechnet für mich interessierte, schmeichelte mir sehr. Doch nach ein paar wenigen Dates zog ich mich wieder von ihm zurück. Wenn ich eine Beziehung mit ihm eingegangen wäre, hätte ich ihm sagen müssen, welches Schicksal mir drohte, und dann wäre mir nichts anderes übrig geblieben, als endlich die Wahrheit zu erfahren. Irgendwann dachte ich, dass ich einfach nur Angst vor dieser Wahrheit hatte und den Test deshalb nicht machen ließ.

Als die überschaubare Trauergemeinde an dem Baum

meiner Eltern ankam, reihten sich alle vor dem kleinen Loch im Boden auf, in das die Urne gesetzt wurde. Seit er gestorben war, hatte ich keine einzige Träne vergießen können. Nach dem Tod meiner Mutter hatte ich viel geweint. Aber dieses Mal fand keine einzige Träne den Weg über meine Wangen. Ich fragte mich schon, ob ich kalt geworden war und daher nicht um meinen Vater weinen konnte. Aber die Försterin, die die Beisetzung im Friedwald organisiert hatte, sagte mir, dass das normal sei und oft vorkomme. Ich war hier in Deutschland die einzige Verwandte meines Vaters und musste mich allein um alles kümmern. Außerdem musste ich die Familie in Kapstadt informieren und tröstende Worte für sie finden. Erst jetzt, da die Asche meines Vaters ihren Platz bei den Wurzeln des Baumes fand, neben der Asche meiner Mutter, brach sich ein Tränenstrom Bahn. Mir wurde bewusst, dass ich innerhalb weniger Jahre zuerst meine Mutter und dann meinen Vater verloren hatte, und ich verlor plötzlich völlig die Fassung, fiel auf die Knie und weinte schluchzend um meinen schweren Verlust. Weinte um meinen Vater, um meine Mutter und um mein eigenes Leben.

Es dauerte einige Monate, bis ich aus dem schwarzen Strudel der Trauer herauskam. In den ersten Wochen war ich wie ferngesteuert zur Arbeit gegangen, hatte mechanisch und gefühllos das Haus verkauft, das nun mir gehörte, aber viel zu groß für mich allein war, und mir eine kleine Wohnung nahe dem Krankenhaus in Frankfurt eingerichtet. Erst als die Tage länger wurden und die Luft milder, die

Kirschbäume in voller Blüte standen und die Vögel fröhlich ihre Lieder sangen, ging es mir langsam besser, und ich gewann wieder ein wenig Lebensmut. Ich buchte einen Flug nach Kapstadt, um die Familie meines Vaters zu besuchen und ihnen die Briefe zu überreichen.

Nachdem ich mein Gepäck in das Hotel gebracht hatte, machte ich mich sofort auf den Weg nach Pinesland. Kapstadt hatte sich sehr verändert. Die Durchmischung der Weißen, Farbigen und Schwarzen war jetzt überall zu beobachten. All die Beschilderungen, die die Nicht-Weißen in ihre Schranken gewiesen hatten, waren verschwunden. Offenbar wurden alle Menschen nun gleich behandelt, zumindest sah es auf den ersten Blick so aus. Doch wenn ich genauer hinsah, konnte ich noch immer deutliche Spuren der Apartheid finden: Auf keiner einzigen Baustelle und an keiner Supermarktkasse sah ich einen weißen Menschen. Die einfachen Arbeiten wurden weiterhin ausschließlich von Schwarzen oder Farbigen ausgeführt. Die Weißen waren nach wie vor die gehobene Klasse. Als ich von der Familie hörte, dass sich in den Townships kaum etwas verändert hatte, dass sie noch immer in Armut versanken und es nach wie vor Bandenkriege gab, wurde mir klar, dass Südafrika noch einen weiten Weg vor sich hatte, bis es die Fesseln der Apartheid endlich abgelegt haben würde.

Leider musste ich bei meiner Ankunft bei den Balewas feststellen, dass es meiner Tante Helena nicht besonders gut ging. Da ich die Familie kaum kannte, war ich etwas befangen, als ich mich an den großen Esstisch setzte. Doch als Miriam mir erzählte, dass ihre Mutter Helena kaum noch aß und trank und auch nicht mehr aus ihrem Bett aufstehen wollte, seitdem sie meine Nachricht über den Tod ihres Bruders erhalten hatte, fiel all die Befangenheit von mir ab, und mein Krankenschwesternherz wollte sofort helfen. Helena litt offensichtlich unter einer schweren Depression. Kein Wunder bei ihrem harten Leben und all den Verlusten, die sie hatte verkraften müssen. Ich wusste nicht genau, wie alt sie war. Aber mein Vater hatte immer erzählt, dass sie ein paar Jahre älter war als er selbst. Dementsprechend konnte sie höchstens Anfang sechzig sein. Noch kein besonders hohes Alter, wie ich fand. Doch ihre faltige Haut, die trotz ihres eigentlich dunklen Teints gräulich wirkte, ließ sie viel älter wirken. Lange musste ich sie nicht untersuchen, um zu wissen, dass sie unter akutem Flüssigkeitsmangel litt und vollkommen unterernährt war.

„Wir sollten sie ins Krankenhaus bringen", sagte ich zu Miriam und Wanda.

„Aber wir sind nicht krankenversichert. Wie sollen wir das bezahlen?", fragte Miriam besorgt. Auch Wandas Blick verriet ihre Verzweiflung.

„Kein Problem. Ich kann die Kosten übernehmen. Es geht jetzt erst einmal darum, dass sie eine Infusion mit Flüssigkeit und Nährstoffen bekommt. Wenn sie wieder einigermaßen zu Kräften gekommen ist, sehen wir weiter. Sie muss aus dieser Depression herauskommen, sonst geht sie daran kaputt."

Gemeinsam brachten wir Helena bis auf die Straße. Die Kinder von Edward und Wanda waren glücklicherweise noch in der Schule, und Edward war noch bei der Arbeit. Ich hielt Ausschau nach einem Taxi, und als eines anhielt, setzten wir Helena auf die Rückbank.

„Fahrt ihr ruhig, ich bleibe zu Hause. Die Kinder müssten bald von der Schule kommen", sagte Wanda.

Die Notaufnahme war überfüllt mit Menschen, verletzten, hustenden, röchelnden Menschen. Es war ganz anders als in Deutschland. Der Gestank war unerträglich, ich musste einen Würgereiz unterdrücken. Auch hier sah man das Erbe der Apartheid noch deutlich: Kaum ein weißer Patient saß hier. „Sie suchen nur Privatkliniken auf", sagte Miriam. „In die Notaufnahmen der staatlichen Krankenhäuser kommen hauptsächlich Opfer von Bandenkriegen oder AIDS-Kranke. Für alle anderen übernimmt der Staat die Arztkosten nicht. Und versichert ist von den Nicht-Weißen noch kaum jemand." Mein Magen krampfte sich zusammen, als mir immer deutlicher vor Augen geführt wurde, wie verheerend die Zustände noch immer waren. Zum Glück war mein Vater in seinen letzten Jahren in Deutschland gewesen. So konnte er wenigstens Physiotherapie in Anspruch nehmen, was ihm zum Schluss viel Linderung verschafft hatte.

Wir mussten ganze drei Stunden warten, bis wir an der Reihe waren. Der Arzt gab Helena eine Infusion und bestätigte meine Vermutung, dass sie unter einer Depression litt.

„Ich gebe ihnen ein Antidepressivum mit, das sie einige Wochen einnehmen kann. Aber sie sollte auch mit jemandem sprechen. Es sollte jemand sein, den sie nicht alltäglich um sich hat und der keinesfalls mit den gleichen Problemen konfrontiert ist. So können sich die meisten eher öffnen und aus der Depression herauskommen."

Bis die Infusion durchgelaufen war, dauerte es einige Zeit. Der Arzt hatte sich bereits wieder verabschiedet und war zum nächsten Patienten geeilt. Miriam setzte sich neben ihre Mutter und hielt ihre Hand.

„Wäre es okay für dich, wenn ich ein paar Minuten nach draußen gehe, um frische Luft zu schnappen?", fragte ich.

Miriam versicherte mir, dass es kein Problem sei und dass sie solange ein Auge auf ihre Mutter haben werde. Also schloss ich die Tür hinter mir und ging schnellen Schrittes durch die schmuddelige Notaufnahme. Als ich am Ausgang ankam und gerade nach dem Türknauf greifen wollte, riss jemand die Tür von außen auf. Ich griff ins Leere, und kurz darauf prallte ich mit jemandem zusammen.

„Oh, tut mir leid", sagte derjenige. „Ich habe einen Verletzten hier."

Als ich aufschaute, sah ich einen schwarzen Mann, dessen ganzes Gesicht blutverschmiert war. Er hielt sich ein Stofftuch vors Auge, wahrscheinlich um zu versuchen, die Blutung zu stoppen. Schnell machte ich ihm Platz. Er wurde von einem weiteren Mann begleitet, der ihn am Arm hielt und durch die Tür schob. Als ich zu diesem Mann aufblickte, stockte mir der Atem. Den Bruchteil einer Sekunde war ich mir nicht sicher, ob ich ihn nicht doch verwechselt hatte. Aber als seine Augen meine trafen und ich auch in seinem Blick sah, dass er mich erkannte, wurde mir bewusst, dass er wirklich vor mir stand.

„Hallo, Nelly", sagte Timo.

## 10.

### Herbst 1999, Kapstadt, Südafrika

„Nur freundschaftlich!", das hatte ich zu Timo gesagt, als er mich nach unserem Wiedersehen zum Essen eingeladen hatte. Deshalb ärgerte ich mich jetzt etwas über die Auswahl der Lokalität. Ich stand vor einem schicken Fischrestaurant oberhalb der Bucht von Camps Bay. Schon von draußen konnte ich die weißen Decken und die massiven Kerzenständer auf den Tischen sehen. Und die Glasfront ließ einen atemberaubenden Ausblick auf die Zwölf Apostel und das blaue Meer vermuten.

Schon als ich da stand, spürte ich die Angst vor meinen Gefühlen für Timo.

Nach unserem Zusammenstoß im Krankenhaus hatten wir keine Zeit für lange Gespräche gehabt, weil das Blut des Mannes, den Timo in die Notaufnahme gebracht hatte, unerbittlich weiter über dessen Gesicht floss. Daher hatte Timo nur zu mir gesagt, dass ich warten solle, bis er wieder komme. Dann war er davongeeilt.

Die ersten Minuten hatte ich wie erstarrt dagestanden. Manche Dinge passieren zu einem Zeitpunkt, an dem man sie absolut nicht erwartet. Dass ich Timo hier in Kapstadt wiedertreffen würde, fast zehn Jahre nach unserer kurzen

Liebesgeschichte, hätte ich nie und nimmer geglaubt.

Nachdem ich etwa fünfzehn Minuten, in denen die Gedanken und Erinnerungen wie Pfeile durch meinen Kopf geschossen waren, auf Timo gewartet hatte, fiel mir erst wieder ein, warum ich überhaupt hier war. Helena lag noch immer in der Notaufnahme am Tropf, und Miriam wartete bestimmt schon, dass ich zurückkam. Einen Moment lang überlegte ich, was ich tun sollte. Wenn ich nur kurz zurückging, um den beiden Bescheid zu geben, würde Timo möglicherweise genau in diesem Augenblick wieder auftauchen, und dann wäre ich nicht da. Ich schüttelte den Kopf. Was tat ich da? Warum war es mir so wichtig, hier zu sein, wenn er wieder kam? Wir hatten uns zehn Jahre lang nicht gesehen, hatten keinerlei Kontakt. Und unsere Verbindung damals hatte schließlich nur einige Wochen gehalten. Ich führte mich auf wie ein Teenager! Doch mein klopfendes Herz, sein Grinsen, das ich nicht mehr aus dem Kopf bekam, seit er mir wieder in die Augen geblickt hatte, und mein Verlangen, zu hören, wie es ihm in den letzten Jahren ergangen war, was er hier in Kapstadt machte, sowie die Möglichkeit, überhaupt mit ihm reden zu können, sorgten dafür, dass ich wie angewurzelt vor dem Eingang der Notaufnahme stehen blieb.

Nach dreißig Minuten tauchte er endlich auf. Als er auf mich zukam, wurden meine Knie ganz weich. Ich ermahnte mich selbst, mich zusammenzureißen. Timo sah verdammt gut aus. Seine blonden Haare, die damals wild von seinem Kopf abgestanden hatten, waren kurz geschnitten und zu einer ordentlichen Frisur gekämmt. Damals hatte er stets

Shorts und T-Shirts getragen, was seine gebräunte Haut zur Geltung gebracht hatte. Jetzt trug er einen Anzug. Zwar hatte er keine Krawatte umgebunden, die oberen zwei Knöpfe des weißen Hemdes waren aufgeknöpft, und das Jackett hatte er lässig über die Schulter geworfen, aber er sah trotzdem sehr respekteinflößend darin aus. Das Einzige an ihm, was unverkennbar noch genauso war wie damals, waren seine tiefblauen Augen und sein spitzbübischer Blick. Ich erwischte mich dabei, wie ich ihn anstarrte.

„Du bist es also wirklich", sagte er, als er bei mir ankam. „Ich hab mir da drinnen gerade wirklich Sorgen gemacht, dass ich das nur geträumt hätte."

Er sah mich so eindringlich an, dass ich ganz verlegen wurde. Ohne dass ich meinen Blick von ihm abwenden konnte, suchte ich nach einer selbstbewussten Erwiderung. Aber mir fiel einfach keine ein. Es kam mir vor, als hätten wir minutenlang nur dagestanden und uns in die Augen geschaut. Ich war wie elektrisiert.

Endlich kam etwas aus meinem Mund.

„Was tust du hier?"

„Arbeiten."

Mein fragender Blick entlockte ihm ein Lächeln.

„Ich habe meinen Plan, hier als Anwalt zu arbeiten, wahr gemacht."

„Wow!" Mehr fiel mir dazu nicht ein. Offenbar hatte es mir die Sprache verschlagen.

„Nicht immer einfach, gebe ich zu. Solche Zwischenfälle wie dieser gerade kommen häufig vor. Schlägereien in den Townships sind leider noch immer an der Tagesordnung."

Timo hatte mich durch diese wenigen Sätze schon so beeindruckt, dass es mir schwer viel, etwas Intelligentes zu antworten. Zum Glück machte er es mir leichter.

„Wie geht es dir, Nelly? Bist du zu Besuch bei deiner Familie?"

„Ja genau. Für zwei Wochen. Meiner Tante Helena geht es nicht gut, deshalb haben wir sie ins Krankenhaus gebracht."

„Oh das tut mir leid. Hör zu, ich muss wieder zu meinem Mandanten. Was hältst du davon, wenn wir heute Abend essen gehen? Es gibt bestimmt viel zu erzählen. Ich würde gerne hören, wie es dir in den letzten Jahren ergangen ist."

Ich zögerte, weil ich Bedenken hatte, Timo wieder an mich heranzulassen. Andererseits war sehr viel Zeit vergangen, und in der Zwischenzeit war einiges passiert. Sicher hatte sich auch sein Leben komplett verändert. Also nickte ich.

„Einverstanden. Gegen ein freundschaftliches Abendessen ist ja nichts einzuwenden."

*Hoffentlich dauert diese Verabredung nicht allzu lange,* dachte ich, als ich die Tür zu dem Restaurant öffnete. Sofort sah ich Timo. Er saß an einem kleinen Tisch am anderen Ende des großen, hellen Raumes, direkt vor der großen Fensterfront und winkte mir zu. Seinen schicken Anzug, den er wohl für die Arbeit getragen hatte, hatte er gegen eine schwarze Jeans und ein hellblaues Poloshirt eingetauscht, das seine Augen noch blauer wirken ließ. Auch seine Frisur war ein wenig lockerer als wenige Stunden zuvor. Ich selbst hatte ein sonnenblumengelbes Sommerkleid gewählt. Da es auf den südafrikanischen Winter zuging, war meine Kleiderwahl etwas zu luftig gewesen, aber hier drin hörte ich auf zu frösteln. Stattdessen wurde mir fast ein bisschen heiß, als ich auf Timo zuging. Er schaute mir so fest in die Augen, dass ich mich konzentrieren musste, um einigermaßen entspannt zu wirken. Zur Begrüßung stand er auf und umarmte mich. Ich hielt die Luft an. Warum, wusste ich selbst nicht genau. Vielleicht, um zu verhindern, dass sein Geruch Erinnerungen heraufbeschwor?

Wir bestellten einen großen Teller mit verschiedenen Fischsorten, Krabben und Salat. Dazu wurde Weißbrot gereicht, das wir mit Butter bestrichen. Der eiskalte Weißwein passte hervorragend dazu und löste nach nur einigen Schlucken unsere Zungen. Die anfängliche Befangenheit legte sich sehr schnell, und wir plauderten drauflos. Timo erzählte mir von seiner Arbeit als Anwalt. Er hatte sein Studium in Stuttgart absolviert und dann zwei Jahre in einer Kanzlei in Karlsruhe gearbeitet. Sein Wunsch, einmal in Kapstadt zu arbeiten, um sich für die Rechte der Nicht-Weißen einzusetzen, war aber allgegenwärtig gewesen. So hatte er vor etwas über einem Jahr entschieden, seinen Job in Karlsruhe zu kündigen und nach Südafrika auszuwandern.

„Meinen Lebensstandard musste ich hier natürlich herunterschrauben. Ich arbeite viel ohne Bezahlung, weil sich die meisten meiner Mandanten eigentlich keinen Anwalt leisten können. Deshalb muss ich zwischendurch auch immer wieder Fälle übernehmen, für die ich normal honoriert werde. Sonst würde das Ganze nicht funktionieren. Aber ich tue etwas Gutes. Und die Menschen sind mir unglaublich dankbar dafür. Für viele bin ich fast schon so etwas wie ein Therapeut. Sie kontaktieren mich oft, wenn sie einfach nur Hilfe oder einen guten Rat bei etwas brauchen. Oder eben auch hin und wieder in solchen Fällen wie heute. Wenn sie jemanden brauchen, der sie zur Notaufnahme fährt, weil sie wieder mal an die falschen Leute geraten sind. Es ist wirklich bedauerlich, wie schwer sich die Gesellschaft damit tut, die Kriminalität zu bekämpfen. Aber die Arbeit tut mir richtig gut. In Deutschland habe ich lächerliche Nachbarschaftsstreits und Scheidungen und solche Dinge vertreten. Meist ging es dabei nur um Geld. Hier hat meine Arbeit viel mehr Tiefgang."

Timo verstummte und schaute mich an. Dann lächelte er.

„Tut mir leid, Nelly. Ich rede nur von mir. Du musst dich schrecklich langweilen."

Rasch schüttelte ich den Kopf.

„Nein! Dass du das überhaupt denkst! Natürlich langweilt mich das nicht. Es ist toll, was du mit deiner Arbeit bewirkst. Bewundernswert. Mein Vater gehörte schließlich auch zu den Menschen, denen du hier hilfst. Das ist wirklich toll."

Mit einem Mal veränderte sich sein Gesichtsausdruck. Sein umwerfendes Lächeln verschwand.

„Du sprichst von deinem Vater in der Vergangenheitsform?"

337

Ich nickte traurig und ließ den Blick aus dem Fenster über die Weite des Meeres unter uns schweifen.

„Ja, er ist Anfang des Jahres gestorben. Er hatte doch diese Krankheit, und er hat wirklich lange durchgehalten."

Ohne Berührungsängste nahm Timo sofort meine Hand zwischen seine beiden.

„Es tut mir so leid, Nelly. Das ist wirklich furchtbar. Wie geht es dir jetzt? Hm, was für eine bescheuerte Frage … Natürlich geht es dir nicht gut. Aber irgendwann wird es besser, und du kannst wieder nach vorne blicken."

Es war schon reizend, wie er versuchte, mich aufzumuntern. Aber ich wusste es besser. Konnte ich nach vorne blicken? In wenigen Wochen würde ich achtundzwanzig werden. Es gab eine fünfzigprozentige Chance, dass ich vielleicht noch zehn gute Jahre vor mir hatte. Doch darüber wollte ich in diesem Moment nicht sprechen. Also schwieg ich.

„Es muss auch für deine Mutter sehr schwer sein, hab ich recht?", fragte er nun. Ein weiterer, noch größerer Kloß bildete sich in meinem Hals. Jetzt hatte Timo es endgültig geschafft. Ich brach in Tränen aus. Ich hielt meine Hände vors Gesicht, damit Timo mir nicht beim Weinen zusehen musste. Kurz darauf spürte ich jedoch, wie er seine Hände auf meine Schultern legte. Er war aufgestanden und hatte sich auf den Stuhl neben mir gesetzt. Als er mich an sich zog und meinen Kopf gegen seine Brust legte, platzte ein Knoten in mir. Ein Knoten, den ich bis dahin nie gespürt hatte, von dem ich nicht gewusst hatte, dass es ihn überhaupt gab. Aber in diesem Moment, in dem ich Timos Aftershave einatmete, das er damals schon getragen hatte, wurde mir klar, dass es genau das war, was ich in den schweren Jahren zuvor so dringend gebraucht hatte: Eine Schulter, an der ich mich ausweinen konnte. Timos Schulter.

Mir war egal, dass uns die anderen Leute wahrscheinlich schon anstarrten. Mir war alles egal. Ich wollte einfach nur mein Gesicht in seiner Halsbeuge vergraben und meinem Kummer und meinen Tränen freien Lauf lassen.

Es musste mindestens eine halbe Stunde vergangen sein, bis ich mich wieder einigermaßen im Griff hatte. Ich löste mich von ihm und wischte mir übers Gesicht.

„Ich muss furchtbar aussehen", sagte ich und versuchte mich an einem kleinen Lächeln, das sicher ziemlich schief aussah.

Timo schaute mich nur an, strich mir eine Haarsträhne aus dem Gesicht und eine Träne von der Wange.

„Du bist wunderschön, Nelly. Sogar noch schöner als damals, wenn das überhaupt geht. Nur ein wenig müde siehst du aus."

Ich hätte ihn am liebsten geküsst. Aber glücklicherweise konnte ich mich beherrschen. *Er hat bestimmt eine Freundin oder gar eine Frau*, dachte ich.

„Lass uns ein Stück gehen, okay? Hier oben führt ein herrlicher Weg an den Klippen entlang. Man kann hunderte von Klippschliefern beobachten und hat eine tolle Aussicht über die Bucht. Frische Luft wird dir guttun. Und dann kannst du mir alles erzählen. Natürlich nur, wenn du willst."

339

# 11.

Wir waren etwa zwanzig Minuten schweigend den Weg, den Timo beschrieben hatte, entlanggegangen, als wir an einer kleinen Bank ankamen. Dort setzten wir uns hin und schauten der Sonne zu, die sich wie ein Feuerball in das kühle Meer absenkte. Wieder bestaunte ich die atemberaubende Schönheit dieses Landes. Alles erschien mir hier größer und weiter, als hätte die Natur einen bewegenden Einfluss auf mein eigenes Leben. Hier hatte schon einmal ein neuer Lebensabschnitt begonnen, und eine kleine Hoffnung keimte in mir auf, dass sich dieses Mal wieder etwas ändern würde. Dass vielleicht doch alles gut werden würde.

Während wir dicht nebeneinander saßen, mein Bein seines berührte und er keine Anstalten machte, es wegzuziehen, erzählte ich ihm vom Krebs und vom Tod meiner Mutter. Davon, wie mein Vater und ich danach allein waren und wie schwer es war, ihm jahrelang beim Sterben zuzusehen. Als ich fertig war, legte Timo seinen Arm um meine Schultern und drückte mich an sich. Eine Weile sagte keiner was. Das brauchte es auch nicht.

Dann räusperte Timo sich.

„Und hattest du wenigstens jemanden, der dir in dieser schweren Zeit beigestanden hat?", fragte er, und ich glaubte, ein Zittern in seiner Stimme zu hören.

Einen Moment wartete ich mit meiner Antwort und

überlegte, ob ich Timo sagen sollte, warum ich seit Jahren keine ernsthafte Beziehung gehabt hatte. Müsste ich ihm dann nicht auch sagen, dass ich mich davor scheute, jemanden in mein Leben zu lassen? Und vor allem, müsste ich ihm den Grund sagen?

Ich schüttelte nur den Kopf.

„Nein, da gab es niemanden."

„Hm". Timo nickte.

Wieder entstand eine Gesprächspause.

Dann sagte er: „Da gab es niemanden. Und gibt es denn jetzt jemanden?"

„Nein, jetzt auch nicht."

Mir war sofort klar, was diese Fragerei sollte. Trotzdem wollte ich es von ihm hören.

„Warum fragst du das?"

Der selbstbewusste Timo, Anwalt der Armen, schien plötzlich sehr verlegen zu sein.

„Nun ja … Als ich dich nach einem gemeinsamen Abendessen gefragt habe, hast du ziemlich stark betont, dass es nur ein freundschaftliches Essen würde. Deshalb dachte ich, es gäbe einen neuen Mann in deinem Leben. Wäre ja auch nicht so weit hergeholt. Du bist eine tolle Frau, Nelly. Jeder Mann, der dich bekommt, kann sich glücklich schätzen."

Jetzt war ich diejenige, die verlegen wurde. Seine Worte schmeichelten mir, und der Wunsch, ihn zu küssen, wurde immer stärker. Doch ich musste aufpassen. Ich wusste noch ganz genau, warum ich mich damals von Timo abgewandt hatte. Warum ich mich von *jedem* Mann, der mir zu nahe kam, abgewandt hatte. Ich stand auf.

„Ich sollte jetzt besser gehen. Es ist schon fast dunkel. Begleitest du mich noch zum Taxi?"

Es versetzte mir einen kleinen Stich, als ich bemerkte, wie geknickt Timo war, nachdem ich das gesagt hatte. Aber er war sehr höflich und brachte mich ohne Widerworte zur Straße, wo er mir ein Taxi heranwinkte.

Ich stieg ein, und er schloss die Tür hinter mir. Dann klopfte er noch mal an die Fensterscheibe. Ich kurbelte sie herunter und schaute ihn fragend an.

„Auch ich habe niemanden. Ich dachte, vielleicht würdest du das gerne wissen wollen, Nelly."

Ohne dass ich etwas dagegen tun konnte, zauberten seine Worte ein Lächeln auf mein Gesicht.

„Das ist schön. Und danke, Timo. Fürs Zuhören."

Dann fuhr das Taxi davon.


Am nächsten Morgen erledigte ich zuallererst meine Pflicht und überreichte jedem Familienmitglied einen Brief von Benno. Helena war durch die Infusion wieder zu Kräften gekommen und saß auf dem alten Sofa im Wohnzimmer ihres Hauses. Als ich ihr den Brief ihres verstorbenen Bruders überreichte und sie beobachtete, während sie ihn las, konnte ich sehen, dass ihre Augen auf einmal wieder leuchteten. Selbstverständlich hatte ich keinen der Briefe gelesen. Aber ganz offensichtlich hatte mein Vater genau die richtigen Worte an seine Schwester gerichtet. Später dachte ich manchmal, es war wie ein kleines Wunder gewesen: Mein Vater hatte aus dem Jenseits zu seiner Schwester gesprochen und ihr ihren Lebenswillen zurückgegeben. Denn tatsächlich blühte Helena in den folgenden Tagen regelrecht auf. Sie begann, wieder zu essen, nahm wieder an Gesprächen teil, zuerst zurückhaltend und später immer lebhafter. Manchmal setzte sie sich auf die kleine Bank, die vor dem Haus stand, um ihr Gesicht in die Sonne zu halten und die frische, kühle Luft einzuatmen.

In den zwei Wochen, die ich in Südafrika verbrachte, besuchte ich die Familie einige Male und blieb dann stets für zwei oder drei Stunden. Ein wenig konnte ich sie während dieser Zeit besser kennenlernen. Helena erzählte mir Geschichten aus Bennos Kindheit, und ich lauschte gespannt. Und Wanda übertraf sich bei jedem Besuch in ihrer Gastfreundlichkeit, kochte tolle, südafrikanische Gerichte für uns.

Doch es war mir in diesen zwei Wochen auch wichtig, Zeit für mich zu haben. So wanderte ich an den Stränden entlang, besuchte Märkte oder saß einfach in einem Café und beobachtete die Leute. So schaffte ich es, meine Trauer ein Stück weit zu überwinden.


Timo hatte mir bei unserem Treffen seine Visitenkarte gegeben, auf der seine Telefonnummer stand. Ich trug sie in meinem Geldbeutel ständig bei mir und schaute immer wieder darauf. Aber ich konnte mich die gesamten zwei Wochen nicht dazu durchringen, ihn anzurufen. Er hatte keine Frau oder Freundin. Ich hatte keinen Mann in meinem Leben. Und da war eindeutig noch ein Feuer zwischen uns, eine Anziehungskraft, irgendeine Art von Gefühlen.

Mir war sonnenklar, was geschehen wäre, hätte ich ihn angerufen. Aber was dann? Was würde ich ihm damit antun?

Mittlerweile gab es den Gentest, der das Huntington-Gen feststellen konnte, seit sechs Jahren. Und seit meinem fünfzehnten Geburtstag, als ich erfahren hatte, dass ich Trägerin dieses Gens sein konnte, hatte ich mein komplettes Leben danach ausgerichtet. Hatte auf so vieles verzichtet. Warum machte ich diesen verdammten Test nicht einfach? Schließlich lebte ich bereits fast so, als würde ich die Krankheit in einigen Jahren bekommen. Verzichtete auf alles Mögliche: auf gute, zukunftsträchtige Jobs, auf die Liebe. Ich wusste, dass ich in Wahrheit eine riesige Angst vor dem Ergebnis dieses Tests hatte und ihn deshalb bisher nicht gemacht hatte. Obwohl ich damals, als ich erfuhr, dass es den Test gab, am liebsten sofort zum Genetiker gerannt wäre, hatten die Worte meines Vaters eine tief sitzende Angst vor dem Ausgang dieses Tests in mir ausgelöst. Aber es gab doch auch eine fünfzigprozentige Chance, dass ich gesund war. Dass ich dieses verfluchte, kaputte Gen gar nicht geerbt hatte. Vielleicht war es jetzt an der Zeit, endlich über meinen Schatten zu springen und den Test zu machen? Vielleicht hätten Timo und ich dann doch eine Chance?

Am letzten Tag in Kapstadt rief ich ihn endlich an. Tagelang hatte ich überlegt, ob es das Richtige war, Timo wieder in mein Leben zu lassen. Als der Tag der Abreise immer näher rückte, entschied ich endlich, dass ich auf genug verzichtet hatte. Dass ich endlich anfangen musste, zu leben.

Selbst wenn ich das Gen trug, durfte ich doch nicht die wenigen gesunden Jahre, die mir noch blieben, wegwerfen! Und vor allem durfte ich mir diese Chance nicht entgehen lassen, falls ich doch gesund bleiben würde. Obwohl ich es jahrelang vor mir hergeschoben hatte, mich testen zu lassen, konnte ich es plötzlich kaum mehr abwarten. Ich nahm mir fest vor, den Test zu machen, sobald ich wieder in Deutschland war. Aber vorher musste ich Timo davon erzählen. Wenn wir beide wieder zusammenkommen sollten, musste er von Anfang an über alles Bescheid wissen. Sonst hätten wir sowieso keine Chance.

Timo freute sich sehr, als ich ihn anrief. Wir verabredeten uns sofort für den Abend. Er schlug eine nette Weinbar vor, in der es seiner Meinung nach den besten Rotwein in ganz Südafrika gab.

Die Entscheidung, die ich für mich selbst getroffen hatte, brachte mir unerwartete Erleichterung. Mir war all die Zeit gar nicht bewusst gewesen, wie sehr ich Klarheit brauchte, was meine Zukunft betraf. Egal, wie das Ergebnis aussehen würde, ich hoffte, dann mein Leben endlich entsprechend gestalten zu können. Und dazu gehörte eindeutig Timo: Seit ich ihn wiedergesehen hatte, brannte mein Körper vor Verlangen nach ihm.

Fünf Minuten vor der verabredeten Zeit kam ich an der Weinbar an. Wieder hatte Timo Geschmack bewiesen. Die Bar lag direkt an der Waterfront. Im Gegensatz zu dem eher romantischen Fischrestaurant, in dem wir uns das letzte Mal getroffen hatten, war die Weinbar voller Leben. Man konnte draußen sitzen, direkt am Wasser. Überall um uns herum waren Menschen, die meisten wohl Touristen, die gut gelaunt in eine lange Partynacht starteten.

Timo kam pünktlich. Wieder sah er umwerfend aus. Mein Adrenalinspiegel schoss in die Höhe, als er mit seinem charmanten Grinsen auf mich zukam und mich umarmte.

„Wie schön, dass es noch geklappt hat. Du siehst wunderbar aus", sagte er, bevor er sich auf dem Stuhl mir gegenüber niederließ. Um meine Gesichtsröte zu verbergen, schnappte ich mir die Weinkarte und tat so, als läse ich darin.

„Wenn du magst, kann ich dir einen Wein empfehlen. Ich nehme immer den *African Sunset*. Mir schmeckt er zumindest richtig gut. Aber du kannst natürlich auch einen anderen aussuchen."

Da ich beim Thema Weinauswahl grundsätzlich überfordert war, legte ich die Karte schnell weg und nahm, froh über seinen Vorschlag, ebenfalls den *African Sunset*.

Wie auch schon bei unserer letzten Verabredung plauderten wir zuerst eine ganze Weile locker über Gott und die Welt. Dieses Mal erzählte ich Timo von meiner Arbeit als Krankenschwester. Er hörte aufmerksam und interessiert zu und sagte mir, dass dieser Beruf sehr gut zu mir passe.

Nachdem wir das zweite Glas Wein geleert hatten, nahm ich all meinen Mut zusammen.

„Timo, ich muss dir etwas sagen … Ich habe dir ja von der Krankheit meines Vaters erzählt, und du hast ihn ja auch selbst einmal erlebt. Auch der Sturz von der Treppe damals war eine Folge der Zuckungen, die durch die Krankheit ausgelöst wurden."

Timo nickte, nicht ahnend, was ich ihm gleich erzählen würde. Ich holte zweimal tief Luft.

„Es ist möglich, dass auch ich diese Krankheit bekommen werde."

Timos schockierter Blick ließ mich kurzzeitig glauben, dass er gleich aufstehen und wegrennen würde.

Doch er blieb.

„Du willst mir also sagen, dass dein Vater eine Erbkrankheit hatte?"

Er schien ein wenig blass um die Nasenspitze zu werden. Zunehmend fühlte ich mich unwohler mit der Wahrheit, die jetzt unwiderruflich ausgesprochen war.

Als Antwort schaute ich betreten auf meine Hände. Ich hörte, wie Timo sich räusperte.

„Du sagst, es ist möglich. Heißt das, du weißt nicht sicher, ob du es geerbt hast?"

Ich hob meinen Blick wieder und schaute ihn direkt an. Seine Augen verrieten seine Angst vor meiner Antwort. Mich überkam das Gefühl, dass er mir nach dieser Offenbarung wieder entglitt.

„Ich hab mich noch nicht testen lassen. Es gibt einen solchen Gentest. Aber bisher hab ich mich nicht dazu überwinden können. Sobald ich wieder in Deutschland bin, will ich das aber nachholen."

Timo drückte seine Faust auf seinen Mund und starrte auf die Boote, die im Hafenbecken vor uns ankerten. Um diese unerträgliche Stille, die nun eintrat, zu durchbrechen, fügte ich noch hinzu: „Ich kann verstehen, wenn du unter diesen Umständen keinen weiteren Kontakt zu mir willst. Schließlich hab ich selbst zugesehen, wie meine Mutter unter der Krankheit meines Vaters gelitten hat, und natürlich hab auch ich darunter gelitten, ihn so erleben zu müssen. Ich möchte niemandem so etwas zumuten. Auch dir nicht."

Wieder starrte er mich mit einem Blick an, den ich nicht so recht deuten konnte. *Bitte sag etwas Positives,* war das Einzige, was ich denken konnte.

„War das der Grund, warum du mich damals verlassen hast und mich statt einer Erklärung mit Stillschweigen bestraft hast?"

Diese Antwort hatte ich nun gar nicht erwartet. Ich dachte, ich hätte schon jede mögliche Emotion in Timos Gesicht an diesem Abend gesehen. Aber nun realisierte ich, dass Wut bis zu diesem Zeitpunkt noch nicht dazu gehört hatte. Ich kämpfte gegen die aufsteigenden Tränen. Das Gespräch war in meinen Vorstellungen ganz anders gelaufen. Unbeholfen nickte ich.

„Ja. Es tut mir leid, Timo. Ich dachte damals, dass ich dir dieses Schicksal mit mir als Frau ersparen müsste. Diese Krankheit kann alles vernichten. Nicht nur den Betroffenen selbst, sondern auch seine Mitmenschen. Ich wollte dich nur schützen, das musst du mir glauben."

„Ich versteh das nicht, Nelly. Du weißt doch noch nicht mal, ob du diese Krankheit überhaupt jemals bekommst!"

„Damals gab es diesen Test noch nicht. Erst seit einigen Jahren kann man sich testen lassen. Ich musste die Möglichkeit mit einberechnen."

„Du wolltest mich schützen, ja?"

„Ja."

„Und jetzt willst du mich nicht mehr schützen?"

„Ich … Timo … Ich …"

„Ach komm, lass es einfach, Nelly. Ich denke, ich hab damals, so wie jetzt, fest genug im Leben gestanden, dass ich selbst entscheiden kann, was ich in meiner Zukunft ertragen will. Und weißt du was? Jetzt entscheide ich mich, zu gehen."

Ohne ein weiteres Wort verließ Timo die Bar. Ich war entsetzt. Ohne mich darum zu kümmern, was die Leute von mir dachten, vergrub ich das Gesicht in meinen Händen und weinte.

## 12.

Timo hatte mir die Entscheidung also abgenommen. Ob er sich einen Neuanfang mit mir unter diesen Umständen nicht vorstellen konnte oder ob er enttäuscht darüber war, dass ich ihn damals einfach hatte fallen lassen, sei dahin gestellt. In dieser Nacht konnte ich kaum schlafen. Stundenlang wälzte ich mich hin und her. Ich fragte mich, ob es besser gewesen wäre, wenn ich Timo die Wahrheit verschwiegen und erst dann weitere Pläne geschmiedet hätte, wenn ich das Testergebnis gewusst hätte. Hätte, hätte, hätte. Jetzt war es so oder so zu spät.

Den gesamten nächsten Vormittag blieb ich ihm Bett liegen und durchbohrte das Telefon, das neben dem Bett stand, mit meinem Blick. Timo wusste, in welchem Hotel ich untergekommen war, und ich hoffte, dass er sich doch noch melden würde. Aber er meldete sich nicht.

Als es Mittag wurde, blieb mir nichts anderes übrig, als mich aus dem Bett zu quälen und meine Sachen zu packen. Eigentlich hatte ich vorgehabt, die Balewas an dem Morgen vor dem Rückflug nach Frankfurt nochmals aufzusuchen, um mich von ihnen zu verabschieden. Das würde ich jetzt nicht mehr schaffen. Aber ich wusste, dass es Helena besser ging und sie sich mit der Zeit wieder gänzlich fangen würde. Meine Beziehung zur Familie meines Vaters hatte nie einen besonderen Tiefgang erreicht. Daher genügte es mir, zu wissen, dass es ihnen gut ging. Ich würde ihnen von

Deutschland aus einen Brief schreiben. Und vielleicht würde ich ja eines Tages zurückkommen. Aber ich ahnte, dass meine Verbindung zu Südafrika in Zukunft mehr und mehr abbrechen würde.

Ich nahm ein Taxi zum Flughafen. Ein Gefühl der Endgültigkeit stellte sich bei mir ein, als ich die Tür des Wagens zuschlug. Als wir losfuhren, drehte ich mich noch einmal um, ohne zu wissen, wonach ich suchte. Und da war auch nichts. Nichts und niemand. Die Leere, die mich mit einem Mal überkam, lag schwer wie Blei auf meiner Seele. Was sollte mich in Deutschland erwarten? Es gab niemanden, der dort auf mich wartete. Ja, ich hatte Freunde. Aber jeder von ihnen hatte sein eigenes Leben. Meike und Svenja, mit denen ich mich nach wie vor traf, hatten beide eine feste Beziehung und waren damit und mit ihren Jobs vollauf beschäftigt. Es reichte nur hin und wieder für eine Kaffeerunde und um vielleicht einmal im Monat durch die Frankfurter Clubs zu ziehen. Meine Eltern waren nicht mehr da. Und leider hatte ich viele Jahre zu spät gemerkt, dass ich die Liebe meines Lebens hatte gehen lassen. Und wofür? Für die fünfzigprozentige Möglichkeit, dass ich einmal an einer Nervenkrankheit leiden würde! Und doch wusste ich: Wenn es sich bewahrheiten würde, dass ich Chorea Huntington bekommen würde, dann war es vielleicht auch das Beste, dass Timo und ich nicht wieder ein Paar geworden waren. Wahrscheinlich sollte es so sein. Auch wenn es wehtat.

Am Flughafen angekommen, hievte ich meinen großen Koffer, der wieder einmal viel zu voll war für nur zwei Wochen Urlaub, direkt zum Check-in-Schalter der Lufthansa. Ich war spät dran, und deshalb hatte ich gar nicht erst auf die Informationstafel geschaut, auf der die Abflüge angekündigt waren. So erfuhr ich erst am Schalter, dass mein Flug zwei Stunden Verspätung haben würde. Auch das noch … Also kaufte ich mir einen Kaffee und setzte mich auf einen der Stühle in der Check-in-Halle. Zuerst beobachtete ich zwanzig Minuten lang die Menschen um mich herum. Wie sie sich herzlich und tränenreich voneinander verabschiedeten, wie sie hektisch zur Sicherheitskontrolle vor den Gates hasteten, um ihren Flug noch zu erwischen, wie sich ganze Familien auf eine gemeinsame Reise freuten. Plötzlich fühlte ich mich noch einsamer als zuvor.

Ich beschloss, mir einen weiteren Kaffee zu besorgen und nach einem Buchladen Ausschau zu halten, damit ich mich in einen Roman vertiefen konnte, anstatt mir das Glück der Menschen um mich herum anschauen zu müssen. Als ich gerade aufstand und mich nach einem Buchladen umschaute, entdeckte ich ihn: Er rannte zu dem Check-in-Schalter, an dem ich zuvor die Information über die Verspätung bekommen hatte. Kurz sprach er mit der Dame, und dann stützte er erschöpft seinen Kopf auf seine Arme. Ohne zu zögern, ging ich auf ihn zu. Als ich etwa fünf Meter von ihm entfernt war, hob er den Kopf und entdeckte mich. Erleichterung war ihm ins Gesicht geschrieben.

„Was tust du hier, Timo?", fragte ich, obwohl ich es schon wusste.

Er atmete schwer, anscheinend hatte er eine große Strecke im Lauftempo zurückgelegt. Er kam ein paar Schritte auf mich zu. Dann blieb er stehen, wusste wohl nicht, wie ich auf sein plötzliches Erscheinen reagieren würde.

Als er wieder zu Atem kam, bat er mich, ein Stück mit ihm zur Seite zu gehen, weil die Dame am Check-in-Schalter uns anstarrte und die Ohren spitzte.

„Nelly, ich bin so froh, dass ich dich noch erwischt habe. Ich dachte, das Flugzeug wäre schon weg."

„Zwei Stunden Verspätung", sagte ich.

Er nickte. Und einen kurzen Moment dachte ich, dass das Schicksal es sich vielleicht anders überlegt hatte. Gespannt wartete ich darauf, was Timo mir zu sagen hatte.

„Ich war so blöd, Nelly. Es tut mir leid, dass ich gestern einfach abgehauen bin. Für dich muss das so gewirkt haben, als würde ich nicht damit klarkommen, dass du vielleicht diese Krankheit geerbt hast. Aber so ist es nicht. Ich war nur wütend auf dich. Dass du mir nicht damals schon die Wahrheit gesagt hast. Dass du einfach für uns beide entschieden hast, ohne mich auch nur einmal zu fragen, was ich wollte."

„Ich hatte Angst", sagte ich. „Du wärst trotz allem bei mir geblieben, das wusste ich. Und damals dachte ich, es wäre meine Verantwortung, dir das alles zu ersparen. Auch jetzt denke ich das irgendwie noch immer, Timo. Wenn der Test positiv ausfällt, dann werde ich in zehn oder fünfzehn Jahren ein Pflegefall sein. Ich werde mich sehr verändern, mein Alltag wird unglaublich schwer werden. Du solltest ein glückliches Leben mit einer gesunden Frau haben."

Timo packte mich bei den Schultern.

„Ich will keine andere Frau, Nelly. Seit wir uns das erste

Mal begegnet sind, wusste ich, dass ich dich liebe. Und ich konnte dich in den letzten zehn Jahren nicht vergessen, so sehr ich es auch versucht habe. Als du dann vor zwei Wochen im Krankenhaus plötzlich vor mir gestanden hast, hab ich mir gesagt, dass ich dich dieses Mal nicht mehr gehen lassen würde. Gestern war ich wütend. Wir haben so viel kostbare Zeit verloren, Nelly. Aber ich bin froh, dass ich dich noch getroffen habe, bevor du fliegst. Vielleicht werden die Dinge nicht so sein, wie wir es uns wünschen. Aber das Einzige, was ich die letzten Stunden denken konnte, war, dass ich nicht will, dass du gehst. Ich liebe dich, Nelly."

# 13.

## Sommer 2016, Oberursel, Deutschland

Fünf Jahre. So lange hielt unser Glück. Obwohl ich zugeben muss, dass ein Teil dieser Zeit weder für Timo noch für mich das größte Glück war.

Timo gab seine Arbeit in Südafrika für mich auf und kam zurück nach Deutschland, um mit mir zusammenzuleben. Schon da begann der Keim, der unsere Liebe letztendlich zerstört hat, zu wachsen. Ich hatte ein schlechtes Gewissen, weil Timo seinen Traum nach nur einem Jahr wieder aufgab. Meinetwegen. Doch die ersten Wochen waren wir so glücklich, wieder zusammen zu sein, dass keiner von uns beiden merkte, dass bereits etwas in uns brodelte.

Als Timo sich bei mir eingerichtet, einen Job gefunden hatte und wir über die erste Zeit, die wir am liebsten vierundzwanzig Stunden am Tag zusammen im Bett verbracht hätten, hinweg waren, machte ich endlich den Schritt und ließ mich testen. Ich selbst war nicht sonderlich überrascht über das Ergebnis. Doch für Timo brach im ersten Moment eine Welt zusammen, als der Neurologe uns verkündete, dass ich Trägerin des Huntington-Gens war. Von diesem Tag an war alles anders. Immer wieder führten Timo und ich stundenlange Gespräche darüber, wie unsere Zukunft aussehen könnte. Wie wir die Jahre, die uns blieben, gestalten sollten. Nachdem ich endlich die Wahrheit erfahren hatte, wusste ich sofort, dass ich so viel wie möglich erleben wollte, solange ich es noch konnte. So reisten wir in jedem Urlaub, den wir bekommen konnten, in ferne Länder. In zwei Jahren waren wir auf fast allen Kontinenten der Erde. Ich nahm alles mit, was nur ging. Obwohl die Hoffnungslosigkeit, was unsere gemeinsame Zukunft anbelangte, ständig zwischen uns schwebte, waren diese ersten Jahre mit Timo geprägt von gegenseitiger Zuneigung, Leidenschaft und Liebe. Ich wusste, dass ich in Timo meinen Seelenverwandten gefunden hatte. Und doch gab es tief in meinem Herzen etwas, das mich unmerklich immer weiter von ihm wegtrieb. Was genau das war, merkten wir erst, als wir des Reisens müde wurden und nicht so recht wussten, wie wir unseren Alltag weiterhin gestalten sollten. Ständig fühlten wir uns von der Zeit gejagt. Ein ganz normaler Alltag oder Tage, an denen man einfach mal gar nichts tat, zu Hause auf der Couch liegen blieb, um fernzusehen, kamen für uns nicht infrage.

Zu dieser Zeit fing Timo an, davon zu sprechen, dass er gerne Kinder wollte. Für mich hingegen war völlig klar, dass das ausgeschlossen war. Niemals hätte ich die Verantwortung dafür tragen wollen, dass ich einen weiteren Menschen in die Welt gesetzt hätte, der das gleiche Schicksal erleiden musste wie meine Vorfahren und ich. Das konnte und wollte ich nicht riskieren. Es war nicht so, dass ich es nicht bedauert hätte. Wenn ich gesund gewesen wäre, dieses tödliche Gen nicht in mir gehabt hätte, wären eigene Kinder etwas Wunderschönes gewesen. Schon als ich selbst noch ein Kind gewesen war, hatte ich immer von einer großen Familie geträumt, weil ich selbst nie eine hatte. Aber die Angst, einem Kind Chorea Huntington zu vererben, saß zu tief.

Das war der Anfang vom Ende. Immer wieder bemerkte ich, dass Timo fremden Kindern hinterherschaute, und ich spürte, wie sehr er sich eine Familie wünschte. Dieses Thema sorgte immer häufiger für Streit. Ein Keil war zwischen uns getrieben worden, und selbst das, was im Sommer 2002 geschah, konnte diesen Keil nicht wieder entfernen.

Ohne dass ich mir erklären konnte, wie es dazu gekommen war, wurde ich schwanger. Im Nachhinein warf ich Timo vor, er hätte mich beziehungsweise unser Verhütungsmittel manipuliert, damit ich gegen meinen Willen schwanger würde. Kurioserweise hatte das Ende dessen, wovon wir beide dachten, dass es die Ursache unserer Probleme war, nämlich die Kinderlosigkeit, keinerlei positiven Effekt auf unser gemeinsames Glück. Die Schwangerschaft war mehr als anstrengend. Wir stritten uns noch öfter, weil meine Hormone komplett verrückt spielten. Meine Angst, dass dieses ungeborene Kind mein Erbgut haben würde, ließ die gesamten neun Monate zu einer Tortur werden. Im Nachhinein denke ich, dass mir damals vielleicht eine Therapie geholfen hätte. Aber hinterher ist man immer schlauer.

Am 20. März 2003 kam unsere Tochter Olivia zur Welt. Ein Jahr später trennten Timo und ich uns.

## 14.

## OLIVIA

### Frühling 2033, Frankfurt, Deutschland

Der Lavendelduft, den sie vor dem Schlafengehen auf das Kopfkissen gesprüht hat, soll ihr eigentlich einen ruhigen Schlaf verschaffen. Doch wie alle paar Wochen wirkt das Hilfsmittel auch in dieser Nacht nicht. Olivia wälzt sich hin und her, versucht, Schäfchen zu zählen oder dem Rauschen des Blutes in ihrem Ohr zu lauschen. Aber nichts hilft, die Gedanken wollen einfach nicht leiser werden. Oft gelingt es Olivia, sie in Schach zu halten. Aber es gibt auch immer wieder Tage oder Nächte, in denen ihre Angst vor der Zukunft oder die Erinnerungen an die Vergangenheit sie quälen. So wie heute.

Olivia will es anders machen als ihre Mutter. Sie will nicht über ihr Schicksal Bescheid wissen. Deshalb hat sie den Test, ob sie das Huntington-Gen ihrer Mutter geerbt hat, bisher nicht machen lassen. Und sie hat auch nicht vor, es jemals zu tun. Manchmal wünscht sie sich, dass sie nie über diese Krankheit informiert worden wäre. Dann wäre alles einfacher gewesen. Doch sie weiß, endgültige Gewissheit zu haben, würde nur noch mehr Kummer bringen. Sie hat es bei ihrer eigenen Mutter erlebt. Zwar hat Nelly ihr immer erzählt, dass sie vor dem Test weniger gelebt hätte als danach, aber das Wissen über ihre dunkle Zukunft habe alles nur schlimmer gemacht. Auch Olivia ist sich sicher, dass der positive Gentest ihrer Mutter der Auslöser dafür war, dass sich ihre Eltern getrennt hatten. Irgendwie hat O-livia ihr Leben lang geahnt, dass ihren Vater und ihre Mutter eigentlich eine tiefe Liebe verbunden hat. Sie waren auch nach ihrer Trennung noch gut befreundet gewesen, und keiner von beiden hatte je wieder einen neuen Partner gehabt. Aber sie konnten auch nicht miteinander. Obwohl keiner der beiden Olivia je mehr über seine Gefühle für den jeweils anderen berichtet hatte, wusste sie immer, dass Cho-rea Huntington sie auseinandergebracht hatte und ihnen dabei im Weg stand, wieder zueinanderzufinden.

Olivia dreht den Dimmer der Nachttischlampe nur so weit nach oben, dass sie genug sehen kann, um das Schlaf-zimmer gefahrlos zu verlassen, dabei aber Nick nicht auf-weckt. Ihr Freund schläft schon seit Stunden in aller Ruhe neben ihr und träumt wahrscheinlich von dem Golfturnier, an dem er heute teilgenommen hat. Das Hobby ihres Freundes beansprucht dessen Freizeit so stark, dass das Thema Kinder bisher nicht auf den Tisch gekommen ist. Olivia ist froh darüber. Denn sie selbst weiß nicht, ob sie den Mut hat, schon eine Familie zu gründen. Aber in eini-gen Jahren werden sie es möglicherweise versuchen, trotz allem. Sie will ihr Leben nicht von einer Eventualität be-stimmen lassen. Natürlich hat sie bereits darüber nachge-dacht, wie schön es wäre, zu wissen, dass sie keine Trägerin ist. Aber die Chance besteht nur zu fünfzig Prozent. Und da ein schlechtes Ergebnis so viel kaputt machen kann, will sie es lieber gar nicht erst wissen.

Nachdem Nelly über ihre Zukunft Bescheid wusste, hat sie versucht, ihr Leben mit tausend Dingen vollzustopfen. Nach der Trennung hatte sie nicht aufgehört, zu reisen, viele Länder zu besuchen. Sie hat die verrücktesten Dingen getan, war tiefseetauchen, hat den Segelschein gemacht und war wochenlang auf dem Meer unterwegs, sie ist an einem Bungeeseil von einer Brücke gesprungen und hat an einem Parabelflug teilgenommen. Das ist nur eine kleine Auswahl der Aktivitäten ihrer Mutter, an die sich Olivia aus ihrer Kindheit erinnern kann.

Nelly starb im Herbst 2024, im Alter von gerade mal vierundfünfzig Jahren. Olivia war zu diesem Zeitpunkt etwa im gleichen Alter wie Nelly, als deren eigene Mutter starb. Manchmal sprach Olivia in der Zeit nach dem Tod ihrer Mutter mit ihrem Vater darüber, ob ihre Mutter noch einige Jahre länger hätte leben können, wenn sie glücklicher gewesen wäre. Man sagt nämlich, dass Chorea Huntington langsamer voranschreitet, wenn man glücklich ist. Wie wäre es gewesen, wenn Olivias Eltern zusammengeblieben wären? Wenn sie noch mehr Kinder bekommen hätten? Olivia weiß, dass Nelly sich weitere Kinder gewünscht hätte, sie diese Kinder aber nicht dem Risiko aussetzen wollte. Nelly hat nach dem Test vieles erlebt, hat die Welt gesehen und alles mögliche ausprobiert, aber war sie glücklich dabei? Hatte sie ein erfülltes Leben? Olivia weiß die Antwort: Nein. Und Olivia weiß auch, dass es für Nelly besser gewesen wäre, wenn sie den Test nicht hätte machen lassen.

Jeder Mensch hat ein gewisses Risiko in seinem Leben. Man kann jederzeit von einem Lastwagen überfahren werden, irgendwo ausrutschen und sich die Wirbelsäule so verletzen, dass man den Rest seines Lebens im Rollstuhl sitzt. Man kann in ein Flugzeug steigen und nie wieder dort herauskommen oder jederzeit einen Herzinfarkt bekommen. Der Tod lauert hinter jeder Ecke. Für jeden. Deshalb sollte man jeden Tag so leben, als könnte er der letzte sein, als wäre die Zeit auf Erden begrenzt, Denn das ist sie. Für manche ist sie früher abgelaufen als für andere. Aber sie wird ablaufen – für jeden. *Also nutze sie, so gut du kannst,* das sagt sich Olivia immer wieder.

Nachdem Olivia ein Glas warme Milch mit Honig getrunken hat, kuschelt sie sich wieder an ihren schlafenden Freund. Und endlich findet auch sie ein wenig Schlaf.

Am nächsten Morgen, nachdem Nick und sie geduscht haben, setzen sie sich ins Auto. Bevor Nick den Motor startet, greift er nach Olivias Hand.

„Bist du bereit, Schatz?", fragt er und schaut sie so liebevoll an, dass Olivia glaubt, sie würde dahinschmelzen. Sie nickt und spürt Vorfreude.

„So was von bereit!"

Nick küsst sie auf den Mund.

„Gut, dann sagen wir deinem Vater jetzt, dass wir heiraten werden", sagt Nick und startet den Motor.

**ENDE**

**Danksagung:**

Ein großes Dankeschön geht an meine Eltern, die immer an mich geglaubt haben und ohne deren Unterstützung mein Buchprojekt nicht möglich gewesen wäre. Außerdem danke ich meinem Lektor Tobias Gaudin, dem Textzähmer. Meine Tochter gibt mir täglich die Motivation zum Weitermachen. Danke dafür.

Und zuletzt danke ich euch allen fürs Lesen!